年華似錦 4 完

風 言創 202

天然宅 著

目錄

第七十五章　勒斥求和

「啊！這不是……」丹年驚叫的話還沒來得及說出口，就被沈鈺眼明手快地一把捂住了嘴巴。

沈立言奇怪地看著他們兩個，有些疑惑地說道：「丹年，妳認得這女子？」

丹年斜眼看了看沈鈺那像要吃人的眼神，乖巧地搖了搖頭，沈鈺才微笑著放開了手，可眼中卻帶著濃重的警告。

沈立言顧不得注意身邊一雙兒女的異常，他揚聲朝城樓下的女子問道：「來者何人？」

雅拉將長槍用力插入腳下的土地中，仰頭朗聲說道：「我是勒斥王庭的大公主孛爾只斤．雅拉！」

此言一出，丹年暗暗吃驚。上次看到她時，只覺得雅拉不像普通人，沒想到她身分如此尊貴。

城樓上的士兵依然文風不動，丹年不得不佩服起沈立言與沈鈺治軍的手段來，面對敵國公主，仍舊面不改色。

沈鈺匆匆下了城樓，到了城門口，隔著木柵欄朝雅拉抱拳道：「不知道雅拉公主前來，有失遠迎，請問雅拉公主有什麼事？」

雅拉一瞧見是沈鈺，臉上浮現了一絲古怪的微笑，丹年瞧見她並不吃驚的模樣，心中覺得頗為奇怪。

雅拉公主說道：「我大哥孛爾只斤・鵬其在位期間違背了我父汗的遺願，殘殺手足，已經不配再做我們的大汗了，現在繼承父汗意志的，是我的弟弟孛爾只斤・蒙于。我這次來，是代表勒斥王庭向大昭議和的！」

這麼重量級的話一說出，城樓上的士兵也忍不住了，頓時譁然不已。丹年先是震驚，接著不禁狂喜，這場戰爭進行得太久，死了太多人，早該是結束的時候了。

沈鈺邪氣地抱臂微笑。「議和？難道不是勒斥向我們投降嗎？」

雅拉輕蔑地看了沈鈺一眼，沈鈺的神色頓時老實起來，丹年為雅拉那個眼神激動了好久，終於有人能不用出聲就打敗沈鈺了！

「不要以為勒斥怕大昭，如果你們還要打，我們奉陪到底！」雅拉一字一句地說道。

沈鈺被鄙視得徹底，摸摸鼻子，打起了官腔。「這個我們作不了主，等我們上報朝廷以後再告知你們，妳先走吧！」

雅拉拔起插在地上的長槍，威風凜凜地走到沈鈺面前，城樓上的弓箭手緊張地大喝一聲，紛紛拉開了弓，瞬間幾十支搭在弓上的箭對準了城樓下的雅拉，蓄勢待發。

沈立言冷著臉制止了弓箭手，人家一個女子單刀叫陣，光這份霸氣和膽識就讓人敬佩不已，如果沈鈺敗在雅拉手下，那只能說明他教子無方，沈鈺不成器。

沈鈺抱著臂，吊兒郎當地握著長槍靠在城牆邊，漫不經心地看著雅拉一步步走過來。

雅拉一把拍到木柵欄上，如同女王般驕傲，大無畏地對沈鈺說道：「我是勒斥王庭的大公主，如果你不夠資格跟我談，那就去找一個夠資格跟我談的。倘若你們執意要戰，我們絕不會退縮，我會領著我的子民和你們戰到底！」

沈鈺眼中閃著讓人看不透的光芒，他朝雅拉展顏一笑，在她微微失神時欺身閃到她面前，手中的長槍瞬間抵在她的咽喉處。

城樓上的人驚成一片，若是沈鈺那個瘋子受了刺激，不小心殺死勒斥的大公主，那好不容易平息下去的戰爭又要大規模爆發，可真的是不死不休了。

無視城樓上的騷亂，沈鈺隔著木柵欄，湊到雅拉耳邊，輕聲笑道：「妳的議和，我接下了！」

說罷，沈鈺朗聲笑著離去，雅拉臉色微紅，狠狠地盯著沈鈺遠去的背影。

雅拉離開之後，沈立言便迅速派傳令兵馬不停蹄地帶著奏摺前去京城。

經歷這麼久心驚膽顫的日子，丹年總算能放下心來了，而遠在京城的李慧娘若得知了這個消息，想必更加開心吧……

臨睡前，沈立言突然想起來了，他皺著眉頭，向一旁就著油燈看書的沈鈺問道：「阿鈺，你是不是之前就認識那個雅拉公主？」

沈鈺笑得一臉純良。「爹，您怎麼會這麼想，我怎麼可能認識她？」

沈立言瞧沈鈺笑得跟一朵花似的，越發琢磨不透了。這個兒子從小就機靈，長大了更是鬼靈精，要說一點蹊蹺都沒有，沈立言怎麼都不相信。

還是女兒乖巧可靠！沈立言自我安慰著，轉而對丹年問道：「丹年，妳來說說看是怎麼回事？」

在城樓上，丹年的反應明顯是見過雅拉，只不過丹年一直在京城……這麼一推斷，雅拉也曾經到過京城？那事態就嚴重了。沈立言心想。

丹年慢吞吞地活動著手腕，吞吞吐吐地說道：「沒有啊，我怎麼可能見過勒斥的公主……」

沈鈺連忙笑著附和道：「對啊，妹妹這種只會在家裡繡花、寫字的姑娘，難不成會跑到勒斥王庭去見人家公主嗎？」

沈立言點了點頭，看來自己確實想得太多了，最近事情繁重，弄得自己草木皆兵。

丹年頓時有些不高興地說：「什麼叫只會在家繡花、寫字啊？」

沈鈺見警報解除，判斷丹年不會說出什麼來，便笑咪咪地逗著丹年，點著她有點肉肉的臉頰說道：「難不成妳還會舞槍弄棍啊？要不要同人家公主比試一番？不過妳這麼胖，一定打不過，到時記得叫哥哥來幫妳！」

丹年到邊境後，因為心情好，連帶著食慾也變佳，沒幾天臉上就養出了胖嘟嘟的嬰兒肥，沈鈺完全就是踩著她的痛腳，存心刺激她。

丹年瞬間氣得跳起來，躲到沈立言身後，抱著他的胳膊說道：「爹，我跟您說，您可別生氣啊！正月十七日那天，哥哥拉著我去郊外跑馬，被雅拉公主擄上山，綁得結結實實地拜了堂、成了親，雅拉公主還說，她這是『娶』了哥哥，哥哥就是她的『壓寨相公』！」

沈鈺幾乎要跳腳了，他咬牙切齒地嚷著。「爹，您別聽丹年胡說！」

沈立言聽完以後，整個人基本上處於靈魂出竅的狀態，丹年頗為擔心地推了推他，沈立言這才反應過來。

沈立言看了自家兒子一眼，雖然他性格上有些缺陷，也不夠成熟穩重，可至少還是沈家為數不多、能拿得出手的好兒孫啊，居然被女人五花大綁地拜堂「娶」進了門，這讓他情何以堪?!

他指著沈鈺，鬍子都要被氣得吹起來了。「你……你這個不肖子！你要丟盡列祖列宗的臉是不是？」

沈鈺怕沈立言氣壞了身體，小心翼翼地賠笑道：「爹，您不知道，那天丹年也在他們手裡，我這是怕傷到丹年啊，要不然區區幾個勒斥毛賊，能擄得到我？」

丹年後知後覺地想到，還真不該一時衝動和沈立言說這件事的，她和沈鈺當那天拜堂是個笑話，可沈立言不這麼認為啊！

丹年有些後悔，扶著沈立言坐下來，幫他順著氣。「爹，您別生氣，事情都過去了，哥哥沒被那女土匪怎麼樣，咱不吃虧！」

誰知沈立言聽了以後，只想用頭撞牆。

沈鈺坐到沈立言身旁勸道：「爹，當時勒斥在位者是鵬其，一直在追殺雅拉和蒙于，雅拉便帶著蒙于穿越國境到了京郊，想到山上住一段時間，等聯繫上勒斥其他部落的可汗之後再做打算。這其間有點誤會，兒子也是怕他們傷到丹年。後來，兒子曾找過他們，承諾幫助他們回到勒斥，並想辦法拉鵬其下臺。」

至此，丹年終於明白了。正月十七那日回來之後，第二天沈鈺又偷偷跑了出去，原來就是處理這件事情去了，難怪他到木奇鎮之後一直不肯罷休，還不斷追擊勒斥騎兵。

沈立言聽聞了事情經過，情緒慢慢平息下來，可一想到兒子是被人綁著強娶的，不禁悲從中來，搖頭對沈鈺罵道：「就算有原因，堂堂七尺男兒，又熟讀詩書禮教，怎麼就能……」

沈鈺雙手一攤，無奈地說道：「爹，當時沒辦法啊，還有丹年在呢。那個雅拉刁蠻冷硬又不講理，您在戰場上也見過啊，殺起人來手起刀落的，哪像個女人，我怎麼也得顧著丹年啊！」

丹年聽了很不高興，當時還不是沈鈺瞧不起人家，惹惱了落草為寇的公主，結果人家其實是巾幗不讓鬚眉的女王，自己純粹是無辜被牽扯進去的。

只要一提起雅拉，沈鈺臉上就充滿不屑，可是丹年看得出來，沈鈺相當欣賞雅拉這樣豪氣的女子，偏偏嘴上不承認，真是虛偽！

丹年一邊幫沈立言順氣，一邊添油加醋地說道：「爹，您看現在怎麼辦啊？」

沈鈺大叫道：「什麼怎麼辦？妳別亂出主意！」

沈立言狠狠地往沈鈺頭上敲了一下，罵道：「坐下來，閉嘴！惹出這等醜事，還敢在我面前大呼小叫！」

沈鈺急得有話說不出，只能瞪著眼睛，用眼神威脅丹年，不准她亂說話。

丹年才不理會沈鈺，這傢伙若是想辦法欺負自己，不給他一點顏色看看，他就一直當自己是沒反抗能力的小孩子。

所以人家才說不要惹女人生氣，不然等哪天逮到機會，不僅報復你，還會落井下石；如果恰巧惹到一個從小到大什麼都能記住的穿越女，那就雪上加霜了。

沈立言回頭拍了拍貼心的乖女兒，說道：「丹年想說什麼啊？」

丹年立刻說道：「爹，咱們是講規矩的人家，哥哥既然同雅拉拜過堂，按理來說，雅拉就是我們沈家的媳婦。」

沈鈺憋不住了，抗議道：「我才不要那麼凶悍的女人……不，她哪裡像個女人，根本比爺們還純！」

丹年看著沈鈺，嘿嘿笑道：「哥，從小爹是怎麼教咱們的？做事要有擔當，做人要負責任。你都和人家拜過堂了，哪能不要呢？」

沈鈺撇了撇嘴。「拜堂的過程妳從頭看到尾，我完全是被逼的，而且，要不是顧忌妳，我能被捆成粽子拜堂嗎？」

丹年無視沈鈺的解釋，繼續說道：「雅拉公主為人暴虐，玩起刀子和匕首比玩針線熟練，殺起人來眼不眨、心不跳，上任勒斥大汗是她親哥哥，看他不爽照樣一刀劈了，換個聽她話的弟弟來做大汗。勒斥人生性又野蠻，冬天草原上沒東西吃的時候，活剝人皮、生吃人肉的事情想來也是見多不怪。

「不過雅拉公主地位尊貴，勒斥再窮，她也不至於靠吃人肉充飢，而且她好歹是大公主，勒斥王庭肯定會請人對她進行教育，基本的禮儀應該都懂；將來雅拉公主若是入了我們沈家的門，肯定會修身養性、恪守婦德、相夫教子、伺奉公婆，當然也會好好照顧身為小姑的我，咱們不是不負責任的人，哥哥還是娶了她吧。」

聽完丹年「善意」的一番解釋，沈鈺的臉都綠了。

沈立言也慌忙說道：「這事不急，咱們不是貪圖富貴的人家，勒斥王庭的大公主地位尊貴，哪能嫁進我們家來？」

他可不敢要這麼威武霸氣的野蠻公主當兒媳婦啊！

勒斥議和的書信傳到大昭京城後，朝廷很快便批下了回覆，詔書上說得相當冠冕堂皇——勒斥蠻夷既然願意臣服於我大昭，我大昭乃禮儀之邦，胸懷寬廣，焉有不准之理。

丹年汗顏地瞧著手裡明黃色的詔書，抹了抹腦門上的汗滴。分明是打了這兩年仗，國庫空虛沒錢再打罷了，要是勒斥那邊再挺上一、兩年，大昭連士兵的軍餉都發不出來了。

這就是現狀，邊境士兵吃得爛、穿得差，京城的上層階級依舊醉生夢死、歌舞昇平，前方吃緊、後方緊吃，因為打仗而受苦的，永遠都是沒有力量的普通百姓。

沈鈺接到通知後，悻悻然帶兵退出勒斥的領土，丹年瞧著他不滿的樣子，總覺得他是想打到人家王庭，把勒斥變成大昭一個州府。

皇上犒賞軍隊的旨意隨後就到了，要沈立言父子回京接受賜封。

丹年心中隱隱有些不好的預感，當年沈立言的師父李通將軍，可不就是因為功高震主，以賜封的名義召他回京，接著就以「通敵叛國」的莫須有罪名遭到處置，一代名將就此隕落。

趁沈立言打點行裝時，丹年匆匆去找沈鈺，他正在房間裡寫東西，見丹年進來，便順手將紙揉成一團，扔到地上，笑道：「快要回京城了，怎麼不去收拾東西？」

丹年顧不得問沈鈺在寫什麼，她關上房門，坐到沈鈺身邊，小聲地說道：「你和爹就這麼回去，我覺得不妥。」

沈鈺漫不經心地執筆沾墨，問道：「怎麼不妥？」

丹年略顯焦急地說：「你忘了，爹的師父是怎麼被朝廷弄死的嗎？」

沈鈺放下筆，轉頭對丹年說道：「爹是什麼樣的人，妳我都清楚，莫非妳想讓爹帶著軍隊回去？且不說爹不會帶，就算帶了，軍隊還沒開拔，就會被朝中的有心人安上『帶兵謀反』的罪名了。」

丹年搖了搖頭。「把軍隊帶回去不是明智的舉動，爹也肯定不會做。可是白家與我們撕破了臉，我們又不是他們陣營的人，他們是不會讓十萬大軍再聽令於爹或你的。」

沈鈺眼裡閃著光，面色卻不顯，笑咪咪地問道：「妹妹可還有什麼建議？」

丹年認真地說道：「哥哥不妨找些人假扮成勒斥的人，打著鵬其舊部的旗幟，四處活動一下，這樣哥哥就有理由帶兵留在木奇鎮，京城的人就不敢對爹不敬。」

沈鈺笑得一臉邪氣，捏著丹年的臉蛋笑道：「妹妹果真好計謀，和哥哥想到一處去了。」

丹年不甘示弱地擰住沈鈺的耳朵，口齒不清地叫道：「沈鈺你鍋大灰蛋，鬆手！」

當天下午，就有偵察的小兵上氣不接下氣地來報，在草原上幾處都看到有鵬其的殘部活動，沈立言聞言大吃一驚，剛要策馬去追擊，就被沈鈺攔了下來。

丹年趕緊幫腔道：「爹，朝廷都命你們立刻出發回京了，若是耽誤了時辰，他們認為你居功自恃，可就不好了。不就是幾支殘兵嗎，哥哥去滅了他們，就能追上來了。」

沈立言狐疑地說道：「這幾支殘兵甚是可疑，先前鵬其落到雅拉和蒙于手中時都沒出現過，如今鵬其身首異處，兩國又已議和，為何會在這個時候出現？」

丹年語調輕鬆地說：「還不是舊主子死了，不受新主子待見，心理不平衡，不想看到兩國和平，想製造點事端啊！」

沈立言皺了皺眉頭，擺擺手道：「小孩子不要亂說，這事沒那麼簡單！」

沈鈺笑道：「爹，丹年說得有理，你們先走，兒子收拾完這群草寇就追上你們。丹年來這裡很久了，娘必定想她想得緊。」

沈立言點了點頭。「確實得讓丹年早點回去。」

正當沈鈺和丹年鬆了口氣時，沈立言接著說道：「你帶丹年先回去吧，我處理完就追過去。」

丹年和沈鈺對望了一眼，便抱著沈立言的胳膊叫了起來。「爹，我不要同哥哥一起回去，您要留下來，我也留下來好了！您看，他今天上午還揪我的臉，到現在還有紅印子呢！」

沈立言仔細瞧了瞧丹年的臉蛋，覺得除了比來的時候多了些肉，其他也沒發現什麼，但出於安撫女兒的態度，沈立言立刻一掌拍到沈鈺頭上，罵道：「沒出息，就知道欺負妹妹！」

沈鈺在沈立言看不到的地方，朝丹年揮舞了一下拳頭——小丫頭，等到了京城，看我怎麼收拾妳！

沈立言拍了拍丹年的頭，說道：「阿鈺，你先留下來查探一下情況吧，若真是鵬其的殘部，也不必急著趕盡殺絕，留著給新上任的蒙于解決吧。處理完以後，把軍隊交給甘州總兵，就趕快回來。」

沈鈺恭恭敬敬地點了頭，丹年心裡開心得直笑。不管能不能處理完，沈鈺都不會把軍隊交出去的，沈鈺是什麼樣的人，她很清楚，要他欺負別人可以，要把自己變成砧板上的魚肉任人宰割，那可不是沈鈺的作風！

第七十六章　局勢驟變

過了幾天，丹年終於回到京城，在進京之前，沈立言就派一個隨從先護著丹年進城了。皇上在京城門口擺了盛大的歡迎儀式，若丹年這個時候出現在返京的士兵裡面，可就不好看了。

等丹年拉著李慧娘一同出來迎接沈立言進京時，街道上早已是人山人海。

京城裡的百姓都出來看打敗勒斥的英雄，丹年和李慧娘擠不到前面去，只能站在人群後面，看著騎著高頭大馬的沈立言，身著銀色軟甲、披著大紅披風，器宇軒昂地緩緩從城門走了過來，所到之處，鮮花鋪滿了街道，歡呼聲不絕於耳。

丹年心頭有些酸酸的，沈立言雖然風光，可只有自己人才知道他到底受了多少苦，她轉過頭去看李慧娘時，才發現她默默抹著眼淚。

丹年慌忙勸道：「娘，哭什麼啊，爹都平安回來了。」

李慧娘很不好意思，微紅著臉說：「娘是因為高興，高興啊！」

一旁一個擠不到最前面的紅衣女子，羨慕地自言自語道：「沈將軍真是長得好看，也不知道他婆娘修了幾輩子，才修來這麼一個有本事的男人！」

另外一個提著菜籃子的大嬸不屑地對她說道：「那是我年輕時沈將軍沒碰到我，不然沈夫人就是我了！聽說沈將軍連個妾都沒有，這次回來……」

穿著紅衣的豔麗女子嗤笑道：「就憑妳，一把年紀還想嫁到將軍府作妾，別妄想了！唉，這次小沈將軍怎麼沒回來？聽說小沈將軍還沒娶媳婦，而且長得比沈將軍還要好看幾分！」

菜籃大嬸更不屑了。「就妳還敢肖想小沈將軍，人家哪裡看得上妳！」

丹年瞧這兩人愈說愈離譜，不禁仔細打量起她們。那紅衣女子衣衫暴露、妝容濃豔，看起來就不是什麼良家婦女，而那菜籃大嬸，更是滿臉皺紋。

丹年再也忍不住了，這兩個人是什麼東西啊，敢當著她和她娘親的面肖想自己的爹和哥哥？於是衝著她們罵道：「妳們兩個長舌婦人瞎說什麼！再不閉嘴，信不信我扭妳們到衙門告妳們誹謗民族英雄！」

菜籃大嬸訕訕地笑了笑，鑽到一旁溜掉了，而紅衣女子一副「死豬不怕開水燙」的架勢，得意洋洋地叫道：「妳儘管告官啊！到時說不定沈將軍就會聽說我的事，還會帶我回將軍府，因為我比他家那個老女人好看啊！」

好看你妹！丹年只想一巴掌呼上去，李慧娘還在這裡呢！

出乎丹年意料，李慧娘並未生氣，而是緩緩拉過她的手，對紅衣女子得體地笑道：「姑娘若是想進將軍府，直接去求將軍便是，在這裡嚷嚷豈不是有損體面？將軍可不喜歡輕浮的女子。」

紅衣女子怔忡了一下，整了整暴露的衣衫，悻悻地哼了一聲，此時沈立言已經走過這段街道，她便往前追著看去了。

丹年急了，回頭對李慧娘說道：「娘，您就這麼讓她走了？我要去找董大人，治她個有傷風化的罪！」

李慧娘輕輕拍了丹年的腦袋一下，笑道：「喲，妳現在這麼厲害了，動不動就要找當官的治百姓的罪了？」

「娘！」丹年不高興了。「您明知道我不是這個意思！」

李慧娘拉著丹年走出了人群，沿著小路往將軍府走去，邊走邊笑道：「妳還小，等妳長到娘這個歲數就明白了，外面的女人叫得再凶，妳爹不答應，誰都進不了這個家門，若是妳爹有這個想法……」

她嘆了口氣。「我阻止得了這個，也擋不住那個啊！」

見丹年還要說些什麼，李慧娘又拍了拍她的手，說道：「妳爹不是那樣的人，我知道。娘只是想教妳，做妻子的首先得信任丈夫，別老是斤斤計較。」

丹年吐了吐舌頭，沈立言和沈鈺在她心中是最好的男人，剛才一聽到有人肖想他們，她就急上火了，一時之間也沒想太多，倒讓李慧娘看穿她的心思，不禁令她有些汗顏。

丹年回家第二天，小石頭就匆忙過來找她，說是已經選好了玻璃鋪子的店址，等丹年點頭，就能開張了。

之前小石頭從木奇鎮找回來的老頭，對燒製玻璃很有一套，等小石頭想辦法幫他找到穩定的材料來源、尋好鋪面，就開闢出另一條生財大道了。

等到開張那天，丹年坐在鋪子二樓，掀開窗戶上的竹簾看熱鬧，她題的「琉璃坊」三個字已經被做成匾額，在熱鬧喜慶的鞭炮聲中掛到店門上方。

讓丹年吃驚的是，白仲和金慎居然先後帶著禮物到了琉璃坊，說是來恭賀鋪子開張的，白仲那雙精明的小眼還有意無意地往二樓瞟了一眼，丹年立刻放下了竹簾。

丹年在心中冷笑，這次回來果然不一般了，不然她何以讓兩個大管事過來送禮？這面子真是大過天呢！

在琉璃坊門口圍觀的群眾，有不少人認出白仲和金慎，原本正熱鬧喧譁著，突然全靜下聲來。小石頭皺了皺眉頭，這兩個人他都認得，不是什麼善類。

小石頭擺出一副笑臉迎了出去，來的都是客人，何況是恭賀開張的客人。

金慎和白仲可謂仇人相見、分外眼紅，他們不搭理對方，又各自站在小石頭兩邊同他說話。丹年在二樓樓梯處瞧見了小石頭左右為難的模樣，輕聲喚來一個夥計，要他把那兩個人請到樓上來。

等白仲和金慎到二樓後，小石頭也跟了過來，丹年早就備好了茶水，朝兩人笑道：「今日沒想到你們會來，快坐下來喝茶吧。」

金慎對於丹年將他與白仲一起並稱為「你們」覺得很不滿，但一時又找不到藉口來說嘴，人家白仲什麼都沒說，他要是在這裡又吵又鬧，豈不丟了大皇子的臉？

白仲拱手笑道：「世子聽說沈小姐的鋪子開張，特地命我前來道賀，鋪子裡第一時間擺出來的東西，世子說他都包了。」

丹年擺擺手笑道：「哪能這樣呢，大姊夫肯捧場就是給我面子了，等會兒東西擺出來，你看看有什麼合心意的，拿回去便是，當是我給大姊姊和大姊夫的禮物。」

白仲笑了笑，這姑娘一如既往地舌尖嘴巧啊！

沒等白仲回答，丹年就笑了起來，白仲瞧見她那不懷好意的笑容，心中不禁打起鼓來，果然，丹年問道：「白管事，我有些日子沒去雍國公府了，兩位姊姊可還好？」

白仲嘴角不由自主地抽動了一下，京城人都知道雍國公府的大少夫人和姨娘水火不容，她這時候問這話是什麼意思？

「沈姨娘有了身子，大少夫人正在照料她。」白仲想了想，揀些無關緊要的事回答了。丹年心中樂開了花，沈丹芸可真厲害，進門才一個月就懷上孩子了，想必「高貴典雅」的沈丹荷表情一定很精采。

「這可是好消息，過兩天我閒了便去看看兩位姊姊！娥皇女英，那可是人間佳話！」丹年微笑著說道。

白仲腦門上悄悄滴下一滴汗，沈丹年去看沈丹芸，肯定會幫她出主意，到時只有火上加油的分。

「沈小姐真是有心了。」白仲乾笑道。

金慎在心底輕輕哼了一聲。這丫頭不吭一聲就跑到邊境去了，他很想向大皇子請纓捉她回來，牢牢關進後院裡，省得大皇子一天到晚得了空就長吁短嘆地叨唸這丫頭，大皇子不煩，他都煩了。

白仲乘勢趕緊告退，說是家中還有事，丹年吩咐小石頭領著他下去挑選幾樣東西，她不相信白仲真的敢把那些東西當禮物，總而言之，雍國公府在她眼裡就是錢多人傻的絕佳代表。

只剩下金慎在場的時候，丹年抱著胳膊，斜睨著金慎，語氣微微有些不耐煩。「你來做什麼？」

金慎覺得很委屈，又不是他想來的！「妳以為我想來啊？」

丹年指著樓梯口，說道：「請便！」

金慎怒氣沖沖地站起來，又訕訕地坐下，氣呼呼地說：「殿下要我帶話，明日約妳到畫舫一敘。」

丹年撇了撇嘴。「不去！」

金慎立刻跳起來，叫道：「妳敢不去？殿下請妳去，是給妳面子！」

丹年無所謂地擺了擺手。「不去就是不去，隨便你和你家主子怎麼說，我們以後井水不犯河水。」

金慎咬了咬牙，直為自己主子鳴不平，他恨恨地說道：「妳這個女人到底有沒有心？妳可知道妳走後，殿下有多擔心妳，妳可知道我們殿下……」

丹年不耐煩地打斷了金慎的話。「我有要求他擔心我嗎？我之所以跑到邊境去，你以為是什麼原因呢？你家主子關心我的方式，就是監視我嗎？」

金慎啞口無言，好半天才嘟囔著說道：「殿下也是為了妳好。」

丹年覺得跟這種人沒什麼好吵的，對金慎來說，大皇子做什麼都是對的，即便大皇子拿刀把她殺了，他也會認為她為了大皇子犧牲，是種榮耀。

「禮物放下來，你可以回去了。」丹年擺了擺手。

金慎察覺自己剛才有些過於激動了，便緩了緩語氣，勸道：「沈小姐，患難夫妻感情才夠深厚。我從小就跟在殿下身邊，知道殿下一步步走到今天有多麼艱難。殿下是個知恩的人，要是妳能幫殿下一把，殿下勢必會記得妳的好，不會辜負了妳……沈小姐是個聰明人，希望能好好考慮一下我的話。」

丹年嘆了口氣，「造反」真的是一項風險極大的投資，一不留神可能賠上全家。她一點都不想當什麼皇后，拿這個位置誘惑沈丹荷之流會很有效果，可對她來說完全沒用。

「金慎，如果我坐上那個位置，我保證，我做得只會比現在的皇后娘娘更狠，若我生不出孩子，你家殿下就等著斷子絕孫吧！」丹年叫過金慎，在他耳邊小聲地說道。

金慎瞬間呆若木雞，指著丹年「妳妳妳」的，說不出一句完整的話來。

丹年冷笑道：「別以為我不敢，我是什麼樣的人，你們都清楚，這話你儘管轉告給你家殿下。」

金慎又氣又急，偏又說不出話來，狠毒的女人他不是沒見過，但這麼直白地說出自己狠毒的，他還是頭一次看到。

小石頭送走了白仲後，便在一樓招待客人，許久不見金慎下來，擔心之下瞅了個空上二樓，就看到金慎顫抖著手指向丹年，丹年則是一臉不屑地盯著金慎。

小石頭心中直叫苦，丹年氣人的本事他很清楚，於是連忙拉了金慎，親熱地說道：「金管事見諒，剛才樓下忙，怠慢了金管事！」

有人出來打圓場，讓金慎有了臺階下，悻悻然地冷哼一聲，

小石頭笑道：「夥計們把貨都擺出來了，金管事要不要隨我下去看看？」

金慎見與丹年說不出個結果來，便下了樓，看到架子上擺的都是些晶瑩剔透的產品，也顧不得生氣了，驚奇地笑道：「你家的貨果真與眾不同！」

小石頭謙虛地說道：「這些都是小姐想出來的，我們不過是照著樣子做罷了。」

金慎放下了手中正在把玩的玻璃盞，撇了撇嘴。「仔細看看也就這樣了，沒啥好的。」

他才不捧沈丹年的場呢！

沈立言進京後，先去皇宮彙報軍情，並向皇上謝恩，之後才回到家中與妻女團聚。不久後，皇上宣布要在宮中設宴，犒賞沈立言和其餘邊境將士。

這次丹年說什麼也不去了，上次大皇子居然當著皇上和眾人的面求親，弄得她下不了臺，要是大皇子將來真的登基，她恐怕會有更大的麻煩。

這次她可以不去，但李慧娘卻得去。丹年便叫來碧瑤，為李慧娘量好了尺寸，裁製面聖要穿的新衣服。

幾天後，李慧娘看著丹年拿過來的鮮豔衣裳，連連擺手說不行。「我一個半老婆子，不好穿成這樣，這都是大姑娘、小媳婦穿的！」

丹年因為那日在街上受到了刺激，一心要李慧娘打扮得光鮮一些，便笑道：「娘，您現在是以將軍夫人的身分去參加宮宴，說不定皇上還會封妳誥命呢，哪能讓人小瞧了！」

沈立言看著盛裝之後的李慧娘，誇獎道：「聽丹年的吧，這樣穿好看！」

李慧娘聽了沈立言的話，面色一紅，不再說話。

丹年無論如何都不相信大皇子會在這麼重要的宴會上毫無動作，始終放心不下，一直在家裡等待，直到沈立言他們回來之後，才鬆了一口氣。

趁李慧娘梳洗時，丹年悄悄問了沈立言此次宮宴可有不尋常之處。

沈立言搖了搖頭。「也許是妳想多了，大皇子殿下從頭到尾都沒有多說什麼。皇上很高興，喝了不少酒，一直說自己在位這麼多年，如今終於揚眉吐氣了一回，也算是給祖宗爭了口氣。」

丹年回想起那個有過一面之緣的皇上，他身上始終縈繞著一種陰鬱苦悶的氣息，想必不甘心一直被皇后與權臣壓制。

她嘆了口氣，說道：「那就好，我就怕大皇子殿下又醞釀什麼陰謀了，現在形勢不明朗，總感覺山雨欲來風滿樓，讓人不安。」

沈立言拍了拍丹年的肩膀。「怕什麼？有爹和哥哥在，誰也動不了妳。」

李慧娘推了門進來，笑道：「說什麼呀，大半夜的說得這麼起勁？」

丹年笑道：「我問爹今天晚上宮宴有什麼好玩的，爹說什麼好玩的都沒有，就是皇上喝了不少酒。」

李慧娘笑著摸了摸丹年的頭髮，嗔怪道：「皇上豈是我們能隨便議論的，『禍從口出』這個道理妳還不懂？我頭一回進皇宮，便感覺喘不過氣，也不敢大聲說話。雖然皇上說話很和氣，可我看皇后娘娘……有些凶呢。」

丹年笑道：「娘，看您，不讓我說皇上，自己倒說起皇后娘娘來了。」

李慧娘也意識到自己說岔了，笑著搖了搖頭，推著丹年說道：「都這麼晚了，還不快去睡覺？天天睡到日上三竿，哪有姑娘家像妳這麼懶的！」

丹年聽了，吐了吐舌頭，向沈立言與李慧娘道過晚安，便一溜煙地跑回房間了。

半夜時，丹年被一陣急促的敲門聲給驚醒了，她迷迷糊糊地睜開眼，發現外面天還是黑的，敲門聲卻是一聲大過一聲，似乎要把將軍府的門給敲碎了一般。

丹年叫了幾聲「小雪」，才聽到睡在隔壁房的小雪迷迷糊糊的應答聲。她皺著眉搖了搖頭，小雪年紀還小，正是貪睡的時候，這麼晚了，讓一個孩子出去也不安全。

丹年披衣起床，才剛走到院門口，就看到沈立言和李慧娘也穿戴整齊出來了，李慧娘一看到丹年，便擺手說道：「快回去，躲到房間裡面別出來！」

沈立言則手握著一柄長槍，慢慢走到院門口，揚聲問道：「是誰啊？」

門外頓時傳來了丹年熟悉的聲音。「我是蘇府的林管事。」

丹年心頭一驚，脫口而出。「你大半夜的來做什麼？」

林管事在門外焦急地說道：「沈小姐，事關重大，請先讓我進去。」

沈立言看了看丹年，丹年朝他點點頭，蘇允軒是可以相信的人，至少他不會害她。
沈立言打開院門，發現門外不時有穿著盔甲的禁衛軍跑過，蒙著臉、一身黑衣的林管事閃身進來以後，扯下臉上的黑布，對沈立言三人小聲而鄭重地說道：「皇上駕崩了！」
沈立言大驚失色。「晚上宮宴時還好好的啊！」
林管事低聲說：「皇上本來身子就不好，今晚又喝多了酒，等發現時，已經救不回來了。」
丹年關心的不是皇上的死活，皇上死了，皇位就空了下來，原先的暗鬥變成了檯面上的明爭，那些有心於皇位的人，必定在第一時間就得知了消息。
她急切地問道：「現在外面怎麼樣？」
林管事說道：「外面很亂，大皇子殿下帶著宮中的禁衛軍與皇后娘娘和雍國公對峙，你們最好還是關緊門不要出去，等風平浪靜後再出來。」
丹年疑惑地問道：「蘇允軒要你來的？他在做什麼？」
林管事笑道：「沒有少爺吩咐，我哪敢擅自過來啊？少爺特地派人守在妳家附近，京城宵小之徒、地痞流氓多，局勢一亂就會趁火打劫，妳家又沒家丁，他怕妳有什麼意外。」
丹年哼了一聲，剛要譏諷兩句，就看到沈立言握緊了長槍要往外走，她嚇得趕緊撲上去叫道：「爹，您要做什麼啊，外面兵荒馬亂的！」
沈立言眉宇間帶著焦慮。「皇上駕崩了，宮中一片混亂，若是有人乘機奪了皇位，那可怎麼辦！」

丹年哭笑不得，趕緊叫過李慧娘。「娘，快來拉住爹，別讓他出去！」

沈立言急了。「妳這孩子，爹身為臣子，怎麼能在這個時候袖手旁觀！」

丹年死死拖住沈立言，叫道：「您是誰的臣子啊？皇上駕崩了，誰當了皇上，您就是誰的臣子，可現在誰當皇上還不知道呢，您別急著出去，外面那麼亂，您還要不要我和娘了?!」

李慧娘雖沒出言勸住沈立言，卻也一臉焦急地看著他，沈立言聽到最後一句話，立刻停下了腳步，嘆口氣說道：「是我一時情急，糊塗了，如今只有妳和妳娘在家裡，我哪都不放心去了。」

丹年這才鬆了口氣。

林管事抱拳道：「沈將軍這麼想就對了，無論將來誰當了皇上，都會重用沈將軍和小沈將軍的。」

丹年看林管事沒有要走的意思，奇怪地說道：「你還在這裡做什麼？不去幫蘇允軒嗎？」

林管事笑道：「沈小姐怎麼不識好人心呢？我是我們少爺特地吩咐過來保護你們的，放心，等到外面一安靜下來，我就走，不會有人知道我來過這裡。」

此話一出，沈立言皺了皺眉頭，覺得甚為不妥，且不說蘇允軒的身分棘手，身為父親，看到一個毛頭小子居然對自己當眼珠子疼的女兒殷勤成這樣，就想把他揍得遠遠的。

「不勞林管事費心了，沈某自會守護好妻女，林管事還是去蘇郎中身邊吧。」沈立言客氣地說道。

林管事輕鬆地笑著說：「沈將軍別這麼客氣，平日少爺使喚我像使喚牲口似的，如今好不容易派了份輕鬆的活給我，你們可別把我攆走了！」

他這麼一說，沈立言反而不好再說些什麼了。

丹年撇了撇嘴看著林管事，他一副打算賴在她家的樣子，無奈之下，她只好說道：「既然林管事一定要留下來，那就留下來吧，如今外面亂成一團，林管事功夫好，就在院子裡守著吧！」

說完，丹年打了個哈欠，看也不看林管事一眼，回房去了。

林管事悻悻地回想起過來之前鐵丫給他的忠告，說少爺惹惱了沈小姐，這下子看來，沈小姐的怒氣不輕啊！

少爺到底是做了什麼過分的事情，難道是輕薄了人家？林管事笑得一臉邪惡，決定回去以後一定要好好和鐵丫八卦一番。

沈立言和李慧娘看著丹年逕自離去的背影，有些詫異。丹年平時不是這麼不講理的孩子，再轉頭看向林管事，看他摸著鼻子，一臉心虛的表情，愈加確定蘇允軒肯定欺負過丹年，頓時對林管事一點好感都沒了。

沈立言客氣又疏離地對林管事說道：「林管事，小女年紀尚小，不懂事，請林管事進屋坐吧。」

第七十七章　新帝登基

丹年迎來了她人生中最驚心動魄的一夜，甚至比在勒斥被齊衍修俘虜時更讓她覺得慌亂，至少那時齊衍修用得著她，不會對她做什麼，現在就不一定了。

雖然不願意承認，可丹年內心深處還是存在這層憂慮，不是擔憂自己和家人，而是擔心蘇允軒。外面亂成一團，他卻把功夫最好、最信任的林管事派到她這裡，就算嘴上不說，她心裡還是很感動。

如果蘇允軒在這場動亂中死了，正好順了大皇子的意，他要對付的勢力就少了一半。丹年想到在漫天桃花雨中陪著她的蘇允軒，他微紅著臉，脾氣倔強，默不作聲地對她好。

她很茫然，根本沒辦法想像蘇允軒有可能離開人世。院子外偶爾會響起一陣陣吵雜聲，在寂靜的夜裡，聽起來分外驚心。

丹年知道沈立言和林管事就在離自己幾步遠的客廳，安心地躺了下去，皺著眉嘟囔道：「人家造反，你瞎湊什麼熱鬧，好不容易活下來了，就老老實實地過日子，現在害得我也不得安生！」

當外面的響動漸漸平息，天也亮了，遠處響起了此起彼伏的雞叫聲。

丹年掀開被子，穿戴整齊便出了門，她看到沈立言和林管事兩人手握長槍，依舊坐在客廳裡，像是坐了一夜的樣子，李慧娘則端了一壺茶走過來。

丹年蹲下身子握住沈立言的手，心疼地說道：「爹，聽起來外面沒什麼事了，您去休息一下吧，我們一家人沒做過什麼，誰當皇上都不關我們的事！」

林管事瞇著眼睛笑道：「沈小姐這話就不對了，沈將軍和小沈將軍是大昭手握重兵的將軍，你們一家的命運，早就和朝堂動向分不開了！」

沈立言張口想反駁，卻又說不出什麼來，只能憐愛地摸了摸丹年的頭髮，溫和地說道：「我和沈鈺傾盡心血，都是為了大昭安定，也是想讓她們娘倆有個安穩舒心的日子過。」

林管事笑了笑。沈丹年很好命，就算被自家老爺拋棄，還能落到這麼好的人家手裡，比他們少爺更幸運。

這會兒小雪才揉著眼睛，睡眼惺忪地走進了客廳，看到主人們都起床了，還有個陌生男子在，不禁嚇了一跳，連忙小聲問道：「夫人、小姐，今天想吃些什麼菜？」

丹年看到小雪，又好氣又好笑，昨晚她擔心這小姑娘害怕，還特地到她房外敲門，可是半天都沒有人應答，只得推門進去，結果這小丫頭呼嚕打得正香，睡得跟隻小豬一樣。真是傻人有傻福，丹年忍不住感慨，她累死累活操那麼多閒心做什麼，天塌下來，總有個子高的頂著呢！

「今天不買菜了，廚房裡還有些菜，湊合著做就行了，現在外面有些亂，妳先回房間，沒事別出來。」李慧娘看小雪到底是個孩子，柔聲吩咐道。

小雪乖巧地福了福身子，便回房間去了。

林管事看著小雪，用微微有些吃驚的語氣問道：「這麼小的孩子，哪能做得了活？怎麼不買個大一點的丫頭？」

李慧娘答道：「這孩子可憐，從小就被父母賣了，平日就我和丹年兩個人，家裡人少，也不用她做什麼活。」

丹年有些懷疑地盯著林管事說：「你關心一個小丫頭做什麼？」

林管事哭笑不得，連忙擺手道：「沈小姐不要多想，那個小丫頭可不是我們的人，那麼小，什麼事都做不了。」

丹年不屑地哼了一聲。「鐵丫年紀也不大。」

林管事不好意思地笑道：「他和沈小姐差不多大，不過小時候餓壞了身子，個子顯得比較小，等長大了就好了。」

此時院門外又響起了敲門聲，三長三短，分外有節奏。

林管事面上一喜，說道：「鐵丫來了！」說罷便站起身，幾個大步躍到了院門口，打開了門。

一身黑衣、戴著帽子的鐵丫閃身進來，氣喘吁吁地對林管事說道：「定下來了，大皇子殿下已經控制住皇宮，兩宮娘娘和雍國公已經退一步了。」

林管事顧不得這些，急切地問道：「少爺可還好？」

「沒事，好著呢，昨晚少爺可英武了！我跟在少爺後面，風光著呢！」鐵丫眉飛色舞地說道。

林管事伸手一巴掌呼到鐵丫頭上，罵道：「叫你去保護少爺，你倒只想著風光了，要你做什麼啊！」

鐵丫嬉皮笑臉地躲過了那一巴掌，跳到丹年面前，笑道：「真該讓沈小姐去看看我們少爺有多威武！」

丹年的臉瞬間鐵青，她方才確實是在想「蘇允軒沒事真是太好了」，而沈立言和李慧娘的臉則是不約而同黑得如鍋底一般。

丹年看了沈立言與李慧娘一眼，覺得這對師徒實在有些過分，在她面前亂說話也就罷了，怎麼能到她的爹娘面前亂說?!

「林管事，既然沒事了，你們倆就回去吧。」丹年頭疼地說道。

林管事摸了摸鼻子，說道：「既然如此，我們先走了，不過外面的眼線我們還是放著，要是有什麼異常，也方便我們過來。」

丹年不禁皺起了眉頭。蘇允軒或許是好意，但她著實不喜歡這種類似監視的保護方式。

等到中午時分，有人來敲丹年的家門，原來是宮裡來的傳令太監，通知沈立言下午去宮中議事。

沈立言不著痕跡地往傳令太監手中塞了一錠銀子，笑道：「這外面亂成一團，辛苦公公了，跑來跑去的！」

那太監暗地裡捏了一下銀子，滿意地笑道：「咱家是為皇上辦差，哪敢懈怠？辛苦什麼的就更不必提了！」

沈立言笑道：「還是公公深明大義、辦事牢靠，只是不知……」

太監心領神會地說道：「咱們大昭向來講規矩，長為尊。」

這麼一說，沈立言瞬間就明白了，用和氣的笑容送走了太監。

丹年見人走了，便走出來問道：「是不是大皇子殿下繼位了？」

沈立言點了點頭，說道：「不出意外，就是他繼位了。」

聞聲趕來的李慧娘愁眉苦臉地說：「這可怎麼辦，過年時大皇子殿下還向先皇求娶過丹年，當時先皇沒答應，落了他好大的面子，若大皇子殿下真當了皇上，會放過丹年嗎？」

沈立言第一次聽到這件事，他皺起眉頭，拍了拍丹年的肩膀，說道：「別怕，爹拚死都不會讓妳進宮伺候皇上的！」

其實丹年不怕大皇子會強行要她進宮，他們兩個人都了解彼此是什麼樣子。她只擔心大皇子以後會無窮無盡地騷擾他們家，沈立言和沈鈺會日日不得安寧。

李慧娘像是突然想到了什麼，急切地說道：「趁阿鈺還在木奇鎮，丹年趕緊過去吧，跑得遠遠的便沒事了。」

丹年拉著李慧娘的手，坐下來說道：「娘，咱們不怕，皇上也得講理，他想強搶，也得看哥哥手中的大軍答應不答應！」

沈立言感慨道：「也算巧，若阿鈺和咱們一起回來，咱們可就沒那麼有把握了。」

丹年在沈立言看不見的地方彎了彎嘴角，要沈立言認為沈鈺心懷鬼胎很容易，可他怎麼都不會相信「乖巧」的丹年會與沈鈺串通，這就是當初她敢向沈鈺提出建議的原因。

在丹年和李慧娘忐忑不安的情緒中，沈立言騎馬去了皇宮，一直到掌燈時候才回來。

丹年見沈立言神色如常，直覺宮中並沒有什麼太大的變故，連忙打水讓沈立言洗臉，又為他端來熱茶。

沈立言喝完茶之後才說道：「確實是大皇子殿下要繼位了，等先皇下葬後便舉行登基大典。」

丹年納悶地說道：「事情不會這麼順利吧，雍國公和皇后娘娘能眼睜睜看著皇位落到他手中？」

沈立言嘆道：「這就是大皇子殿下聰明的地方了，雍國公和皇后娘娘之間本來就有嫌隙，皇上駕崩得突然，沒來得及留下遺詔，皇后娘娘急著推二皇子殿下上位，雍國公則想藉機取得更大的權力。兩蚌相爭，漁翁得利，原本是皇后娘娘一系的黃家，突然倒戈向大皇子殿下，昨夜帶著宮裡的禁衛軍先發制人，守住了宮門，控制住兩宮娘娘、雍國公以及幾個重要的朝臣。」

丹年低頭思索了片刻。「我聽哥哥說過，東部的駐軍是雍國公府的人，加起來不會比哥哥手上的西北軍少，雍國公府不會讓大皇子殿下坐穩皇位的。」

沈立言看著丹年說道：「這就是奇怪的地方了，東部駐軍的一些中級將領，得到消息後就捆住了總兵，八百里加急通報朝廷總兵意圖帶兵進京謀反。而且，昨夜雍國公指使了不少人要逼宮，卻被蘇郎中領著防衛營的人攔在宮外，以謀反的罪名將這些人全部投進大獄。」

丹年驚訝之餘脫口而出。「這沒道理啊！蘇允軒為什麼要幫齊衍修上位？」

沈立言盯著丹年問道：「妳真的不知道？」

丹年有些茫然地搖了搖頭，沈立言拍了拍丹年的肩膀，要她先回房休息。

丹年渾渾噩噩地回到房間，她原本以為蘇允軒會趁著這個機會奪位，再不濟，也會給大皇子添點麻煩，可她從沒想過蘇允軒會全心全意幫大皇子，甚至不惜暴露自己的實力。

莫非是大皇子人格魅力太盛，導致蘇允軒臣服了?!

呸呸呸！丹年不禁深深地鄙視起自己，蘇允軒是什麼樣的人，她還不清楚嗎？他驕傲得如同一隻小公雞，要他臣服於大皇子，根本是天方夜譚！

這幾天京城裡到處都掛滿了白布，丹年沒經歷過國喪，這才知道但凡皇上駕崩，京城裡的人家都要披麻帶孝，這些日子不能舉行婚嫁，也不准進行什麼慶祝活動。

李慧娘幫丹年準備了白麻布條，紮在腰上代表戴孝就行了。規矩雖然很嚴，但在這麼緊張的時刻，根本沒人會認真追究。

雍國公府忙著想把大皇子拉下臺，大皇子也忙著鬥雍國公府，兩方勢力膠著之下，皇上的葬禮就顯得簡單冷清了。

在靈柩送入皇陵時，兩方人馬的意見產生了強烈的分歧，雍國公府認為理應由嫡子護送靈柩入皇陵，而大皇子這邊則不依，既然他是繼承皇位的人，哪有讓別人來扶靈的道理？

等丹年聽到小雪加油添醋地講這個「笑話」的時候，先皇早就下葬了好幾天，丹年不禁再次回想起那個憂鬱得近乎陰沈的先皇。

先皇才華橫溢，詩詞書畫流傳出宮的不在少數，可他一生過得窩囊，面對強勢的妻子和岳家，不敢有所作為，身為皇上，他是不及格的。只不過，執政期間雖沒有大功，卻也說不上有什麼大過，就這樣平庸過了一輩子。丹年暗自替他祈禱，下輩子不要託生在帝王家了。

小石頭和碧瑤這期間來過一次，當時丹年囑咐他們不要慌，誰當皇上，日子都得照過。他們這一次過來，則是要告訴丹年一個好消息，碧瑤已經有了一個多月的身孕，把大夥兒都給樂壞了，不過現在是國喪期間，也不好大肆慶祝。

碧線閣仍然由碧瑤掌管，只是她已經不親自動手了，因為小石頭生怕碧瑤失手扎到自己。

丹年捂著嘴不停偷笑，碧瑤現在連走個路都會被叮囑輕點、慢點、穩重點。

「讓梅姨到碧線閣幫忙好了，還能照顧一下碧瑤。」丹年說道。

小石頭感激地笑了笑，剛要說些什麼，丹年就擺了擺手。「感謝的話就算了，跟我說這個就見外了。只是如今新皇還未登基，各方勢力混亂，只要大家同心協力度過這個時期，一切都會好起來的。」

過了幾天，沈立言穿著正式的朝服去參加登基儀式。回來之後，他不禁對著妻子與女兒搖頭嘆氣，直言新皇的皇位想要坐得安穩，可得費一番工夫。

雍國公府現在和新皇是誓不兩立的局面，但兩方又不肯撕破臉直接開戰，而原本保持中立的蘇允軒支持大皇子，更讓雍國公府忌憚。

新皇國號永安，齊衍修登基後便大赦天下，減免了全國三年的稅賦。

丹年一直躲在家裡，而沈立言出去上朝，也未見有什麼不尋常之處，不過愈是平靜，丹年愈是覺得有問題。

小石頭帶著碧瑤到了將軍府，正好碰上小雪買菜回家，小雪好奇地對丹年說道：「小姐，門口有當官的在貼告示呢！」

丹年頭也不抬地問道：「寫了什麼？」

小雪臉頰一紅，赧然地笑道：「小姐，我哪裡識字啊！」

丹年拍了拍腦袋，她居然忘了這件事，但這無非就是些安民告示吧，根本不用理會。

小石頭皺著眉頭回憶道：「我們進來時也瞧見那貼告示的人了，瞧起來臉熟得很，穿著大紅蟒袍，看起來官位不低啊！」

丹年頓時愣住了。皇上是「龍」，「蟒」在大昭人眼裡就是龍的親戚，那就意味著貼告示的人要麼是皇上的至親，要麼是皇上的親信。

齊衍修沒老婆、沒兒子，兄弟那邊的人和他誓不兩立，至親不可能，那就只有親信了。

丹年連忙推門出去，小石頭、碧瑤和小雪跟著追了出去，果不其然，身穿大紅蟒袍、指揮著兩個禁衛軍貼告示的，正是多日不見的金慎。

金慎也瞧見了丹年，他先「嘿嘿」笑了兩聲，後來又覺得不符合他現在的地位，於是開始擺出一副官架子。

丹年最看不慣金慎這副模樣，斜眼看著他。「金大人，您跟著皇上出生入死，勞苦功高的，怎麼皇上登基了，您就分了個張貼告示的活啊？」

金慎差點沒被噎死，他原本打算在沈丹年面前展露一下威風的，沒想到她一句話就讓他破功了。

瞇了瞇眼，金慎沒好氣地說：「胡說八道，我現在總管禁衛軍！」

丹年不懷好意地笑道：「原來是金總管啊……」

「總管」是對公公的敬稱，對於禁衛軍總管，一般都是稱為「總監」的。

金慎頭頂幾乎要冒煙了，指著丹年氣得說不出話來，小石頭、碧瑤和小雪則是捂著嘴，在丹年身後偷笑。

丹年撫平了裙子上的褶縐，漫不經心地說道：「金總管，您主子要是不待見您，您可以考慮到我這裡，我鋪子裡還缺個夥計！」

金慎強壓下心底那股怨氣，同沈丹年較真，就是對自己殘忍，他指著已經貼好的告示，說道：「本官前來只是為了貼告示，告辭！」

說完，金慎就飛也似地帶著兩個禁衛軍逃掉了，丹年好奇地走上前去看告示，這……居然是皇上要選秀的公告！丹年撇了撇嘴，齊衍修才剛上位，就想著要拓展後宮了。

丹年覺得無聊，隨口唸起了告示內容。「第一，十五歲以上十八歲以下；第二，要求三品以上官員家中嫡女；第三，要求該女無婚配史，未曾訂親；第四，品貌端莊……凡是符合條件的，擇期入宮候選，不得有誤。」

丹年眯著眼，指著告示插腰大笑。「你們看看，怪不得金慎要偷偷摸摸地貼到我們這麼不顯眼的地方，這麼苛刻的條件，誰夠格進宮啊？他自己都覺得不靠譜吧！」

笑了半天，身後的人卻都沒反應，丹年回頭一看，只見小石頭等三人都一臉吃驚地看著自己，丹年被盯得發毛，有點心虛地說：「你們全看我做什麼？」

小雪有些遲疑地說：「小姐，您好像符合這個選秀條件啊！」

「不是吧？」丹年大驚失色，轉身撲上去，仔仔細細地再把告示逐條看了一遍。

看完以後，丹年恨得想要撞牆，怪不得金慎那小子像兔子一樣跑得這麼快，原來他是心虛！

小石頭擔憂地問道：「小姐，您看這怎麼辦啊？」

丹年沒好氣地答道：「不怎麼辦！」

說完，丹年撕下告示揉成一團，招呼眾人回家。「進屋，咱們就當作沒看到。」

待幾個人重新坐定之後，小石頭滿臉擔憂地說：「小姐，躲過了這次，還有下一次，撕了皇上的告示，也是個不小的罪名！」

丹年立刻站起來將揉成一團的告示撕成碎片扔進香爐裡，恨恨地說道：「撕都撕了，他能把我怎麼樣？他不敢來硬的，哥哥還在邊境管著十萬大軍，他想收了爹和哥哥為他賣命，也得先看看自己有沒有這個分量！」

碧瑤撫摸著肚子說道：「小姐說得對，不能進宮，宮裡是吃人的地方！」

小石頭摟過碧瑤的肩膀安慰道：「事情不會走到那一步的，下午我去錢莊將全部存銀兌成銀票，要是有個萬一，小姐和老爺還有夫人就帶著銀票去找鈺少爺吧。」

看碧瑤點了點頭，小石頭又對丹年說道：「如今皇上的地位不比從前，不少大臣爭先恐後想把女兒送進宮去，就是想爭一個位置，很多人為了替女兒退親，不惜和世家好友鬧翻。民間也傳言現在的太后娘娘無德，過於苛刻，無論是天時地利還是人和，都偏向皇上那邊。」

丹年搖了搖頭。「雍國公沒有你們想得那麼無能，不會因為一時失誤被打壓得一蹶不振，接下來的日子不會太平。

「那些人如果覺得自家女兒跟了皇上就能享受榮華富貴，未免太小瞧了權傾天下的雍國公了。還有大姊夫，他是雍國公府傾盡心血栽培的接班人，不會這麼簡單就放棄。」丹年接著說道。

不知道現在那兩位堂姊鬥法鬥得如何了，有機會她一定要去看好戲！丹年壞心眼地想著。

第七十八章 勒斥使團

到了下午，一輛馬車靜悄悄地停在將軍府門口，金慎敲響了丹年家的門。

丹年看到金慎又來了，不由得有些心驚，他必定得知了自己撕下告示的事情。

金慎皮笑肉不笑地說道：「聽聞沈小姐揭了告示，想必做好入宮的準備了。」

丹年也想通了，再見到金慎，已經沒了心浮氣躁的感覺，只是搖頭道：「別說這種話了，你我都明白，這是不可能的。」

金慎嘆了口氣。「沈小姐，我家少爺想見見您。」

丹年擺了擺手。「我不會進宮的。」

金慎說道：「不是進宮，也不是面對皇上，我家少爺只是想和許久未見的朋友說說話，說完就送您回來，絕不強留。」

丹年看了看圍在馬車四周一聲不吭的八個彪形大漢，回頭對小雪說道：「我爹回來，就說慕公子請我去作客了。」

小雪有些害怕地看著那幾個大漢，戰戰兢兢地點了點頭。

丹年叮囑她把門關好，便上了馬車，金慎隨後放下了車簾。

馬車走了很久，進了一處院子才停下來，院子布置得精緻小巧，夕陽為整個院子鍍上了一層溫柔的金光。

齊衍修——也就是現在的皇上，穿著一身簡單的白色錦袍，正在庭院的石桌處泡茶，他看到丹年，如同招呼老友一般，閒適地笑道：「妳來了。」

此時的齊衍修雖然貴為帝王，但氣質依舊溫和優雅，如此俊美的公子為自己倒水沖茶，丹年無論如何都無法口出惡言。

齊衍修將粉瓷茶盅推到丹年面前，笑道：「剛摘下的碧螺春，妳嚐嚐。」

丹年端起茶盅，揭開蓋子，一股清甜的茶香撲面而來，茶盅裡面幾團碧螺春都已經被沸水沖泡得舒展開來，如同一朵朵花，煞是好看。

「真是好茶，好手藝！」丹年真心實意地說道。

齊衍修低低笑了起來。「能得到妳的誇獎，倒也不錯。」

丹年放下茶盅，注意到齊衍修已經摘掉他右手上的扳指，拇指上月牙形的白色疤痕清晰可見。

看到丹年的眼光瞧向他的右手，齊衍修笑道：「這個扳指有很多我們之間不愉快的經歷，扔了這個扳指，好讓妳我都忘掉那些。」

丹年低著頭並不說話。過去的事情哪能那麼簡單就忘掉，她向來小心眼又記仇。

仲春節之前的大皇子，丹年還是很欣賞，那麼儒雅俊逸的貴公子，教人如何不喜歡？可仲春節之後的大皇子，徹底讓丹年看透了真面目，她覺得被騙，有種說不出的憤怒感。

不過現在看來，這一切都不重要了。

齊衍修看著丹年白皙的臉龐，忍不住伸出手去，丹年幾乎是下意識地向後一仰，躲過了他的手。

齊衍修也不生氣，自嘲似地笑了一下，站起身走到丹年身邊，在丹年戒備的眼神中，慢慢蹲下身子，拉住丹年的手說道：「丹年，皇后的位置是留給妳的。」

丹年用力抽出被齊衍修握住的手，譏笑道：「倘若我爹和哥哥只是種田的農夫，不知皇上是否還會把這麼尊貴的位置留給我？」

齊衍修坐到丹年身旁的石墩上，緩緩搖了搖頭，面沈如水地說：「不會。」

雖然是意料之中的答案，卻讓丹年心中一陣發堵，虧她還以為齊衍修或多或少對她有那麼一點真心。

丹年努力深呼吸了一下，將胸口翻湧的氣息強壓了下去，既然齊衍修正與她平和地聊天，她犯不著這麼生氣，否則便顯得自己沒教養了。

「既然是這樣，我想我們沒什麼好談的了。」丹年微微笑了一下，大方承認總比花言巧語騙她要來得好，不是嗎？

齊衍修看著丹年，心中柔情無限，他為了這個位置，吃了多少苦、受了多少罪、犧牲了多少，只有他自己清楚。費這麼大的勁當上皇帝，連想要的人都得不到，何苦來哉？

「丹年，如果妳父兄只是普通的農夫，只要妳我還能相遇，我會在後宮留一個嬪妃的位置給妳。」齊衍修說道。

丹年諷刺地笑了，真是偉大的恩賜啊！

齊衍修誠摯地說道：「丹年，妳心裡清楚，若妳只是個普通農夫的女兒，做皇后不到一個月，就會不明不白地死在後宮。當一個普通的嬪妃，我一樣會寵妳、愛妳，那些女人要的不過是權勢和地位，她們不會為難妳，妳反而安全。」

丹年站起身來準備走人，她不想再聽什麼皇后、嬪妃的話，他做他高高在上的皇上，她只希望過著自由舒心的生活，上天已經給她機會重活一次，她何必拿自己的性命開玩笑。

就算性命無虞，為了爭那幾千分之一的寵愛，這樣也未免太過悲哀。

齊衍修眼明手快地拉住丹年，站起身來，堅定地說道：「丹年，不論妳的父兄有無權勢，不管妳是皇后還是嬪妃，妳都是我唯一認定的妻！」

換成別的女子，聽到天下最尊貴的男人對自己深情表白，大概會感動得立刻點頭答應，可丹年是從二十一世紀來的，前世一夫一妻的思想牢牢刻在她腦海中，她接受不了要與別的女人分享一個男人。

看著齊衍修情真意摯的雙眼，其中滿含著期待，丹年張了張口，卻說不出話來。

她不否認之前對齊衍修有過好感，對他有憐憫、有心疼，有一些不足為外人道的曖昧，可現在齊衍修回贈她的，卻是這樣的選擇。

丹年搖了搖頭，朝齊衍修冷笑道：「你果然精於算計，半點都不肯吃虧。娶了我，等於將西北軍收入囊中，既能壓制不服你的朝臣，又能讓我父兄安心為你賣命，我還得在後宮等你什麼時候想起我，或者需要我父兄的時候，才來臨幸一晚，真不愧是皇上！」

看著齊衍修眼中的希冀隨著丹年說出口的話，一點點褪去了光澤，丹年心中一緊，轉身便往院子門口走去。

齊衍修叫住了丹年，垂下眼睛苦笑道：「丹年，如今妳都不肯再相信我了嗎？」

丹年背對著齊衍修，停頓了一下腳步，接著就頭也不回地往外跑去。

金慎從一旁跑過來，急匆匆地問道：「皇上，可要攔住她？」

齊衍修意興闌珊地擺了擺手，說道：「送她回去吧，強留下來，只會讓她更討厭我。」

金慎恨恨地跺了一下腳，罵道：「這沈丹年太不知好歹了，皇上您就是慣她慣得太厲害了！」

齊衍修不自覺地翹了翹唇角，喃喃道：「朕任慣著她嗎？」

金慎見和自己的主子說不通，咬牙行了個禮，追了出去。

丹年坐上了馬車，任金慎在自己面前磨破了嘴皮就是不吭聲。她又不是情竇初開的天真少女，會因為幾句好聽的情話，就賣了自己和全家。

等丹年到了家，天已經黑了，沈立言與李慧娘焦急地等在院門口，看到丹年跳下馬車，才鬆了口氣。

李慧娘帶著哭腔罵道：「妳這孩子，要嚇死爹娘啊！」

丹年抱著李慧娘的胳膊笑道：「金管事請我去喝茶，走得急，沒來得及告訴您和爹。」

沈立言面色不快地盯著金慎，抱拳嚴肅說道：「金大人，小女還是未嫁之身，傳出去對名聲不好，今天的事，沈某不想再看到。」

金慎自知理虧，打著哈哈說道：「一定、一定，今日之事我保證誰都不知道。」

沈立言冷哼了一聲，當著金慎的面重重關上了大門。

門外落了個沒臉的金慎幾乎要抓狂了，他是堂堂大昭的禁衛軍總監，不是皮條客啊！

進門之後，李慧娘便開始數落丹年，丹年撒嬌了半天都消不掉她的火氣，只能跺著腳辯解。「金慎來了，那就代表是皇上的意思，我躲得了這次，能躲過下次嗎？再說，哥哥還在西北，他並非什麼忠臣良將，可是怎麼樂意就怎麼做的！」

最後一句話一出，沈立言和李慧娘全都沈默了，自己的兒子是什麼樣，他們心裡清楚。他雖然一表人才，看起來一副正人君子的模樣，但惹惱了他，什麼事都做得出來。

丹年回來之後，一直都風平浪靜，似乎那天下午她根本沒見過齊衍修一樣。她原本以為自己會憤怒、遺憾、失落，可當她一覺睡醒，什麼不愉快的心思統統都拋到一邊了。

這一天，沈立言下朝回來後，對丹年和李慧娘說道：「勒斥王庭表示支持皇上繼位，還派了特使來要簽訂合約，宣示兩國永世交好。」

李慧娘不明所以，為沈立言盛了碗粥，說道：「這是好事，打仗總是勞民傷財，死的都是窮老百姓。」

沈立言遲疑了一下，才說道：「特使是勒斥王庭的大公主。」

丹年剛好端著碗喝著粥，一聽嚇得把粥噴了自己一身，李慧娘不禁叫了起來。「多大的孩子了，吃個飯都能弄成這樣！」說著就去幫丹年拿帕子，把她身上的飯粒都給擦乾淨。

丹年能理解沈立言那「欲語還休」的心情了，沈立言認為沈鈺被雅拉公主「強娶」的事是家醜，並沒有跟李慧娘提起過。

丹年期期艾艾地開口了。「爹，那位公主……不是由您接待的吧？」

沈立言想了想才說：「應該不會輪到我去接待，可宮裡總會宴請她，到時上過戰場的將領都要參加。」

接下來幾日，沈立言和丹年父女兩人為了雅拉的到來而惴惴不安，他們恐怕是整個大昭最不歡迎雅拉的人了，偏偏這禍是沈鈺自己闖出來的，他們根本沒人能訴苦商量。

京城西街的小巷裡，有家狹小的鋪子，門口掛著一張破爛的門招，上面寫著一個大大的「酒」字，隨著晚風在空中飄揚。

小巷甚是冷清，偶爾才有打更的更伕經過。鋪子裡除了老闆，只有蘇允軒，他坐在低矮的木頭墩子上，摩挲著手中的粗瓷碗，時不時抬碗抿上一口。老闆面前的小爐子炭火燒得正旺，砂鍋裡燉著肉，冒著噴香的熱氣，和酒香混在一起，一聞就讓人食慾大開。

蘇允軒喝得臉色泛紅，他晃動瓷碗裡的酒，說道：「老高，我把一件事情辦砸了。」名叫老高的老闆身材高大，臉上有一道劃過右眼的疤痕，整個人顯得有些猙獰，過了半晌，他才冷冷地說道：「少爺居然有辦砸的事情？」

蘇允軒低聲笑了起來，一不留神就被酒嗆到了，咳了半天。

老高站起身來，拿了條帕子給蘇允軒，罵道：「小小年紀學什麼不好，學大人借酒澆愁了?!」

蘇允軒止住了咳，擦了擦嘴角，將碗裡剩下的酒一飲而盡，感慨道：「老高啊，在外公留下來的人之中，也就只有你敢對我不客氣，高興了就罵我兩聲，不高興了便乾脆不理我。」

老高哼了一聲。「那您還老來找我？老子可沒空聽您和那個女娃兒那點破事！」老高一邊說，一邊不動聲色地幫蘇允軒添了水進碗裡。

老高嘴上說沒空聽，可實際上他就是蘇允軒及丹年離開農家小院那天，披著斗篷負責駕馬車送丹年回家的人。

蘇允軒淡淡一笑，嚐了口酒。「老高，你又往酒裡添水了，你的手可真是愈來愈快了。」

老高不太自然地說：「小小年紀喝什麼酒啊！您就是醉死，她也不知道！」

蘇允軒長嘆了一聲。「都說女人心海底針，可我覺得，這話對她就不準了，她分明就是個沒心的人。你說說，不過是件小事，怎麼她會生這麼大的氣呢？」

老高有些幸災樂禍地看著蘇允軒那發愁的鬱悶模樣，悠哉地說道：「年輕女娃兒的心事，我一個半老頭子哪裡懂！」

蘇允軒癟了癟嘴。「你說我做錯什麼了，不就是那天騙她過來『救我』嗎？我什麼都跟她說明白了，是個女人就應該知道我的心意了啊！」

老高嘿嘿笑了起來，臉上的刀疤在肌肉顫動下顯得更為可怖。「要我說，您就是活該！誰要您巴巴地自己貼過去？誰要您沒事去試探人家？姑娘家都想被寵著、慣著，您沒事非要試探，那女娃兒又是個心高氣傲的主，您怪誰啊？」

蘇允軒瞪大了眼睛，叫道：「你怎麼知道得這麼清楚？我可沒跟你說是怎麼回事啊！」

老高意識到自己說溜了嘴，乾笑著不吭聲。

蘇允軒咬牙切齒地罵道：「不是林管事就是鐵丫，除了他們兩個沒別人。這對渾蛋師徒，成天像長舌婦一樣說長道短，我明日就發配他們滾蛋！」

老高大喜過望，連忙說道：「那太好了，少爺趕緊叫那兩個師徒滾蛋吧，兩個吃貨動不動就到我這裡來蹭酒喝、蹭肉吃，吃一頓恨不得管一天飽，我辛苦賺的小錢還不夠他們來吃白食，要他們趕緊滾得遠遠的，老子眼前也清淨。」

蘇允軒哼了一聲。「難得也有你頭痛的時候，還是讓老渾蛋和小渾蛋都留著吧，時不時來你這裡打打秋風也不錯！」

聽他這麼一說，老高原本笑容滿面的臉頓時垮了下去。

儘管丹年和沈立言千般、萬般不樂意，勒斥王庭最尊貴的大公主雅拉還是來了。大昭在勒斥特使團離京城還有二十里的地方就設置了歡迎的儀仗，在官道兩旁載歌載舞迎接他們進京。

京城的百姓對於雅拉這麼一個傳奇的人物頗感興趣，據說她親自上過戰場，帶著弟弟躲過大哥一次又一次的追殺，又奪回汗位，比現在是大汗的弟弟更有威望。

碧瑤興沖沖地來找丹年，問道：「小姐，勒斥大公主來了，您去不去看？聽說長得很漂亮啊！」

丹年擺了擺手。「不去！有什麼好看的？即便是公主，也是兩隻眼睛一個鼻子，還能三頭六臂不成？妳也不許去，一個孕婦就別去瞎湊熱鬧了！」

碧瑤撇了撇嘴，她根本看不出肚子，今日是得了空跑出來找丹年的，誰知丹年也不讓她到街上去。

下午時，沈立言匆匆回家了，叫過了丹年和李慧娘，說是宮裡要舉行宮宴歡迎勒斥特使團，新皇還要藉這個機會對有功的將領進行封賞，家屬也要參加。

丹年能理解齊衍修的做法，這樣一方面能顯示新皇皇恩浩蕩，順便籠絡西北這批沒派別的將領，另一方面又能在勒斥人面前擺擺威風，何樂而不為？

只是一牽扯到自己，丹年就不淡定了。「我也要去嗎？」

沈立言點了點頭。「皇上對妳也有封賞，傳令太監特地囑咐的，我們去了以後，小心行事就是了。」

丹年垂下眼睛點點頭。齊衍修還是大皇子時曾當眾向她求過親，現在又在選秀充盈後宮，她這個時候出現，怎麼樣都覺得很尷尬，還是謹慎為上。

沈立言一家出現在宴會廳時，所有人都安靜了下來，在眾人異樣的目光中，丹年低著頭挨著李慧娘坐到了案几旁。

這些人是什麼意思啊？丹年一進來就後悔了。

好在她的尷尬並未持續多久，沈立言和沈鈺的軍功顯赫，即便有人對丹年有微詞，也不會當眾表現出來，甚至馬上就有不少人來打招呼。

與丹年隔著中間的空地相望的，正是她的老冤家沈丹荷。一陣子不見，沈丹荷消瘦了，顴骨高高凸了起來，整個人像是風中飄零的樹葉一般。

日子看起來過得不怎麼樣……沈丹芸比她先懷上孩子，這對她打擊很大吧？丹年暗自思忖著。

沈丹荷一旁的白振繁依然是一副儒雅的貴公子模樣，好似這段時間的變故並未對他造成多大的打擊。不過像他這種人，即便天塌下來了，也不會在人前表現出蛛絲馬跡。

丹年找了半天都沒看到沈丹芸，心想這種級別的宴會，輪不到她一個妾室出席。

坐在丹年一家下首的，是廉茂和廉夫人，廉夫人見了丹年，一改往日不鹹不淡的態度，拉著丹年親熱地說了不少話。丹年笑問廉清清怎麼沒來，廉夫人開心地說廉清清有了身孕，正是嗜睡的時候，不方便出席。

丹年驚喜不已，連忙說過兩天得了空就去看廉清清。廉清清成親時她去了邊境，只有請小石頭送賀禮過去而已，不知不覺間，她身邊的人一個個都要當母親了。

李慧娘聽了臉上雖然帶笑，可內心卻相當焦躁。廉清清和碧瑤同丹年差不多大，她們都要當娘了，丹年卻連個歸宿都沒有，不禁恨起現在已經是皇上的齊衍修。若不是他，丹年會連個上門提親的人家都沒有？好好的姑娘就這麼耽誤了！

等賓客到齊，皇上便出場了，丹年還是第一次看到齊衍修身穿龍袍的模樣，正襟前繡的五爪金龍，為他增添了不少威嚴。

皇上的儀仗經過丹年跟前時，所有人的目光都齊唰唰地射向她這邊，丹年連大氣都不敢出一聲。然而齊衍修竟像是不認識丹年一般，繼續昂首挺胸走了過去，目光直視前方，連看都不看她一眼。

四面八方的目光或安心或掃興地收了回去，丹年不禁鬆了口氣，李慧娘則伸手握住丹年的手，低聲說道：「別怕，有爹娘在！」

丹年微微一笑，沈立言和李慧娘都是讀過書、要面子的人，流言太多，她只怕他們兩個年紀大了，心裡難受。

等眾人跪拜過齊衍修之後，齊衍修才請大夥兒入座。丹年偷偷看向坐在高臺上的齊衍修，語氣溫和，眼角眉梢都帶著溫柔的笑意，這是他一直展示在人前的面具，一副無能無害的模樣。

此時太監宣布勒斥特使團進殿，丹年看向殿門口，一身大紅騎裝、打扮得俐落豪爽的雅拉帶著幾個勒斥人進殿了。經過丹年的案几時，雅拉扭頭朝丹年揚起了一抹笑意，還飛快地朝她眨了眨眼睛。

她認出我來了！丹年趕緊低下了頭，整個人慌得不得了。一旁的沈立言也是低頭不語，只有坐在兩人中間、不明真相的觀眾——李慧娘，驚喜地出聲讚嘆道：「好一個大氣的女子！」

丹年撇了撇嘴。是挺大氣的，大氣到把妳兒子都給強娶了……

第七十九章 雅拉求親

勒斥特使團行禮參見皇上後，就落坐在指定的位子上，宮女和太監開始如流水般上了一道又一道菜色，仔細一看，都是些大昭南北各地的特色菜，御膳房看來下了苦心，也不難看出齊衍修對這次宮宴相當重視。

菜還未上齊時，一直微笑不語的白振繁採取了行動，他先是站起來向高臺上的齊衍修抱拳行了禮，接著就笑道：「皇上，微臣有句話不知當講不當講？」

齊衍修笑道：「愛卿有話就直說吧。」

「皇上，勒斥特使團誠心誠意來到我們大昭，圖的就是『和平』兩個字，理應全心全意招待，才能顯出我們大昭的誠心。」白振繁笑道：「可我看他們桌上的菜色和我們大昭臣子的菜色居然一樣，想在大昭找出幾個勒斥廚師也不難，他們遠道而來，怎麼吃得慣這樣的菜色？這豈不是顯得禮數不周，不尊重人家？」

這話說得有些無禮，若是別人必定不敢說，然而雍國公世子不但說了，齊衍修還沒辦法治他的罪。

齊衍修臉上始終掛著溫和的笑意。「白愛卿所言甚是，不過朕提前派人詢問過大公主了，大公主覺得來到大昭，就得吃大昭的菜；再說，他們好不容易過來一趟，我們自然得拿出最好的來招待人家，白愛卿你說是不是？」

白振繁臉上的笑容掛不住了，齊衍修的意思很明確，管你是哪裡來的，來了就得遵守大昭的規矩，而他方才說的話，反而有大昭屈居於勒斥之下的意思。

丹年淡定地看著這一幕，齊衍修戴著面具裝了十幾年，被眾人吹捧著長大的白振繁，道行上明顯不是對手。

所幸這場風波並未持續太久，雅拉站起身來，笑道：「皇上所言甚是，我等早就想嚐嚐大昭的風味特色料理，如今算是了了心願，還要多謝謝皇上才是，而且……」

雅拉微微一頓，環視了四周一圈，說道：「皇上還是皇子時，就和我的父汗簽訂過互不侵犯合約，只是我大哥謀反，還殺害了父汗，以至合約遲遲未能兌現。我弟弟蒙于身為父汗真正的繼承人，非常支持父汗的決定，我們勒斥願意與大昭結成兄弟友邦，這也是我父汗的意思。」

雅拉公主的話就像一枚重磅炸彈，炸得整個宴會廳鴉雀無聲，丹年腦子裡也是一片混亂。

齊衍修真是精明，原來他當初早就暗地找到勒斥大汗簽了個合約，後來卻支持勒斥大王子奪位，成為新任大汗，再轉而攻打自己老爹的江山，等到這個大汗被雅拉和蒙于搞下臺，他又變成促進兩國和平的功臣，真是好手段！

短暫的沈默過後，眾臣紛紛鼓起掌來，接著就是向齊衍修下跪拜謝，歌功頌德。

沈立言注意到丹年面色有異，心下一緊，悄聲說道：「注意，有什麼事回家再說！」

等眾臣起身，一旁的太監適時上前一步，展開明黃色的聖旨，宣讀皇上對此次戰爭功臣的嘉獎。

丹年聽到自己一家人的名字，連忙跟在沈立言與李慧娘後面出了席位，走到場地中央，朝高臺的方向跪了下去。

她聽到太監宣讀。「護國將軍沈立言升為一品，其妻李慧娘封一品誥命夫人，其女沈丹年封四品縣主，鎮遠將軍沈鈺升為一品，賞銀千兩，錦緞二十疋。」

丹年搞不清楚四品縣主究竟是什麼檔次的封賞，但聽說她和李慧娘以後都有俸祿，相當於不上班就有工資拿的公務員。

等獎賞完一干邊境回來的將領之後，齊衍修感慨道：「小沈將軍為了國家安寧，現在仍堅守邊境，真乃我大昭之忠臣良將！」

就在眾臣又要跪拜皇上，恭賀他有如此忠臣之時，雅拉離開了座位，朝齊衍修行了個禮，說道：「陛下，此次我千里迢迢來到大昭，不光是代表勒斥向大昭議和。」

齊衍修饒有興致地笑道：「不知公主還有何事？」

此時丹年的右眼突然開始狂跳，總覺得雅拉要說的事情很可能具有災難性。

果然，雅拉昂著頭，語氣輕鬆地說道：「是關於我的駙馬。」

眾臣之前得到的消息都是雅拉未有夫婿，一聽到有勁爆的八卦，耳朵紛紛豎了起來。

丹年眼巴巴地看著雅拉，心中默唸天上快掉下一顆隕石砸暈雅拉。似乎是感受到丹年的怨念，雅拉還扭頭朝丹年眨眼，送了個明快的笑臉。

「陛下，我曾經碰到一個大昭人，我們當時並不知道彼此的身分，我看上了他，捆了他和我拜堂成親，雖然拜完堂後他就不知所蹤了，但照勒斥的規矩，他已經是我雅拉的人了，我想請求陛下准許我娶回駙馬！」雅拉說道。

果然是怕什麼來什麼！

丹年內心流著麵條寬的眼淚，默默祈禱已經呆若木雞的沈立言要挺住，只有李慧娘笑道：「人家草原上的公主果然與眾不同，找男人都是用『娶』的，一般女子哪做得出來。」

丹年暗暗嘆道：娘，您要是知道她娶的是您兒子，您還笑得出來嗎……

宴會廳上眾人反應各異，有人當場把酒菜噴出來，還有鬍子花白的老先生怒斥勒斥女子不知羞恥，一時之間亂糟糟的。

齊衍修強忍住笑意，說道：「既然是公主看上的，朕豈有不准的道理，只是不知公主看上的是哪家男子？」

雅拉聲音響亮、語氣堅定地說：「啟稟陛下，我看中的，是貴國的鎮遠將軍沈鈺！」

一語既出，四座皆驚，好半晌，整個宴會廳都靜悄悄的，所有人都朝皇上看了過去。

齊衍修表面上淡定微笑，內心早已翻江倒海。

他很清楚，沈鈺是個行事不羈，甚至有些癲狂的人，但這些性格特點並不重要，只要沈鈺能為大昭打勝仗就可以了，他管沈鈺是瘋子還是傻子。

可一旦沈鈺入贅到勒斥，情況就完全不同了，勒斥多了一個能征善戰的良將，大昭少了一個可以用的將軍，而且沈鈺之前與雅拉有過接觸，這一點讓他頗為在意。

和平這種事，誰能說得準，想打隨時都能開打，這方面齊衍修深有體會而且經驗豐富。

將來勒斥若想撕破臉，「嫁」到草原的沈鈺一出征，大昭這邊有誰擋得住？

沈立言很能幹沒錯，可沈鈺是他親兒子，他捨得殺了他嗎？再者，沈立言年紀大了，再過幾年，必定不是沈鈺的對手。

雅拉也不急於要齊衍修回話，她優雅地站著，眼睛一直盯著他，臉上始終掛著成竹在胸的微笑。

李慧娘不敢相信自己的耳朵，拉著丹年小聲問道：「我聽錯了吧，剛才我怎麼聽到她說的是妳哥啊？」

丹年含混地說道：「娘，您別急，不是您想的那樣，這事要怪只能怪哥哥，回家我再跟您細說。」

李慧娘稍稍安下心來，不斷催眠自己這是沈鈺丟出來的煙幕彈，其實他另有目的，然而一顆心卻如同掛了幾個水桶般七上八下。

沈立言乾脆低下頭去，自己的兒子惹出這等丟人之事，真讓他一張老臉不知該往哪兒擺。

齊衍修笑道：「公主沒認錯人吧？再說，大昭的婚姻大事都由父母作主，小沈將軍的父母都在場，何不問問他們的意思？」

雅拉氣定神閒地說道：「陛下多慮了，雅拉豈會連與自己拜堂成親的人是誰都不知道？況且，若是大昭與勒斥聯姻，只要我雅拉活著一天，就能確保兩國安寧！」

聯姻確實是維繫兩國和平的最好手段，但雅拉身為勒斥王庭的大公主，必定不會嫁到大昭京城來，而大昭皇室男丁稀少，剩下的皇室宗親，肯定不願意入贅到草原過清苦的生活。

雅拉這個保證很有誘惑力，齊衍修現在忙著對付雍國公和太后，若邊境再起戰事，他無暇顧及，只要邊境平安，他相信以他的能力，遲早能把雍國公除掉；可是聯姻對象是沈鈺，著實讓他頭疼。

「那沈將軍和沈夫人的意思呢？」齊衍修把皮球踢給了沈立言。

沈立言抬起頭，嘆口氣說道：「皇上，孩子大了就不由爹娘了，沈鈺若同意，我們做父母的無話可說。」

齊衍修的目光看向沈立言一家，在丹年臉上稍稍停頓了一下，隨即收回了視線。若是沈鈺離開，丹年少了一個靠山，會不會……

「這樣吧，雅拉公主，朕即刻召沈鈺回京，若他願意，那朕就准了這門親事。」收斂了一下心神，齊衍修說道。

齊衍修心想，沈鈺這個人驕傲得像公雞一樣，他能拉下顏面，「嫁」到勒斥嗎?!

「多謝陛下！」雅拉點了點頭，算是同意了。

由於沈鈺的八卦比丹年的要勁爆多了，丹年那點陳年舊事就沒人拿出來繼續說了。

沈丹荷不知是生病還是怎麼了，整個人無精打采，白振繁帶著她過來向沈立言敬酒時，丹年原以為她會譏諷自己兩句，誰知道敬完酒以後她就走了，什麼話都沒說。

這讓丹年很不習慣，就像一個已經備戰很久的人，躊躇滿志地準備大幹一場，結果對手竟然棄權了，實在令她覺得遺憾。

李慧娘焦慮不已，但面對來敬酒的人還是要擺出一副笑臉，看到對方臉上那曖昧不清的八卦笑容，更是火大，好不容易挨到宴會結束，她立刻拉著丈夫和女兒離去。

回到家裡，李慧娘把房門一關，坐到椅子上，雙眼噴火地朝沈立言和丹年問道：「說吧，怎麼回事？」

沈立言嘆了口氣。「具體過程我不清楚，丹年知道是怎麼一回事。」

丹年撇了撇嘴，把事情的前因後果又說了一遍，李慧娘捂著額頭，瞇著眼睛問道：「他們兩人拜堂，就是你們很晚回來那天了？」

丹年點了點頭。「是啊，其實這事也不怨哥哥，當時哥哥怕他們對我不利，才任由他們擺布的。」

李慧娘一聽，頭更疼了，撫著額頭喘氣，丹年趕緊過去幫她順氣，沈立言也連忙倒水。

李慧娘擺了擺手，對沈立言說道：「這麼說是一場意外？」

丹年連忙點頭。「真的是意外，我發誓！」

李慧娘鬆了口氣，說道：「那就好，看來是那勒斥公主一廂情願了，等沈鈺回來，要他說清楚就好。皇上也不能強行要我兒子入贅到別人家去吧？他要是敢，我一頭撞死在金鑾殿上！」

一句話嚇得丹年和沈立言又是順氣又是好聲勸慰。

平心而論，丹年很喜歡雅拉，她性格豪爽，很適合沈鈺，如果雅拉肯嫁到京城來，丹年舉雙手贊成。

但要讓沈鈺入贅到勒斥，那就是另一回事了，別說沈立言和李慧娘不答應，丹年也不願意。況且大昭講究「父母在，不遠遊」，沈鈺是家中的獨子，他怎麼會拋下爹娘呢？

丹年想來想去，都找不出一個合理的解釋。

在丹年一家人的千呼萬喚中，沈鈺終於回來了。但在他回來之前，先呈了一封奏摺給皇上，表示他沈鈺一人事小，大昭與勒斥議和事大，倘若只犧牲他一人，便能換得兩國長久的和平，他同意這門親事。

這封奏摺跌破了所有人的眼鏡，沈立言告訴李慧娘的時候，李慧娘差點暈厥過去，丹年也急得跳腳，現在沈鈺是要去勒斥草原上搭個帳篷放羊嗎？

不管全大昭亂成了什麼樣子，沈鈺吊足了所有人的胃口，擺足了架勢，帶著護衛隊拉風地進了京城。

丹年跑去看沈鈺進城，因為有勒斥大公主求娶的八卦事件在先，沈鈺比沈立言受到更為隆重的歡迎。街上人山人海，大部分都是十歲到三十歲的女子，就等著他回來。

丹年遠遠地看到，俊美的沈鈺身著銀甲，手握長槍，身材高大健碩，器宇軒昂，騎在白馬上緩緩走了過來，十來個身著黑甲的士兵跟在沈鈺後面，稍稍拉開了一些距離。

街上的女子都直勾勾地盯著沈鈺，丹年看著她們的眼神，相當懷疑她們會按捺不住撲上去把沈鈺給扒光。此外，還不停有人將手中的香帕和鮮花擲到沈鈺身上，企圖讓他看自己一眼。

等到沈鈺騎著馬漸漸遠去，丹年身旁一個女子失聲痛哭道：「小沈將軍好生命苦，就要被那女魔頭擄到勒斥去了！」

此話一出，頓時哭聲一片，甚至還有女子追著沈鈺哭叫道：「勒斥女魔頭，還我小沈將軍！」

進了將軍府的門之後，風塵僕僕的沈鈺還沒來得及與李慧娘表演一下母子情深，李慧娘便猛地奔到沈鈺跟前，一把抓住他，虎著臉問道：「那個勒斥大公主是怎麼回事？」

沈鈺嚇了一跳，看了旁邊的丹年和沈立言一眼，他們兩人不約而同地把頭轉向了一邊。他只得覥著臉笑道：「娘，您也見過雅拉了，她人不錯吧！」

李慧娘顫抖著手點著沈鈺的腦門，罵道：「她人怎麼樣我管不著，你若是敢入贅到別人家去，我立刻撞死在你跟前！」

沈鈺連忙拉著李慧娘說道：「娘，我怎麼可能入贅到別人家去？我姓沈，以後您的孫子也姓沈，誰說我要入贅了？」

沈立言咳了一聲，招呼眾人進屋，嚴肅地對沈鈺問道：「到底是怎麼回事？家裡都快急死了。」

沈鈺接過丹年遞來的帕子擦了把臉，笑道：「爹娘放心，兒子不會做出辱沒列祖列宗的事。不過現在還不能告訴你們原因，等到過一段時間，兒子一定會告訴你們，到時爹娘怎麼責罰兒子都行。」

沈立言嘆道：「我們也不是不開明的父母，你看上了雅拉公主，只管同爹娘說就是了，爹娘捨下老臉不要，也會幫你一把，你卻演這麼一齣！」

沈鈺只是嘿嘿笑著，卻不說話。

丹年心思一動，問道：「哥哥，你回京城，手上的西北軍交給誰了？」

沈鈺揚了揚嘴角。「現在是我一個信得過的手下帶著，過幾日我便回去了。」

李慧娘驚叫道：「怎麼又要回去，都已經停戰了啊！」

沈鈺笑道：「娘，不回去的話，我帶出來的兵就要拱手讓給別人了。」

沈立言斥道：「胡鬧！兵是國家的，哪裡是個人的？這軍隊原本就該交還給甘州總兵，你拖了這麼久，想做什麼？」

沈鈺毫不相讓地說：「甘州總兵是個看見血就犯暈的軟蛋，把軍隊給他，不出半年就成了地痞流氓集中營，老子的兵，誰都別想拿走！」

沈立言一巴掌拍了過去，罵道：「說誰老子呢！在老子面前，都敢自稱老子了？你翅膀硬了是不是？」

丹年連忙拉住沈立言，勸道：「爹，哥哥他腦子犯渾不是一天兩天了，您同他計較，不是傷了自個兒的身體嗎？再說，他才剛回來，您和他吵架，娘會不高興的！」

沈立言剛才是在氣頭上，這會兒理智回來了，哼了一聲便不再多說。

丹年連忙拉著沈鈺出去，到了後院才放開他，盯著他問道：「到底是怎麼回事？」

沈鈺笑道：「丹年，讓雅拉做妳的嫂子，妳喜歡嗎？」

丹年眯了眯眼，威脅道：「你說不說？不說我就去向皇上說你根本不想娶雅拉，我想皇上也不願意讓你『嫁』過去。」

沈鈺連忙擺手。「別，咱們家沒什麼根基，現在沒仗可打，勢必要交還兵權，到時就只能任人宰割。」

丹年皺著眉頭說道：「你想拿兵權，方法有很多，幹麼要選這個？」

沈鈺淡淡一笑。「這妳就不懂了，小孩子別問這麼深入。」

丹年撇了撇嘴。「我先說好了，第一，入贅沒商量餘地；第二，雅拉不能再動不動就揮刀子了，會嚇到娘的；第三嘛，我還沒想好，等想好了再告訴你。」

沈鈺點點頭。「沒問題，我堂堂男子漢大丈夫，不會入贅，雅拉那邊我和她說過了，不會再嚇到妳和娘的。」

丹年盯著沈鈺，慢慢說道：「你果然與她私下有過協議。」

沈鈺不自然地一笑，揉亂了丹年的頭髮，說道：「小孩子管大人這麼多事做什麼！」

第八十章　攻心為上

沈鈺的奏摺在前，沈立言和李慧娘想反對也沒用，齊衍修萬萬沒想到沈鈺會來這一招，當初說過的話等於是搬石頭砸自己的腳，然而話已經說出口了，也只得讓他們在京城匆匆補辦了婚禮。

一時之間京城的女子淚流成河、傷心欲絕，她們英俊瀟灑、年少英武的夢中情人小沈將軍，就要被勒斥女魔頭拐到草原上去了，真是聞者傷心，見者落淚！

小沈將軍一直未曾娶妻，連個有曖昧的丫鬟都沒有，又是玉樹臨風、前途無量，雖然大部分女子都知道自己不可能嫁給沈鈺，可是好歹也能幻想一下啊！

現在好了，人直接讓勒斥大公主給擄走了，連口湯都不給她們留下來，雅拉頓時成為大昭女子最痛恨的人。

出乎丹年意料，沈鈺在家舉行的婚禮很是簡單，也很平常，沒有大操大辦，只邀請了軍中幾個關係比較好的將領，皇上則派金慎作為代表，送來了賀禮。

沈鈺騎著高頭大馬，繫著大紅綢緞花，帶著八抬大轎，在沿街京城少女傷心的哭泣聲和少年們興高采烈的叫好聲中，去驛站接回了雅拉。雅拉穿著大紅嫁衣，披著紅蓋頭，完全是標準的大昭新娘打扮。

丹年原以為雅拉會弄出點什麼花樣，但整場婚禮走完，都沒有出現意外，雅拉安靜乖巧地進行完所有的儀式。

沈立言和李慧娘臉色青白交加地坐在主位上受了禮，丹年能理解他們的心情，不管是誰遇到這件事，血壓都得升高。等到司儀說出「禮畢，新郎、新娘入洞房」，丹年才放下心來。

沈立言和李慧娘也是一副鬆了口氣的模樣，不管怎麼說，兒子娶了媳婦，有了自己的家庭總是好事，雖然媳婦潑悍了點……

宴席正在進行時，沈丹荷送來了賀禮，她拉著李慧娘的手，親熱地聊了好一陣話。丹年瞧著她的手，發現瘦得只剩下一層皮了。

李慧娘雖然不喜歡她，可畢竟有親戚關係，便真心實意地勸道：「丹荷，過日子心態要好，凡事想開些，年紀輕輕的別鑽牛角尖，有什麼心事多找人說說，別憋在心裡。」

沈丹荷剛要說些什麼，抬眼就看到丹年似笑非笑的眼神，丹年摟著李慧娘的肩膀，笑道：「娘和大姊姊在說什麼悄悄話呢，也不叫上我！」

沈丹荷哼了一聲，彷彿受到莫大的羞辱一般，笑道：「二嬸嬸想多了，我是雍國公府的大少夫人，誰敢給我氣受啊！」

李慧娘見沈丹荷強要面子，也不好多勸她什麼，畢竟今天是自家兒子的大喜之日，不是起爭執的時候。她在對沈丹荷說了幾句無關緊要的話之後，就帶著丹年去向其他客人敬酒了。

第二天一大早，沈鈺和雅拉向沈立言與李慧娘敬茶，雅拉這時全然不見凌厲之氣，一副低眉順眼的模樣，就像個乖巧的小媳婦。

等敬完了茶，沈立言問道：「你們今後怎麼打算？」

沈鈺笑道：「自然是去勒斥王庭，我這駙馬還沒去展露一下威風呢！」

李慧娘的臉色立刻沈了下去，兒子娶親她很高興，可是這才回來幾天就又要走了。

沈鈺朝李慧娘笑道：「娘，我們一定要去勒斥，這與皇上說好了。」

李慧娘抹著眼淚說道：「娘知道，可娘一想到你們可能再也不回來了，心裡就堵得難受。」

丹年勸道：「娘，哥哥又不是不回來了，哥和嫂子才成親第一天，您可別哭啊！」

等到下午時，丹年把沈鈺叫了出來，問道：「你打算什麼時候離京去勒斥？」

沈鈺笑道：「和皇上說好半個月後就走，他會派人護送我們，等到了木奇鎮，就接收西北軍。」

丹年皺著眉頭問道：「我問的不是這個，我問你自己打算什麼時候走？」

沈鈺斂起了笑容。「皇上在咱們家布置了不少暗哨，我打算等戒備一鬆，和雅拉兩個人先到木奇鎮。」

丹年搖了搖頭。「沒那麼簡單，皇上手中只有禁衛軍，無派系的西北軍對他來說格外重要，他不會放棄接收西北軍，不會那麼簡單就讓你和嫂子跑出去的。」

沈鈺邪氣地挑了挑眉毛，笑道：「那就等到了木奇鎮再下手。」

丹年吃驚地說道：「你要殺了皇上派去的接收大員？」

「西北邊陲還不太穩定，接收大員若是太過招搖，死了也不足為奇。」沈鈺漫不經心地說。

「不行！」丹年斷然不同意。「皇上不是傻子，你走了，我和爹娘都還在京城呢！」

沈鈺伸手揉了揉丹年的頭頂，笑道：「小孩子就別操那麼多心了，哥哥會把事情辦妥的，誰都不能欺負我們一家！」

過了幾天，丹年起了個大早，梳洗打扮完後便去了馥芳閣。

丹年掏出一封信交給小石頭，對他說：「你找個機會把這個交給林管事。」

從馥芳閣出來後，車伕問丹年是不是要回家了，丹年笑道：「我還要去一個地方。」

馬車直直地駛向皇宮，在皇宮東門口停了下來。丹年走上前去，朝守門的侍衛笑道：「去把金慎叫過來，就說沈將軍家的女兒要見皇上。」

金慎匆匆忙忙趕過來時，丹年正無聊地蹲在地上，將荷包裡的小點心掰碎了，撒在地上看螞蟻搬食物。

金慎抽著嘴角，一臉不悅地問道：「妳來做什麼？」

丹年聞聲抬起了頭，起身笑道：「我來找皇上聊天。」

金慎警戒地看著丹年。

「妳又想做什麼？」

丹年雙手一攤。「難不成你覺得我是來刺殺皇上的？」

金慎悻悻然哼了一聲，對丹年說道：「跟我走！」

丹年看到齊衍修時，他正在荷花池的水榭裡看奏摺。丹年進來之後，齊衍修抬頭朝她溫和地笑了笑，站起身來走到她面前，柔聲道：「妳怎麼來了？下次提前和金慎說一聲，我也好騰出多一些時間來接待妳。」

丹年歪頭看了看桌子上約莫有一公尺高的奏摺。「那些都是你要看的？」

齊衍修點頭道：「是啊，都是今天要看完做出批覆的。」

丹年撇了撇嘴。「當皇上這麼辛苦，真不知道你們一個個爭這個位置做什麼！」

齊衍修看著丹年發牢騷的可愛模樣，溫柔地笑了起來。「這整個大昭，怕是只有妳才會這麼說。」

丹年笑了笑，說道：「看來今天我來的不是時候，改天再過來找皇上聊天吧！」說著抬腳就要走。

齊衍修連忙拉住丹年，笑道：「也不是很多，一會兒就能看得完，要不我們邊看奏摺邊聊？」

丹年想了想，點點頭。「行啊，我有點事想求你。」

齊衍修拉著丹年坐到榻上，溫言道：「有什麼事儘管說，別跟我說什麼求不求的。」

丹年低頭不吭氣，齊衍修似乎也意識到這話說得過於曖昧了，便轉身重新坐到桌子前，笑道：「說吧，有什麼事？平日怎麼請妳都不來，今日巴巴地跑過來，肯定有事。」

「我先聲明，這次我找皇上說的話，可不想被別人聽到。」丹年嘟著嘴說道。

難得丹年有求他的時候，齊衍修覺得心頭癢癢的，盯著丹年說道：「好，都依妳。」說罷，齊衍修叫過門口的太監。「小安子，去長廊口把守著，誰都不許進來。」

小安子恭恭敬敬地應下了，轉頭離去時，還朝丹年露出了一個曖昧的笑容，意思是「我都明白，主子們放心」。丹年噁心了半天，這貨肯定是往歪裡想了。

等小安子離開，丹年才氣鼓鼓地同齊衍修說：「我不管，我不讓我哥到勒斥去！」

齊衍修笑了起來。「我猜能讓妳過來的原因，不是沈立言，便是沈鈺。」

丹年白了他一眼，說道：「快下道旨意，讓我哥和我嫂子留在京城，我不要我哥去勒斥！」

齊衍修笑道：「丹年，這可是沈鈺自願去的。」他翻出一本奏摺。「這是沈鈺的親筆奏摺，上面明白寫著『犧牲我一人，幸福千萬家』。」

丹年差點沒噴出一口血來，瞪著眼叫道：「我哥那小子腦子時常抽風，說話做不得準的。再說，哪有男方嫁到女方家的，要我們家以後怎麼做人啊？我爹不好意思說，那就讓我來說好了。」

齊衍修饒有興致地盯著丹年說道：「我好歹是一國之君，怎麼能說話不算話呢？」

丹年憤憤地從榻上跳了下來，嘟囔道：「早知道求您沒用，我就不來了，為了過來，我還特地起了個大早，不知多少年都沒這麼早起過了！」說著，她便要往外走。

齊衍修趕緊站起來拉住丹年，語氣帶著寵溺和無奈。「丹年，妳不要這麼任性不懂事，事關兩國邦交，不是妳我之間的玩笑。」
丹年剛要著急地說些什麼，遠遠地就聽到水榭的長廊盡頭處有爭吵聲，齊衍修不悅地揚聲叫道：「朕不是吩咐過了，不許放人進來嗎?!」
他話音剛落，長廊那一頭便悄無聲息了。
齊衍修看著丹年，情真意摯地說道：「丹年，我知道妳捨不得沈鈺離開，可事關重大，我向妳保證，一定想辦法讓沈鈺回大昭！」
丹年紅著眼睛點點頭，齊衍修又同丹年說了些別的，可丹年都沒心思聽。
坐了大半個時辰，丹年說什麼也不待了，嘟著嘴嚷著要回家吃李慧娘做的糕點。齊衍修嘆了口氣，將丹年送到水榭門口，目送她走遠了。
丹年出去後沒多久，金慎就滿頭大汗地匆匆奔進了水榭，跪下來行禮道：「陛下，剛才為什麼不讓我進來？」
齊衍修不自在地咳了一聲，問道：「剛才有什麼事？」
金慎重重嘆了口氣，恨鐵不成鋼地看著他，說道：「陛下，沈鈺跑了！我們的人要去阻攔，卻被另一批人馬給攔住了！」
齊衍修猛然站了起來，拍著桌子罵道：「那還不快追？」
金慎垂頭說道：「晚了，根本追不上了！」
沈鈺一回到西北，便如蛟龍入海，恐怕是再難有掌控他的機會。
齊衍修氣得一陣頭暈目眩，金慎連忙從地上起身，扶著他坐下。

齊衍修一手撫著額頭，嘆息般地問道：「朕對她還不夠好嗎？為什麼她要一而再、再而三地利用朕、欺騙朕？」

最後一句，已經近乎困獸般的嘶吼了。

「朕這次在她面前都不用『朕』這個字，就怕她對朕有什麼想法，朕做的還不夠嗎？」

齊衍修痛苦地喃喃道。

金慎堅定地對齊衍修說道：「陛下，沈丹年這次做得太過分了！您別再對她抱著幻想了，她眼裡只有她爹娘和哥哥，不會把心放到陛下身上的！您若是再對她心存憐憫，後果不堪設想啊！」

過了半晌，金慎才聽到他低沈的聲音。「朕知道了，你先下去吧。」

丹年回到家中，毫不意外地得知沈鈺夫婦已經走了。

這件事說起來是她不厚道，利用齊衍修對她那點感情，拖住了他。至於蘇允軒，丹年猜想他必定不願意讓齊衍修坐擁軍隊，便寫了短信，請他幫忙拖住齊衍修的人。

齊衍修肯定恨死她了……

丹年自嘲地笑了笑，這樣也好。

不出五天，齊衍修就收到了沈鈺的奏摺，大意是──

微臣當日不辭而別，是想輕輕地離開，不帶走一片雲彩，可誰知微臣實在太出名，走到木奇鎮就被當地人民認出來了，死活不讓微臣進入勒斥，否則就打算集體自殺了事。

微臣怕邊境人民和士兵死光，勒斥會乘機侵占邊境，只好勉為其難留在木奇鎮，繼續管理西北軍，一定會與夫人同心協力，永保兩國和平。

齊衍修只差沒把血噴在奏摺上，沈家兄妹兩人都一樣狡詐無恥，沒一個好東西！

然而身為皇上，齊衍修這點修養還有，他封了沈鈺為平西侯。只不過這個侯位等級、俸祿都沒有改變，只有一個響噹噹的名號。

沈鈺壓根兒不在乎這些，在木奇鎮建起自己的平西侯府，手握十萬西北軍，儼然成了西北王。

皇上非常忌憚沈鈺，因此不會危害丹年一家。然而，從她寫信給蘇允軒開始，從她拖住齊衍修那一刻起，她就踏上了一條再也回不去的路。

丹年深深鄙視自己，她明明不屑摻和權力鬥爭，可她還是積極地踏了進去，夥同沈鈺奪取十萬兵權；可是面對著兵權帶來的種種便利，丹年心中又覺得很值得。

這一刻，丹年突然理解了沈丹荷的心情，就算雍國公府那個大少夫人做得有多痛苦，可一旦出門在外，誰敢給她臉色瞧！

第八十一章　路遇不平

夏日的午後，樹蔭下的房間裡吹進來陣陣清風，竟一點也不顯悶熱，丹年坐在雕花的窗櫺下練字，小雪則趴在一旁的小桌上握著筆，臨著丹年給她的字帖。

沒寫一會兒，小雪就嘟著嘴甩了甩手，她偷偷看向丹年，依舊是一副氣定神閒的模樣，悠然地寫著字，完全沈浸在自己的小天地中。

「小姐，今天都寫了好長一段時間啦！」小雪終於忍不住了，開口抗議道。

丹年回過神來，瞧見右手邊已經堆了一大疊寫完的紙張了，不禁笑道：「唉呀，又忘了時間了。」

小雪湊上前去，羨慕地看著丹年一張張寫過的紙，嘆道：「唉，小姐寫的就是好看，我怎麼寫都寫不出這個樣子！」

丹年抬手敲了一下小雪的頭，笑道：「要是都像妳一樣，沒寫兩個字就嫌累了，不管練了多久，寫出來還是會像蚯蚓一樣！」

小雪捂著頭嘟著嘴，不情願地說道：「我就沒那個命，不是那塊料！」

丹年並未多加理會，小雪學字時已經十四歲，過了最佳的學習年齡。現在小雪十六歲了，這個年紀的女孩心性本來就活潑，坐不住，加上丹年也不打算把小雪栽培成什麼才女，會認字、能記個帳就行了。

要是書讀多了，變成像沈丹荷那樣，那多不讓人待見啊！

丹年幸災樂禍地想著，沈丹芸早在兩年多前就生下一個白胖小子，是雍國公名副其實的長孫，現在肚子裡又懷了一個，另外兩個貴妾則一個生了女兒，另一個也身懷六甲，只有沈丹荷的肚子到現在依然毫無動靜。

丹年每次想到沈丹荷，就想起她那雙瘦得只剩下一層皮的手。做女人何必這樣呢？人不人、鬼不鬼的，白振繁對她會有興趣才怪，孩子自然也無從談起。

雅拉一年多前也生了個兒子，沈立言和李慧娘高興得不得了。沈立言翻了幾遍字典，為長孫取名為「沈泓」，只不過孩子小，不能長途跋涉，因此丹年和他們到現在都還沒看過沈泓。

碧瑤的兒子和廉清清的女兒也都兩歲多了，丹年算了算，她已經很久沒去探望過廉清清了，便叫上小雪，一同去拜訪她。

丹年到的時候，廉清清正坐在榻上逗著女兒玩，丹年一看就滿眼冒紅心了。廉清清的女兒長得唇紅齒白，小臉白嫩嫩的，丹年忍不住撲上去將她抱到懷裡猛親。

廉清清看著丹年抱著她女兒不撒手，笑道：「妳別看她在人前乖得不得了，人後可是會闖禍鬧人的！」

廉清清的小女兒名叫明珠，是秦智取的，有掌上明珠之意。

明珠的大眼睛骨碌碌地轉了一圈，窩到丹年懷裡，奶聲奶氣地叫道：「明珠是乖孩子，不會闖禍！」

廉清清笑得上氣不接下氣。「妳看，自己都會往自己臉上貼金了，還說不會鬧人！」

丹年哼了廉清清一聲，握著明珠的小手說道：「我們的小明珠最乖了，是不是？再說，妳小時候也沒多乖啊，聽說上房揭瓦的事沒少幹！」

廉清清瞪大了眼睛，臉色脹得通紅，叫道：「妳聽誰說的？是不是秦智？看我怎麼收拾他！」

丹年慢悠悠地說道：「那妳就管不著了，要我說啊，我們的小明珠長大了以後，個性還是隨秦智比較好，人穩重又踏實！」

廉清清忽然害羞地縮了回去，摸著自己的肚子笑道：「我又懷上了。」

丹年驚訝地看著廉清清的肚子，平坦的小腹並不顯懷，廉清清解釋道：「才一個多月，還看不出來。」

丹年笑道：「那可真是恭喜妳了！」

廉清清嘆道：「我只求這一胎是男孩，要是再生女孩，我……我只能給那頭那幾個停藥了。」

丹年笑不出來了。廉清清在懷著明珠時，為秦智納了幾個通房，明珠出生後，這幾個通房就抬了姨娘，丹年怎麼勸都沒有用。廉清清總是固執地認為女人都這樣，只有這樣，才能顯得自己大度。

還好，廉清清訂下了規矩，只有她生下嫡長子後，妾室才能懷孩子，因此這段時間秦智的妾室都在服藥，避免在主母之前生下兒子。

丹年不贊成地說道：「停什麼藥？妳這胎生不出兒子，還有下一胎呢！再說，即便妳生了兒子，難道就要允許她們生孩子，將來好與妳的孩子爭奪父愛嗎？」

廉清清低頭抱過明珠，訥訥地說：「又能怎麼樣呢？總不能讓那些妾室一個孩子都沒有吧，外面的人不知道會把我傳成什麼樣呢！」

丹年恨鐵不成鋼地罵道：「妳管別人怎麼說妳，嘴長在別人身上，自己過得好最重要。說妳的人，都是羨慕、嫉妒，有哪個女人真心實意願意接納妾室的孩子？」

明珠沒玩多久，便開始揉眼睛犯睏了，廉清清把明珠抱在懷裡，輕輕哼著曲子哄睡了明珠，直到小明珠睡得香甜，才把她小心翼翼地放到榻上，接著便有丫鬟輕手輕腳地進來抱明珠出去。

直到丫鬟出去了，廉清清才嘆口氣對丹年說道：「丹年，妳沒嫁人，不懂我的處境。當一個女人全心全意愛上一個男人時，做什麼都會以他為重、以他為先。而且，無論是我生的，還是那些妾室生的，都是他的孩子，都要喚我一聲母親。」

丹年拉著廉清清，語氣有些焦急。「清清，妳要聽我的，只要妳有這個能力，就不要讓秦智的妾室生下一男半女，否則將來後悔的是妳。看到我大堂姊和二堂姊了嗎？她們就是活生生的例子！」

廉清清怔忡了一下，有些遲疑地說道：「可是……」

丹年緩了口氣，小聲湊近廉清清耳邊說道：「秦智在京城無根無基，全靠妳家，他那些妾室能不能生孩子，還不是妳說了算？只要妳不點頭，他能把妳怎麼樣，還能同妳鬧不成？

再說，即便妳要開恩讓妾室生孩子，那也得等妳兒子長大了才行！」
廉清清點點頭，嘆了口氣，說道：「妳說得沒錯，怎麼也得等我的孩子長大了才行。」
丹年笑了笑，說道：「這樣想就對了。唉，那秦智可真討厭，給他納妾他就要！」
廉清清啞然失笑，拉著丹年語重心長地說：「丹年，將來妳少不得要遇到這些事情，男人不都這樣子嗎？秦智已經算是不錯的了。」
丹年撇了撇嘴。「我爹和我哥可不會這樣！」
廉清清旋即有些黯然地說：「鈺哥哥人很好，只可惜……」
丹年這才發現自己多嘴了，連忙笑道：「不說這個了，這孩子想好名字了嗎？」
一提起孩子，廉清清的注意力就被轉移了，她笑道：「哪有那麼急啊，都還不知道是男孩還是女孩呢！不過……
「丹年，妳就沒打算過以後嗎？伯父和伯母沒有提過嗎？老這麼掛著，可怎麼辦啊？」
廉清清有些遲疑地問道。
「啊？」丹年沒想到廉清清會提起這個，一時之間不知道該怎麼回答。
廉清清拉著丹年說道：「再拖下去妳就是老姑娘了！我看皇上登基後，也沒強迫妳進宮的意思，蘇侍郎他……」
她口中的蘇侍郎就是指蘇允軒，有著苦逼身世的萬惡官二代蘇允軒，官升得挺快，已經是戶部侍郎了，頂頭上司就是蘇晉田。
去年齊衍修假惺惺地要為蘇允軒和另外一個大臣的嫡長女作媒，蘇允軒當場就說除了沈丹年他誰都不娶，風言風語瞬間如雪片般朝丹年的家砸了過來，丹年惱恨得連著兩個月都沒出門，也拒絕見他。

丹年想到這裡，沒好氣地說：「別跟我提他，有那麼壞我名聲的嗎？妳看看那段時間我都被說成什麼樣了？」

廉清清笑道：「他要不那麼說，那門親事不就當場定下來了嗎？我聽秦智說，當時皇上臉都綠了。」

丹年想來也覺得好笑，可隨即義正辭嚴地說：「妳是我最好的朋友，可不許亂給我出主意，蘇允軒和皇上兩個都想算計我，我傻了才嫁蘇允軒！」

廉清清嚇得趕緊捂住丹年的嘴，說道：「我的大小姐，妳別亂嚷嚷啊，妳這麼說沒關係，可要是讓皇上知道妳在我家說他的壞話，還不給秦智找麻煩啊！」

齊衍修早就後宮佳麗三千了，他的皇后余韶華是刑部尚書的嫡長孫女，當年嫁入皇宮做大昭國母時才十三歲，比丹年小三歲，不過這也是因為合適的女子要麼地位不夠，要麼早已定好了人家。

丹年為這件事，暗暗罵了齊衍修很多天，這麼小的小孩子也能下得了手，真是禽獸！說歸說，每逢過年時，丹年和李慧娘一個是縣主、一個是誥命夫人，都要入宮覲見皇后，丹年排在後面遠遠地看到過幾次，只見余韶華小小的身板包裹在厚重的鳳袍中，看得並不真切。

此時有丫鬟進來輕聲問晚飯要準備什麼菜色，廉清清拉著丹年，要她留下來吃晚飯，丹年笑著拒絕了。廉清清懷孕時味道重一點的都不能吃，調味料放得很少，她才不願意留下來吃飯呢！

馬車行駛在石板路上，愈走愈慢，四周也越發吵雜，丹年掀開車簾，看見路上堵滿了馬車，問道：「怎麼回事？」

車伕說道：「小姐，此處最近到這個時候經常都會堵車。」

齊衍修登基後，規定六部四品以上的官員每隔三天午後便要再進宮議事，這會兒正是他們返家的時候，因此路上堵得厲害。

六部四品議事，這個規矩在前朝也曾實施過，如今齊衍修不過是恢復這個制度罷了。丹年翻了個白眼。

就在此時，丹年家的馬車旁傳來了一陣語氣不善的吆喝聲。「哪家的馬車，怎麼如此不懂規矩？」

丹年乘坐的馬車是租來的，京城中不少人以跑馬車載客謀生，對方這麼一說，車伕立刻賠笑說道：「官爺請息怒，平日不敢搶您的道，不過今日趕巧了才走這裡，等過了這一段就好了。」

丹年皺著眉頭將車簾撩開了一條縫，一看到出聲吆喝的那個人，眉頭便皺得更厲害了。這人她見過，當年先皇的宮宴上，刁難沈鈺的人之中就有他，跟在裕郡王世子齊衍冰後面耀武揚威。

那人不依不饒，揪著車伕的衣襟要他從哪兒來就滾哪兒去，大街上不少人都在看熱鬧。

丹年在馬車裡開口說道：「你好大的口氣，想要我們讓路，不知你官居幾品？」

那人聽見馬車裡居然有年輕女子的聲音，立刻知道裡面只有女人在，加上這種馬車在京城隨處可見，都是平頭百姓隨意租用的，並不是什麼私家馬車，便起了輕視之意。

「喲！車廂裡居然是個小娘子，妳跑到我們大老爺們的地方來做什麼啊？」那男子邪邪地笑道，一雙小眼都被擠得快看不到了。

丹年把車簾完全放下，判斷這人絕不是什麼官員，若是官員，這個時候必定穿著官服，看來是哪個富貴人家的紈袴子弟了。跟他在大街上鬧出什麼糾葛，吃虧的是自己。

丹年選擇悶不吭聲，對方若是知趣，應當就此作罷，畢竟當著這麼多人的面，她不信他還能做出什麼來，就算真做了什麼，也有一群人看著，沒那麼簡單就能脫身。

「小娘子怎麼不說話了？我們這裡不做小娘子的生意，小娘子還是換個地方吧！」那人低聲笑道，聲音不大，卻能讓四周的人聽到。

丹年心下惱怒，真是愈說愈過分了，偏偏這個時候大街上堵得水洩不通，想走又走不得。

此時，丹年又聽到了那人敲擊馬車的聲音，她終於受不了了。丹年要小雪待在裡面，自己則撩開車簾，跳下了馬車。

那人乍看到丹年，剛想獰笑著調笑兩句，忽然覺得不對勁，看了半天，估計想起丹年是哪位了，立刻訕訕然想往後退，丹年可不給他機會，陰沈著臉走上前去，揚手就是兩個響亮的耳光。

那年輕男子捂著臉，不敢置信地嚷道：「妳敢打我？」

丹年瞪著他罵道：「就是打你！無恥下流，出言不遜，侮辱皇上御封的四品縣主，我如何打不了你？若是不服，我們到皇上面前評理去！」

一旁的馬車通身漆著油亮的黑漆，做工精良，聽到丹年的話，便有人從中緩緩走了下來，正是雍國公世子白振繁。

白振繁一臉閒適地笑道：「唉呀，這不是丹年妹妹嗎！真是大水沖了龍王廟啊，大姊夫剛剛沒聽出來是妳，出來晚了，讓妳受驚，大姊夫向妳賠不是了！」

丹年冷哼一聲，他沒聽出來才怪，真是有夠假惺惺，哪天白振繁這個小白臉要是被一群男人擄了，被爆了菊，她是不是也可以一臉沈痛地跑過去說「大姊夫，我剛剛沒認出來是你，任由你被這群人爆了菊花，我來晚了，真是抱歉啊」？

「既然是大姊夫的手下，麻煩大姊夫好生約束一下，別讓什麼阿貓、阿狗都往大街上遛，免得丟了雍國公府的顏面！」丹年斥了一句，轉身準備上馬車，人家主子都來了，她還較個什麼勁啊？

然而那年輕男子本身就對丹年頗有成見，此刻見丹年大庭廣眾之下如此不留情面地斥責自己，大感羞惱。雖然周圍沒什麼人圍觀，可他知道，現下馬車裡的人都豎著耳朵聽著呢！

於是他當下便指著丹年，惱羞成怒地罵道：「妳不過是個千人騎、萬人枕的婊子罷了，妳和那誰的那點事誰不知道?!不過是被人玩膩的破鞋，現在嫁不出去了，就想到大街上來賣！」

白振繁疾聲喝道：「劉勝，給我閉嘴！」又轉而對丹年歉然地說道：「丹年妹妹，這廝腦子不清楚，妳不要同他一般見識。」

丹年陰沈沈地笑了，語氣慢條斯理。「我竟然不知道我是這樣的人。」

白振繁笑道：「他腦子有問題，回去我一定好好修理他！」

「回去？」丹年陰沈地盯著劉勝。「羞辱了我就想回去？白振繁，我看你腦子也壞掉了吧，你爹沒教過你什麼是規矩嗎？」

這把白振繁也給罵上了，他臉一紅，剛要說話，就聽見遠遠傳來一道清冷的聲音。「說得好！你爹沒教你規矩嗎！」

丹年回頭一看，一身大紅蟒袍的蘇允軒在夕陽下，面色嚴肅地朝他們走了過來，丹年沒好氣地別過頭去。關他什麼事啊，來湊什麼熱鬧！

白振繁連著被羞辱兩次，早已怒火沸騰了，此時忍不住笑道：「都說丹年妹妹與蘇侍郎有過交往，我原本還不信，今天看來我這小姨子的能耐果然非比尋常！」

蘇允軒站到丹年身邊，盯著劉勝，語氣不善地說道：「你叫劉勝，平輝十六年的舉人，你父親叫劉英傑，曾經是太常寺卿，三年前因貪污被降到太常寺，你四處活動，想要補缺，摺子剛遞到本官的案上。」

劉勝腦門上一頭冷汗，他怎麼都沒想到蘇允軒把他的身家打聽得這麼清楚，本來想示弱，但看到白振繁一臉惱怒，又怕得罪這個雍國公世子，前後衡量之下，只能強硬著脖子叫道：「那又怎麼樣，不讓補缺就不補，大丈夫豈能為五斗米折腰！」

他盤算得很清楚，雍國公是什麼人，蘇允軒哪裡比得上？抱住白振繁的大腿，比什麼都管用。

蘇允軒皺著眉頭說：「不怎麼樣，你前一段時間縱犬行凶，咬傷數人，被你爹用權勢壓了下去，受害人現在還躺在床上；前日辰時，有人到你家送了三千兩銀子，要你爹在一件案子上做手腳，單憑這兩件事，足以讓你爹丟掉烏紗帽，你還能硬氣？」

這下子劉勝完全跪倒在地上，這兩件事他以為沒人知道，可還是傳了出去，他腦袋裡一片空白，被蘇允軒當眾揭穿，雍國公府也不見得會救他們。

白振繁臉上雖然帶著笑容，卻是咬牙切齒。「想不到蘇大人還有打聽別人小秘密的偏好，真是佩服！」

蘇允軒拱手還禮。「世子客氣了，身為臣子，理應為陛下分憂！」

白振繁一腳踢向癱倒在地上的劉勝，罵道：「還不起來，快滾，別在這裡丟人現眼了！」

丹年和蘇允軒同時說了一聲。「慢著！」

丹年立刻瞪了蘇允軒一眼，蘇允軒看向丹年，眼裡全是笑意。

恨恨地瞪了蘇允軒一眼，丹年懶得理會他，轉而向劉勝和白振繁說道：「大姊夫，你是不是忘了一件事？這廝對我惡言相向，我還沒告他，怎麼能放他走？」

白振繁笑了起來，朝丹年低聲說道：「丹年，妳不要不知好歹，我看在妳兩位堂姊的分上不跟妳計較，鬧大了，對妳的名聲沒好處！」

丹年笑了。「被人說成這樣，我才沒名聲可言呢，你若不給我一個說法，我現在就去京兆尹那裡擊鼓鳴冤！」

白振繁譏笑道：「喔？我倒不知道丹年妹妹也會去擊鼓鳴冤呢。」

白振繁壓根兒沒把丹年當一回事，一般閨閣小姐被罵成這樣，早就淚奔回家找爹娘哭訴了，軟弱一些的，甚至半夜懸梁都不奇怪，丹年死撐到現在，已經夠讓他驚奇了。

蘇允軒閃身到丹年身前，說道：「既然世子不想出這個頭，事關朝廷御封的縣主名聲，我們還是請京兆尹大人裁斷吧！」

白振繁哼道：「蘇允軒，關你什麼事，要你來出這個頭？」

蘇允軒不理會，轉身拉了丹年便往外走，這時道路早已疏通，卻沒有一輛馬車離開，所有人都透過車簾屏住呼吸，仔細觀看這件事的發展。

蘇允軒拉著丹年走離這個地方，朝京兆尹衙門的方向走去，沒多久丹年忽然掙開蘇允軒的手，他回頭看去，才發現她臉上已經滿是淚痕了。

丹年搖頭哽咽道：「我不要你管，這件事我自己會處理！」

蘇允軒看到丹年的眼淚，心疼得魂都要飛出來了，他走上前去，低頭扶住丹年的肩膀，溫柔地抹去她臉上的淚珠，安慰道：「妳別難過，那劉勝不過是個沒教養的市井混混，咱們不同他一般見識，我這就找人判他進大牢，讓他吃一輩子牢飯，給妳出氣！」

看著丹年傷心氣憤的模樣，蘇允軒真想把劉勝撕成一片片。

丹年低著頭，肩膀哭得一聳一聳，像是受了天大的委屈一般。蘇允軒心疼不已，想把丹年摟進懷裡好好安慰一番，可他們正在大街上，只得將那股悸動強壓下去。

丹年氣呼呼地推開蘇允軒為她擦淚的手，掏出絲帕來擦了擦臉，深吸一口氣，說道：「不是要去衙門理論嗎？還不走！」說著，率先往前走去。

她才不要蘇小壞蛋摸她的臉！

第八十二章　對簿公堂

京兆尹衙門離塞車的地方不遠，穿過一條大街就到了。門口的衙役抱著殺威棒懶洋洋地站在門口，一看到蘇允軒和沈丹年兩個人走過來，立刻打起了精神。

衙役小跑過去，點頭哈腰地向蘇允軒問道：「蘇大人，我們家大人現在人在後堂，小的領您過去？」

蘇允軒皺著眉頭，一臉嚴肅地說：「今日我們來不為公事。」說著，和丹年走到衙門口的大鼓前。

在四周衙役和路人目瞪口呆的注視下，蘇允軒泰然自若地拿起鼓架子上的木棒，敲起那面用來擊鼓鳴冤的大鼓。

京兆尹董大人慌張地從後堂跑了出來，官帽都沒來得及戴上，還是後面跟過來的師爺送來了官帽，他才急急忙忙戴到頭上，知道是蘇允軒擊鼓，心中暗暗叫苦。這又是怎麼了，沒事跑到他這個衙門撒氣做什麼啊！

蘇允軒見董大人升起公堂，便拉著丹年進去，丹年想掙脫，卻被他牢牢握住了，一張臉頓時燒得像火炭一般。

董大人瞇眼看著牽著手的兩人，咳了一聲，客客氣氣地拱手說道：「蘇大人，不知您今日到來，有何要事？」

沈丹年是四品縣主，哥哥沈鈺是平西侯，蘇允軒是正二品戶部侍郎，哪個都能壓他一頭，董大人幾乎要哭出來了，但他沒想到，更棘手的事情還在後頭。

蘇允軒冷笑道：「今日本來不想麻煩董大人，奈何事發地在董大人的管轄範圍內，劉英傑之子劉勝當眾出言不遜，辱罵皇上御封的縣主，影響重大，本官不能不管，特帶被害人來擊鼓鳴冤。」

董大人很想直接撞牆去死，劉英傑是雍國公府的人，雖然三年前降職了，可誰知道會不會過兩年又升職了呢？要他一個小小的京兆尹去抓雍國公府的人，是不是對他要求太高了點?!

蘇允軒見董大人面露難色，遲遲不語，便走上前一步，皺著眉頭說道：「莫非董大人要徇情枉法，不打算傳喚被告？」

董大人顫顫巍巍地拱手說道：「哪裡，本官既然升了堂，就一定秉公辦理。」說著，他轉頭向衙役嚷道：「來人啊，快去把劉勝拘提到案！」

一旁的師爺則迅速寫好傳喚令，蓋上京兆尹的大紅章。

蘇允軒和丹年老神在在地在一旁等候，董大人不敢怠慢他們，火速令衙役搬椅子過來給這兩尊大神坐，隨著時間一分一秒流逝，董大人額頭的汗水也在一滴滴往外冒。

衙役們終於回來了，個個面如菜色，身後出現的人不光是劉勝，還有雍國公世子白振繁。

董大人痛苦地用手撫著額頭，為什麼他兢兢業業、小心翼翼這麼多年，好事從來輪不到他頭上，這等衰事都有他的分？這一個、兩個，都是他惹不起的大爺啊！

白振繁笑容可掬，一副風度翩翩的貴公子姿態，拱手笑道：「董大人，我剛下朝回府，就聽說有衙役要捉拿我的朋友劉勝，擔心之餘便跟過來看看，沒礙著您辦理案子吧？」

董大人就是吃了熊心豹子膽，也不敢向白振繁明說「你就是礙著我辦案了」，只能賠著笑臉，如坐針氈地說：「不礙事，本官秉公辦理，世子能來旁聽是本官的榮幸。」

一旁的師爺看董大人左右為難的樣子，便俯身到董大人耳邊說道：「大人，既然兩邊都惹不起，那就秉公辦理，該怎麼辦就怎麼辦，誰也不偏頗，到時在皇上面前也好說理！」

董大人點了點頭，總歸是這個道理，大不了他這小京官不做了，回老家養老去！

董大人一敲驚堂木，喝道：「蘇大人和沈縣主為何要狀告劉勝？」

蘇允軒淡淡瞥了站在白振繁旁邊的劉勝一眼，嚇得劉勝連忙往白振繁身後躲，蘇允軒抬眼望向董大人，說道：「今日下朝，我們馬車行至街道時，劉勝對沈縣主惡言相向，污言穢語不堪入耳，當時街道上全是下朝的官員，對縣主的名聲造成了極大的損害。」

董大人瞧向劉勝，喝問道：「劉勝，可有此事？」

劉勝冒出頭來，不甘心地說道：「回稟大人，沈丹年的馬車堵住世子的馬車，小的看不過去，才出言喝止她！」

董大人再看向白振繁，這位大爺一臉悠閒地反盯著他，一副事不關己的模樣。

左右為難之際，董大人又轉而問丹年，「沈縣主，那劉勝究竟有沒有罵妳？」

丹年冷笑看著劉勝，慢條斯理地說道：「你說你沒罵我，那好，你就在公堂上發誓，若你罵我，你爹便會革職查辦，你永世不踏入官場，全家天打雷劈不得好死！」

劉勝額頭青筋暴起，叫道：「沈丹年，妳不要欺人太甚！」

丹年輕蔑地盯著他說道：「我欺人太甚？是誰恬不知恥在大街上如同潑皮無賴般罵人的？你若問心無愧，為何不敢發誓？你在公堂上謊言連篇，可知你所犯何罪？」

劉勝支支吾吾了半晌，求救似地看著白振繁，白振繁便站出來打圓場，笑道：「丹年妹妹，不要這麼咄咄逼人，不過是場誤會，等會兒大姊夫讓這不長腦子的混帳給妳賠個不是，行不行啊，董大人？」

董大人擦著額頭的汗珠，此事可大可小，若認真追究起來，少不了得當庭打劉勝二十板子，若是當事人肯息事寧人，雙方握手言和，就再好不過了。

董大人用期待的目光看向丹年，丹年咬牙切齒地說道：「賠不是？白振繁，你當我們家是軟柿子，誰都能捏上一把嗎？」

沈鈺遠在西北，沈立言自從戰爭結束之後，空有一個將軍的頭銜，什麼權力都沒有，若是這次示弱，往後誰都能欺負他們了。

還未等白振繁回答，蘇允軒便冷聲道：「董大人，縣主已經說了，拒絕接受劉勝的道歉，按照大昭律例，大街上公然謾罵誹謗縣主，要當庭杖責二十，而劉勝有功名在身，知法犯法，更是罪加一等，還要革除功名！」

白振繁冷笑道：「蘇大人好大的口氣，莫非這京城是蘇大人作主的嗎？」

丹年最見不得白振繁這種態度，總是擺出一副高高在上的架勢來欺壓人，便張口接道：

「自然是大昭律例作主。白振繁，這裡沒你的事，輪不到你來指手畫腳，莫非你想做這京城的主？」

丹年這話就說得嚴重了，白振繁想不想造反完全是不可碰觸的話題，他當場被噎住了，甩袖憤然坐到椅子上。

蘇允軒不理會白振繁，轉而向董大人說道：「董大人，您該宣判了。」

白振繁火大了，陰沈著臉問道：「蘇大人，這件事從頭到尾跟你有什麼關係？」今日他既然來了，就不能讓劉勝挨了這板子，否則雍國公府的顏面往哪兒擱！

蘇允軒泰然自若地說：「我和丹年兩個人的事，不需要世子操心。」

白振繁冷哼了一聲，一時之間三個人整齊劃一地看向董大人，董大人在六隻眼睛的注視下，額頭上的汗不停往外冒，手中的驚堂木顫顫巍巍地舉在半空中，無論如何也敲不下去。

就在此時，公堂門口衝進一個人，喝道：「是誰罵了我女兒？」

丹年一瞧，正是父親沈立言，他雙手緊握成拳頭，雙眼噴火地跑了進來，應該是小雪跑回家跟他說了。

丹年連忙撲到沈立言懷裡，抹著眼淚，指著白振繁身後的劉勝說道：「就是那個人，污言穢語，好生無禮！」

沈立言陰沈著臉，瞧向劉勝，舉步向前走去。

白振繁上前攔住沈立言，打著哈哈說道：「原來是二叔叔來了，不過是場誤會，丹年妹妹不懂事，非要鬧到公堂上來。」他就不信，不過是個女兒，沈立言能違逆他的意思，沈鈺還能帶兵打過來？

沈立言冷哼一聲，一把將白振繁推到一邊，罵道：「你既然稱呼我一聲二叔叔，就給我閃遠點，二叔叔這拳頭打起人來，可是不長眼的！」

白振繁惱怒之下，叫道：「二叔叔，莫要為了一個丫頭傷了白、沈兩家的交情！」

沈立言冷笑道：「我家和你們白家沒什麼交情可談，我沈立言可不是賣女求榮的混帳！」

說著，沈立言一拳直接揍向劉勝的臉，劉勝就這麼斜斜地飛了出去，倒在地上。

丹年相當吃驚，她沒想到沈立言會氣成這樣，她原本只打算在公堂上讓雍國公府低個頭，為自己家掙些顏面的。

董大人看到這一幕，心裡好生安慰。長輩來了，自然就不用他這個京兆尹出頭，白家、沈家、蘇家、劉家，愛怎麼鬧就怎麼鬧吧，他只要在這裡當個看熱鬧的就行了，人微言輕，怪不得他嘛！

劉勝被一拳揍得站不起來，他捂住臉，一張口血水就混著口水往外流，含糊地哭叫道：「你這個武夫敢揍我？」

沈立言瞪著眼叫道：「我堂堂一品將軍，揍死你都沒人會有二話！」說罷，掄起了拳頭準備來第二拳。

劉勝被打怕了，要鬥雞走狗、仗勢欺人，他沒問題，可要打架，面對沈立言這樣的功夫好手，他只有被揍得慘兮兮的分。一看到沈立言準備繼續揍他，嚇得他坐在地上不住地往後退。

沈立言突然意識到了什麼，抬起頭對看熱鬧的董大人沈聲說道：「董大人，按大昭律例，這人要判什麼罪？」

董大人冷不防被點了名，支支吾吾的，不知道該說什麼才好。

一旁的蘇允軒拱手行禮，說道：「沈將軍，按大昭律例，此人要杖責二十，革除功名。」

沈立言冷哼一聲，瞥了蘇允軒一眼，他豈不知道這小子打著什麼主意，這些年風言風語的根源，不就他嗎！

沈立言對董大人拱手說道：「既然到了公堂上，就得按律法辦事。董大人若是沒空理會這些小輩，本將軍自認還算年富力強，便越俎代庖替董大人辦了這個案子吧！」

說著，沈立言拿過一名衙役手中的殺威棒，一腳將劉勝踢了個狗吃屎，接著踩在他的背上，一棒一棒結結實實打在他的腿與屁股上，劉勝嗷嗷慘叫的聲音瞬間響徹公堂。

公堂門口早就圍滿了看熱鬧的京城老百姓，看到這個情景，忍不住紛紛鼓掌。其實他們不知道前因後果，也不懂其中的利害關係，只知道沈將軍的女兒當街被一個紈袴子弟給辱罵，父親來替女兒討公道，就憑這一點，所有人都支持沈立言。

白振繁氣得滿臉通紅，沈立言這老東西太不給他面子了，以為有個遠在天邊的兒子，就能在京城高枕無憂了嗎？

劉勝嚎得如同殺豬一般，然而沈立言其實並未下多大的手勁，他心中有分寸，不能真正打慘了他，不然數不清的麻煩事還等在後頭。

等到二十下板子打完，沈立言鬆開踩著劉勝的腳，隨手將殺威棒扔到一邊，拱手對臉色發青的董大人說道：「董大人，行刑這部分本將軍已經替你做完了，你只需發個官文給吏部，革除這人的功名就行了。今日本將軍還有事，先帶女兒回家，改日再來找你喝茶下棋！」

說罷，沈立言不理會公堂上眾人驚訝的眼神，拉了丹年，逕自走出公堂。

沈立言走在前面，丹年跟在後面，夕陽將人影拉得長長的，丹年籠罩在沈立言高大的背影中，讓她心頭暖暖的。

因為沈鈺的事情，沈立言一直覺得有愧於大昭，這三年一直都低調、隱忍，甚至讓人覺得有些懦弱怕事。可今天，丹年切切實實感受到一個父親的憤怒，他若是怕事，今天絕不會那麼不給白振繁面子。

沈立言回頭看到丹年正在偷笑，笑著拍了拍她的肩膀，笑道：「傻丫頭，笑啥呢？」

丹年笑道：「爹，您老說哥哥做事衝動不經大腦，我看這叫有其父必有其子，哥哥骨子裡就像您！」

沈立言揉了揉丹年的頭髮，笑道：「小孩子瞎說什麼，妳哥是個不省心的闖禍精！還不快走，妳娘在家裡都等急了。」

廉清清知道這件事之後，特地和秦智帶著明珠前來探望丹年，要她別放在心上。

丹年抱著粉嫩嫩的明珠愛不釋手，笑道：「我沒放在心上，不過是不想再遇到這種事，所以暫時不出門。」

廉清清嗔怪道：「妳說妳那大姊夫，不幫著自家人，反倒任由那混帳劉勝欺負妳！」

秦智拉了拉廉清清，用略含不滿的語氣說道：「清清，那是人家親戚！」

丹年不在意地擺了擺手。「鬼才是他們家親戚，一家人沒一個好東西，真是什麼鍋配什麼蓋！活該他娶了沈丹荷那種人，果真不是一家人，不進一家門！」

廉清清也憤憤地說：「就是，沈丹荷真不是什麼好東西，活該她現在失寵生不出孩子來！」隨即又覺得自己還懷著孩子，這話著實說得太過，捂著嘴驚呼了一聲。

秦智哭笑不得地敲了敲廉清清的腦袋。「別亂說了，嘴上沒門兒！」

丹年微笑看著這對夫妻，秦智脾氣好，為人寬厚穩重，除了後院有幾個妾室之外，堪稱模範丈夫，廉清清也算有福，若跟了沈鈺，未必會幸福。

廉清清拉著丹年的手，撫上自己的肚子，笑道：「上次妳不是問這孩子的名字嗎？要不妳取一個？」

丹年連忙擺手說：「這哪成，你們的孩子，當然是你們取名了！」她知道廉清清是怕她心裡堵得慌，特地找件事讓她開心的。

秦智笑道：「不礙事，妳是縣主，這孩子能得妳取名，必定有福。」

丹年看他們夫妻兩個真心實意是要自己為孩子取名，也不再推辭，抱著明珠想了半天，說道：「不如這孩子生出來就叫元寶好了！」

秦智率先撫掌笑道：「這名字可真不錯，喜慶又吉祥，和明珠正好對應。」

廉清清捂著嘴偷笑。「丹年，妳可真是錢長在眼睛裡，我倒要看看將來妳為妳的孩子取什麼名，元寶已經被我們占了，妳要取什麼啊？」

丹年哼了一聲，幫明珠紮好了羊角辮，親了親她圓潤潤的小臉蛋，笑道：「我的小孩可得金山、銀山地取名，將來好為我帶來大筆財富啊，元寶這名字就讓給妳家小孩好了！」

笑過之後，秦智收斂起了笑容，小聲對丹年說道：「皇上不知怎的，聽說了這件事，在朝堂上斥責了劉英傑幾句，又把話題說到平西侯身上，感嘆侯爺的兒子也快兩歲了。」

丹年吃驚地睜大了眼睛，廉清清握住丹年的手，暗示她別著急。

秦智嘆了口氣，接著說道：「我看皇上是醉翁之意不在酒，用妳的事斥責劉英傑只是個藉口，他是想提侯爺的事。」

丹年有些沒把握地說：「我哥這幾年來在西北一直都很安分啊，皇上他想做什麼？」

秦智說道：「我琢磨著，皇上對侯爺還是有戒心，不信任他，況且侯爺手中有十萬大軍，又是雅拉公主的駙馬，卻不聽他的話，始終是他心頭一根刺。」

丹年皺著眉頭，將明珠抱還給了廉清清。沈鈺是什麼個性丹年清楚，給他一個理由，他就敢造反，皇上對臣子不仁，他就敢對皇上不義。「那你覺得皇上想做什麼？」

秦智搖了搖頭。「現在看不出來，但皇上既然提到侯爺的獨子，很有可能是想讓他送獨子進京做質子。」

丹年微微感到震驚。「倘若只是做質子，倒也沒什麼，有我和爹娘在京城，泓兒不會吃什麼苦，就怕還有後招在等著。」

廉清清拍了拍丹年的肩膀，輕聲說道：「妳也別想得太多，鈺哥哥的兒子到了京城，有你們看著，不會出什麼差錯。兵來將擋，水來土掩，皇上還要對付雍國公府，怎麼也不能寒了忠臣的心！」

廉清清一家離開之後，丹年便去和沈立言與李慧娘說這件事，好讓他們有個準備。沈立言點點頭，他早預料到會有這麼一天，而李慧娘的反應則大大超乎丹年的預料。

她歡天喜地地說道：「太好了，我的孫子終於來了！」

惹得丹年和沈立言不約而同地冒出一滴冷汗。

外界依然風平浪靜，就這麼過去了大半個月，一日林管事到訪，帶來蘇允軒的一封信，約丹年到湖邊搭畫舫、賞風景。

丹年捧著下巴左搖右搖，拿不定主意到底要不要去，小雪已經是個大姑娘了，最見不得丹年這個模樣，插腰嗤道：「小姐，您要去就去，別在這裡猶豫！」

丹年臉脹得通紅，跳起來罵道：「小丫頭膽子肥了不是？敢說主子了？」

小雪滿不在乎地上前掃視信的內容，嘖嘖嘆道：「小姐，您還是去吧，人家都說了，不管您去不去，他都要在畫舫上等您到天黑。」

丹年洩氣地坐了下去，到了約定的日子，她還是一大早就穿戴整齊帶著小雪出了門，惹得小雪暗地裡翻了很多個白眼。

門口早已有馬車等候，趕車的人正是鐵丫，三年來他的身形抽高了不少，嘴角上也有了細細的鬍鬚，變聲期的嗓音沙啞又難聽。他一看到丹年，便扯著嗓子叫道：「快上車啊，等您半天了！」

小雪聽到鐵丫的叫喊，立刻捂住了耳朵，啐道：「瞎叫什麼，難聽死了！」

鐵丫上下打量了小雪一眼，笑而不語，等到小雪上了車，猛然湊到小雪耳邊大叫了兩聲，惹得小雪揮著拳頭要揍他。

丹年撫著額頭，無力地看著兩人鬧來鬧去，她不禁對鐵丫正色說道：「再鬧我就不去了。」

這個威脅比什麼都有效，鐵丫立刻規規矩矩坐好，鞭子一揚，馬車就駛離了將軍府。

自從沈鈺離開之後，丹年就沒再去京郊的荷花湖玩過，現在正是六月，湖裡的荷花開得正豔麗，紅的、粉的、白的爭相綻放，遠遠望去，層層疊疊的綠色海洋上，點綴著各種嬌嫩的顏色。

蘇允軒早就包下了畫舫，在湖邊停靠等著丹年，等丹年上了畫舫之後，林管事就將船划到湖心深處。

第八十三章　變故再起

船艙裡，蘇允軒盯著丹年不說話，丹年被他瞧得臉上火辣辣，便轉過頭去看外面的荷花。

蘇允軒微微一笑，慢條斯理地打開話匣了。「我起先擔心妳會多想，現在看來，很讓我放心。」

還好意思提！丹年恨恨地想，若不是他，她怎麼會被人傳些風言風語？

見丹年不回答，蘇允軒繼續說道：「劉勝幾天前被人發現昏迷在一家妓院的後門處，傷得似乎很嚴重。」

「受傷了？」丹年幸災樂禍地問道：「他現在怎麼樣了？」

蘇允軒帶著不厚道的笑意說：「人是活過來了，不過會留下一些後遺症。」

丹年來了興趣。「什麼後遺症啊？」不知道是哪位仗義的仁兄做的，真該好好感謝他！

蘇允軒湊近了丹年，輕聲笑道：「就是以後見了女人，只能看……」

丹年噗哧笑出聲來，隨即又意識到事情的嚴重性，有些懷疑地問道：「真的給一刀……」

蘇允軒點點頭。「看樣子謀劃了一段時間，準確掌握劉勝的行蹤，在他剛從妓院出來的時候……」說著，他比了一個「刀切」的俐落手勢。

下手真是不留情面啊！丹年嘖嘖嘆道，卻提不起半分同情來。劉勝這人，著實可惡！

蘇允軒看著丹年興奮得有些泛紅的臉頰，微微有點入神。

一開始知道彼此身分時，他覺得對丹年有歉疚，若不是他，她也不至於被蘇晉田拋棄，潛意識裡，他什麼都想幫她，什麼都想遷就她。

看到她粉粉嫩嫩的臉，還有想使壞心眼時流轉的眼神，逐漸讓他沈醉在其中，不能自拔。

蘇允軒曾想過這是個危險的徵兆，他身分特殊，容不得半點差錯，同沈丹年兒女情長，過於危險刺激，更何況……人家對他沒半分意思。然而感情的事情不是他能控制的，只要丹年在場，他的眼裡就再也容不下別的東西。

她高興時，眼角、眉梢都帶著笑意，黑亮的眼睛裡泛著無盡風情，會叫他「蘇允軒」；倘若她生氣了，眉頭就會緊皺，濃密的睫毛如小扇子般一眨一眨的，會諷刺地叫他「蘇大人」或是「蘇少爺」。

他知道沈丹年不是個傳統的千金小姐，針線活不太好，個性又暴躁，一看到銀子就兩眼發光，懶得只想享受，除了寫得一手好字、會唸幾句詩，別無所長。可是她為了救自己的家人，卻能那麼勇敢，連勒斥的軍營都敢闖。

那天見到她站在夕陽下流淚的樣子，蘇允軒才知道自己有多心疼，她在他心裡，早已是揮之不去的摯愛了。

丹年被蘇允軒盯得有些不好意思，轉而問道：「你找我來有什麼事？」

蘇允軒回過神來，說道：「我本來也打算動手，不料別人搶了先，林管事回來之後說他過去時，劉勝就已經躺在那裡了。」

他看著丹年，有些奇怪地問道：「真不是妳家人做的？」

丹年搖了搖頭。「我爹肯定不會這麼做，你也看到了，他要揍人，正大光明就揍了。」

蘇允軒笑道：「那妳哥哥呢？他可不是個按規矩辦事的人。」

丹年想起了沈鈺，臉上不由自主地浮現出笑容。「這事像是哥哥的風格，不過他遠在西北，顧不上這等小事。不管是誰幫我出了這口惡氣，我都要謝謝他！」

蘇允軒看著丹年的笑容，心思一動，毛爪子就伸了出來，握住了丹年的手。

丹年脹紅了臉卻抽不出手，只能低聲罵道：「你快放手！」

蘇允軒急切又帶著期盼地對丹年說：「丹年，妳和我都已經十九歲了，早已是該成親的年紀，只要妳肯點頭……」

丹年的臉紅得幾乎能滴出血來，她把頭埋得低低的，悶聲說道：「婚姻大事，要父母作主。」

蘇允軒抓緊了丹年的手，無奈又焦急地說：「什麼父母作主，還不是妳點頭就成的事！」

丹年趁蘇允軒不注意，迅速抽回了手，說道：「我又不是非得嫁你不可，別想得太理所當然了。」

蘇允軒虎著臉問道：「除了我，妳還想嫁誰？」

丹年哼了一聲。「你管我嫁誰？你還在朝堂上說那什麼混帳話，敗壞我的名聲！」

蘇允軒焦急不已，湊過身子說道：「當時事態緊急，若我不說非妳不娶，齊衍修肯定要把那個女人安到我頭上，強行作媒了。」

丹年很不滿，靠到船艙壁上涼涼地說道：「若你不從，那誰誰誰家的小姐，還能強了你不成？」一說到「強了誰」，丹年就想起沈丹荷姊妹搞出來的爛招，新仇舊恨一起湧了上來。

「還有那沈丹荷，她算計你就罷了，你居然還順便算計我？」丹年嚷嚷道。

蘇允軒一把捂住丹年的嘴，哭笑不得地說：「好年年，妳就別揪著這事不放了，我向妳賠不是，總成了吧！」說著他真站起身來，在船艙裡對著丹年躬身一揖。

丹年沒想到蘇允軒會向她賠不是，愣了一下，剛要說什麼，就聽到旁邊的畫舫上有個人激憤地大聲叫嚷著。「平西侯又怎麼樣！沈丹年不過是個鄉下來的丫頭，可憐我那兒子，才二十歲就遭此橫禍，沈立言一家怎麼這麼狠心！」

丹年臉色瞬間凝重起來，蘇允軒眼神也沈了下來，他直起身，透過簾子看向一旁的畫舫。

那艘畫舫離他們這艘畫舫約有十來公尺的距離，那人聲嘶力竭的痛訴，傳到了他們這邊。

丹年最受不了有人拿她的家人說嘴，林管事掀開簾子進來，臉色凝重地說道：「似乎是白振繁的畫舫，劉英傑也在上面，喝了些酒。」

蘇允軒看向丹年，丹年毫不遲疑地說道：「將船靠過去，我倒要問問，他憑什麼這麼說我們家！」

林管事應了一聲，不一會兒便將船撐到白振繁的畫舫處，丹年與蘇允軒走了出來，而白振繁早已得到消息，與幾個人立在船頭處等他們。

丹年不跟他們客氣，陰沈著臉，揚聲叫道：「剛才是誰嘴巴不乾淨，胡亂誹謗我家人？」

一個年約四十歲的中年人渾身酒臭，指著丹年悲憤地說：「怎麼，只許你們家做，不許別人說了嗎？」

丹年冷哼一聲。「你有什麼證據說是我們家做的？」

劉英傑跳腳道：「除了你們還能有誰？你們不過是仗著平西侯的勢力為所欲為罷了，老夫看你們還能囂張跋扈多久？」

劉勝再不成器，也是他唯一的兒子，現在被人搞得斷子絕孫，劉英傑都想死了。說著，劉英傑猛地撲過去，嘴裡還叫道：「老夫要跟你們拚了！」

蘇允軒急忙閃身到丹年面前，好在白振繁手下還有懂事的人，幾個人七手八腳地抓住劉英傑。

丹年倒不怕他，劉英傑頂多敢耍耍嘴皮子、虛張聲勢嚇唬人，真要他打過來，給他十個膽子也不敢。

如果劉英傑真的那麼有血性，又認定兒子是沈立言一家害的，早就抄刀找人算帳了，而不是在風景如畫的荷花湖裡借酒發洩。

丹年嗤笑道：「什麼證據都沒有，就跑來丟人現眼。白振繁，你的手下一個個都不怎麼樣啊！」

白振繁冷笑道：「劉大人喝醉了酒，衝撞了縣主，是他不對。只是縣主一個未嫁的閨閣千金，和蘇大人在湖上廝混，未免太過不堪了！」

蘇允軒泰然自若地牽起丹年的手，說道：「在下不過是和未婚妻出來散散心，勞世子掛念了。」

話音剛落，丹年就瞪了他一眼，眼神明明白白寫著：亂說什麼啊！

劉英傑依舊在掙扎哭嚎，一個勁兒地說丹年家仗著平西侯的權勢為所欲為，欺負他這無權無勢之人。

丹年盯著劉英傑，冷笑道：「你該慶幸平西侯人不在這裡，倘若他真的在京城，你兒子就不只是現在這個樣子了，等著收屍吧！你不是雍國公府的人嗎，怎麼不見他們替你出頭？看在你年事已高的分上，我不和你計較，若再有下次，我會讓你知道將軍府不是那麼好欺負的！」

說完，丹年和蘇允軒便走回船艙中，林管事則緩緩將畫舫划向別處，空留白振繁一行人在原地。

平西侯府的後院裡，一身便裝的沈鈺和雅拉在高大的胡楊樹下下著棋，石桌小几旁放著剛從井裡冰鎮好的哈密瓜和葡萄。

雅拉拈著棋子左右為難，沈鈺則悠然看著棋盤，一副胸有成竹的模樣，笑道：「要不要為夫再讓妳三個子？」

此時有人悄悄進來，跪在沈鈺跟前，低聲說道：「主子，消息傳過來了，都辦好了。」

沈鈺微笑著點了點頭，目光依舊沒有離開棋盤，那人下去之後，雅拉扔下手中的棋子，嚷道：「不下了，我總是贏不了你！」

這時沈鈺的獨子——沈泓邁著小短腿跑了進來，手中還握著一朵野花，不知道在哪裡採的，他奶聲奶氣地叫了聲。「爹爹、娘親！」

沈鈺笑呵呵地站起身來，彎下腰伸手道：「乖兒子，快到爹這裡來！」

沈泓一頭撲進沈鈺懷裡，沈鈺大笑著將他抱了起來，讓他坐到自己腿上。

雅拉瞧著沈泓脖子上一串佛珠，那是李慧娘聽說沈泓出世後，託人帶給沈泓的，她笑道：「你們大昭人信佛，娘也是信佛，老說這個東西能保泓兒平安，每次寫信都要問他有沒有好好戴著。」

沈鈺不甚在意地說道：「娘請高僧開過光了，寧可信其有，不可信其無。不過，妳還知道佛教啊？」

雅拉拾起一顆棋子打向沈鈺，嗤道：「別小瞧人，這和我們的『長生天』差不多，就是宣傳眾生平等，還有佛祖拈花而笑的故事什麼的。」

沈鈺聽到這些，彷彿回憶起什麼好笑的事一般，出神地想了半天，沈泓好奇地看著他，清脆地叫了一聲。「爹！」

沈鈺回過神來，笑道：「什麼眾生平等，全是放屁！若真的是眾生平等，那鮮花和牛糞就是平等的，妳聽過佛祖拈花而笑，可聽說過佛祖拈著牛糞而笑？要佛祖拈著牛糞，妳看祂笑不笑得出來！」

雅拉拍著石桌，笑得眼淚都要流出來了，沈泓不明所以，也跟著笑了起來。雅拉指著沈鈺，上氣不接下氣地說道：「你、你可真是，這種話都說得出來……」

沈鈺笑了笑。「這可不是我想出來的，都是丹年跟我說的，她從小就是個古靈精怪的姑娘，比我聰明多了。」

雅拉聽出了沈鈺語氣中的思念意味，甚至還帶著些落寞。她嫁給沈鈺三年了，從各種方面而言，沈鈺都是個完美的丈夫，但是只有一點，沈鈺的妹妹沈丹年是不可觸碰的雷區，說她好不行，說她不好也不行。

有一次，雅拉半開玩笑地說起第一次相遇時，丹年膽小又怕事，當不了一點事，沈鈺就似笑非笑地譏諷道：「她當事的時候，妳還在享受著勒斥王庭大公主的尊貴呢！」那天之後，沈鈺冷臉對她很長一段時間。

自此雅拉知道他們兄妹的感情不是一般人能比的，有時候她會對自己的小姑有些不滿，因為丈夫心中地位最高的不是她，而是他的妹妹。

可是後來雅拉想明白了，沈鈺人都是她的了，沈丹年人又在京城，她有什麼好難過或不滿的，不過是平白給自己找麻煩。身為勒斥兒女，胸襟要像草原一樣寬廣，如此患得患失，反而落了下乘。

雅拉不著痕跡地轉移了話題，笑道：「剛才來人跟你說什麼？你是不是派人到京城幹壞事去了？」

沈鈺抱著兒子，一臉委屈，隨即正色道：「像我這種光明磊落的正人君子，怎麼可能去做壞事！對不對啊，泓兒？」

沈泓嘴巴含著剛剛偷偷塞進嘴裡的葡萄，歪著腦袋點了點頭，似懂非懂的模樣。

沈鈺掏出帕子為沈泓擦了擦嘴巴，狠狠地往他的小臉蛋上親了一口，開心地笑道：「唉喲，真是我的乖兒子，什麼事都向著爹爹！」

雅拉看不得沈鈺那副寵溺兒子的賤樣，忍不住撇嘴道：「家裡也就爹當得起『光明磊落的正人君子』這個詞，爹人好，心地也善良，怎麼就養出了你和丹年這兩個古靈精怪的人？尤其是你，表面上裝得純良，實際上一肚子壞點子，你啊……」

雅拉說不下去了，說起沈鈺的缺點，那可是三大三夜也說不完。

沈鈺嬉皮笑臉地笑道：「妳大君怎麼了？說說看啊！我想聽聽娘子對為夫如何評價？有則改之，無則加勉，來來來，快說，我都不知道我有那麼多缺點！」

比起臉皮厚，雅拉顯然不是沈鈺的對手，她起身恨恨地瞪了沈鈺一眼，笑著抱走了沈泓，點著他的小鼻子說道：「咱們不跟你爹這個壞人玩了，娘帶你騎馬去！」說著抱著他出了後院。

沈鈺見妻子和孩子都走了，表情瞬間變得陰鬱。齊衍修比他想像中要沒用一點，到現在還沒扳倒雍國公府。
這次京城裡的眼線送來消息說劉勝當街羞辱丹年，當時他氣炸了，急著報仇，沒有好好策劃，肯定會被發現什麼蛛絲馬跡。
三年來原本還算安定的生活，恐怕就此結束，齊衍修應該是等不及了，除了扳倒雍國公府，自己在西北也是他心頭的一根刺……
沈鈺盤算了很久，若萬不得已，他就接沈立言、李慧娘和丹年到木奇鎮來，一家人在西北逍遙，比窩在京城來得痛快！
丹年回到船艙裡，遊湖的興致全被那個劉英傑給破壞，便要林管事靠岸，她要回去了。
蘇允軒看著丹年氣鼓鼓的小臉，心中頗為不捨，想伸手去摸一摸，卻又怕丹年生氣，便拉著她說道：「才出來多久啊，再玩一會兒。」
丹年擺了擺手。「不玩了，我要回家同我爹說這件事去。」
說著，她歪了歪頭，忽然又問道：「真不是你做的？」
蘇允軒哼了一聲。「我要做的話，劉英傑現在應該忙著辦喪禮，還有閒心遊湖？」
丹年聽了，不禁滿臉黑線。
到了岸邊，小雪和鐵丫正坐在馬車上拌嘴拌得口乾舌燥，見到了丹年，鐵丫如獲大赦，連聲哀嘆道：「女人真是難纏！」惹得林管事往他頭上敲了好幾下。
返家之後，丹年敏銳地感覺到家裡的氣氛有些低沈，沈立言和李慧娘都坐在房間裡，低著頭一言不發。

丹年有些不安，輕聲問道：「爹、娘，發生什麼事了？」

沈立言一看見丹年回來了，便嘆道：「我聽同僚說，皇上今日在朝堂上下旨，要泓兒入京。」

丹年不解地說道：「娘之前不是還很高興，說終於能見到孫子了嗎？」

李慧娘一巴掌重重拍到桌上，說道：「原來我想得很美好，可誰知皇上居然要把泓兒養在宮中，同那些小皇子、小公主一起生活，做他們的伴讀！」

丹年大吃一驚，脫口罵道：「齊衍修真不是個東西！」

沈立言這次反常地沒有糾正丹年的說法，丹年坐了下來，憤憤地說道：「若是哥哥不把孩子送來，會怎麼樣？」

沈立言說道：「那就證明妳哥哥不忠於大昭，齊衍修隨時能把他定為擁兵自重、企圖謀反的亂臣賊子，到時想要西北兵權的人都會起身回應，拉妳哥哥下馬！」

丹年雙手環胸，皺著眉頭說：「這麼說來，哥哥非得把泓兒送進京城不可了？」

沈立言點了點頭。「阿鈺只能這麼做了。」

在丹年一家人的擔憂中，沈泓還是來了，幼小的他連爺爺、奶奶、姑姑的面都沒見到，就直接進了宮。

沈立言打聽出來，沈泓暫時寄養在一位娘娘的宮中，等沈泓熟悉了環境，就和小皇子與小公主們一起上學。

丹年怎麼樣都不放心，沈泓的身分太過敏感，若有人打他的壞主意，等於是火上加油，沈鈺必定不會甘休，恐怕很多人都在等這種事發生。

沈立言早已退出朝堂多年，空有一個將軍的名號，這種大事他說話沒什麼分量。丹年思來想去，沈鈺處處為她著想，如果他的兒子在京城出了什麼事，她會內疚一生，一定得想個辦法才行。

丹年和沈立言與李慧娘商量過後，就坐車去了皇宮，在宮門口時，金慎冷著一張臉問道：「妳來做什麼？」

丹年好聲好氣地說：「我聽說我哥的孩子到宮裡了，想來照看他。」

金慎彷彿聽到天大的笑話一般。「妳來照顧他？妳以為妳是誰啊？宮裡有數不清的宮女和太監，用得著妳嗎？」

丹年深吸一口氣，走上前一步，還未等她說話，金慎就敏銳地往後跳了一步，指著丹年嚷道：「妳想做什麼，硬闖皇宮嗎？信不信我當場把妳給拿下！」

丹年說道：「我要見皇上。」

金慎嗤笑道：「皇上不是妳想見就能見的。」

丹年瞪著他說道：「我要問問皇上，把忠臣之子囚禁在宮中，是何道理？」

金慎氣得跳腳，罵道：「妳少胡說八道！皇上只是念及西北苦寒，讓平西侯世子進宮接受名士教導，是天大的恩賜！」

丹年緊逼一步說道：「既然是恩賜，為何不讓孩子的爺爺和奶奶見他？」

金慎被逼得說不出話來，瞪著丹年沒好氣地嚷道：「平西侯的兒子不可能放到你們家去的，妳死了這條心吧！我沒空搭理妳，再胡鬧，信不信我把妳丟到大街上去？」

丹年轉身朝不遠處的馬車招了招手，車廂裡的小雪立刻從車上抱著一個大包袱鑽了出來，朝這邊跑來。

金慎狐疑地看著丹年，不知道這丫頭又要搞什麼花樣，丹年接過包袱，打開後掏出一塊木牌，上面清楚地寫著一行大字：皇上強搶忠臣子，喪盡天良！

金慎的臉瞬間綠了。

更讓金慎崩潰的事還在後面——包袱裡還有三尺白綾，他結結巴巴地說道：「妳想做什麼，別做什麼傻事啊！」

丹年正色道：「我要見皇上，如果你不讓我去，我就舉著這塊牌子全京城大街小巷走一遍，再同我看到的每個人說一遍。如果皇上不許我親自照看泓兒，我就用三尺白綾吊死在皇宮門口！」

金慎咬牙切齒地叫道：「妳敢！妳是誰啊？妳要是死了，我們把妳扔到亂葬崗去！」

丹年冷哼一聲。「我自然不是什麼重要人物，可我哥哥是重要人物，他要是知道皇上逼死了他的妹妹……」

金慎氣呼呼地指著丹年叫道：「妳給我等著！」說著便進宮通報皇上去了。

不知道等了多久，丹年只覺得腿都要斷掉了，金慎才慢悠悠地晃了過來，他擺了十足的官架子，說道：「皇上有點空閒，願意見妳了，跟我過來吧。」

丹年深深彎下腰，表達了謝意，金慎頗為不適應，怪異地看了丹年一眼，沒再說些什麼，領著她進入了皇宮。

第八十四章 進宮搭救

丹年這次見到齊衍修，是在個大殿裡，他坐在高臺上，伏案批閱奏摺。

金慎先走進大殿，躬身說道：「陛下，沈丹年帶到了。」

齊衍修頭都沒抬一下，隨口說道：「讓她進來吧。」

金慎朝丹年使了個眼色，丹年趕緊走了進來，金慎又朝她使了個眼色，這次丹年看不懂了，金慎皺皺眉頭，說了一個「下跪」的口形，她才恍然大悟。

丹年整理了一下外袍，便緩緩跪了下去，行禮道：「沈丹年參見陛下。」

對她來說，這是她第一次真正當齊衍修是皇上，對他下跪。高臺上的齊衍修看起來風華正茂，明黃色的五爪金龍朝服更顯得他高高在上。

丹年嘆了口氣，即便見了齊衍修，她也沒把握能說服他，同意讓她留在宮裡照顧沈泓。

她的膝蓋跪得生疼，也不見齊衍修發話，丹年知道他對自己惱恨得厲害，也不說話，直直地跪著，他想撒氣就撒好了，只要沈泓沒事就行。

金慎看了看高臺上的皇上，又看向直挺挺跪著的沈丹年，悄聲嘆了口氣，慢慢退出了大殿。

直到金慎離開，齊衍修才抬起了頭，他看了丹年一眼，說道：「沈小姐起身吧。」

丹年站起身時，腿肚子都在打顫，她深吸了一口氣，說道：「陛下，今日丹年過來，是想向陛下求個恩典，求陛下恩准丹年進宮照顧沈泓。」

過了半晌，高臺上才傳來一聲嗤笑。「丹年，當初朕求妳進宮妳不願意，如今怎麼巴巴地求朕讓妳進宮了？」

丹年低著頭，齊衍修看不清她的神色，只聽到她說道：「陛下，一事歸一事，丹年有對不住您的地方，丹年承認。可沈泓的安危關係重大，他是我哥哥的兒子、我爹娘的孫子，實在不能有任何閃失。」

齊衍修扔下筆，眼神不善地盯著大殿上的丹年。「妳在質疑朕的能力？皇宮裡這麼多嬤嬤和宮女，看不好一個那麼小的孩子?!」

丹年連忙解釋道：「陛下多慮了，丹年和爹娘只是擔心孩子，有我在一邊看著，即便出了什麼事，沈家也絕不會怪任何人！」

最後一句保證打動了齊衍修，他瞇著眼睛看著丹年，突然笑道：「沈家保證不責怪任何人？」

丹年堅定地說道：「是！倘若有丹年照看著，沈泓還出事，丹年會一人承擔所有責任，沈家保證絕不責怪任何人！」

齊衍修冷哼了一聲，背手走下了高臺，面帶冷笑繞著丹年走了一圈，湊近她身邊說道：「妳怎麼保證他們不來找朕鬧事？」

丹年不動聲色地往遠處挪動了下，深吸一口氣，說道：「因為您不會害我。」

齊衍修看著丹年，意味深長地笑了。「丹年，妳果然最懂我。妳的要求，朕豈能不准？」

此時丹年已經出了一頭的冷汗，她躬身說道：「多謝陛下恩典。」

齊衍修袖子一甩，重新走上高臺，漫不經心地說道：「妳回去準備一下吧，朕差人收拾一間宮室出來，後日妳就帶著沈泓住在那裡吧。」

丹年返家時，在將軍府門口碰到一臉陰沈的蘇允軒，她跳下馬車問道：「你都知道了？」

蘇允軒冷著臉點點頭。「妳為何不跟我商量一下？」

丹年一看這架勢就知道蘇允軒生氣了，可是她剛從皇宮回來，又站又跪了一下午，早就累得不得了，只垂著眼睛擺了擺手。「我也沒辦法，事情已經這樣了。」

蘇允軒明顯壓制不住火氣。「妳可知道，沈泓要在皇宮裡住到什麼時候？」

「我哪知道！」丹年沒好氣地說。

「沈泓一住下來七、八年，甚至十來年都有可能，妳是要陪著妳侄子老死在皇宮裡，還是要乾脆從了齊衍修，當他的妃子啊？」蘇允軒眼裡噴著火罵道。

丹年一把推開蘇允軒，頭也不回地往前走，小雪慌忙跟了上去，蘇允軒急了，上前去一把抓住丹年的手，急切地說道：「年年，對不起，我剛才太著急了。」

丹年甩開蘇允軒，插著腰問道：「那你說怎麼辦？我總不能看著我侄子一個人生活在皇宮裡，他還不到兩歲，身邊連個親人都沒有！我哥從小就對我很好，我怎麼能讓泓兒受委屈……」

她說著說著就哭了起來，前世的她從小就被丟進寄宿學校，她能明白那種舉目無親的境地有多麼淒涼。

蘇允軒伸手為丹年擦眼淚，嘆道：「妳別老是哭，一牽扯到妳家人，妳就頭昏上火，做事不經大腦。」

丹年推開蘇允軒的手。這小壞蛋，又藉機占她便宜！

她掏出絲帕擦了擦臉，沒好氣地說：「別叫我年年，噁心死了！這是我們沈家的事，不關你的事，閃邊去！」

蘇允軒眼明手快地抓住丹年的手腕，一臉委屈地說：「年年，妳不能這樣，上次用我對付白振繁，妳不是用得很開心嗎？怎麼用完了就翻臉不認人了？年年，妳真是好狠的心啊！」

丹年面紅耳赤，氣得跳腳大罵道：「蘇允軒，你不是正人君子嗎？你、你這種混帳話都說得出口……」

蘇允軒一臉得意，彷彿體內被壓抑了多年的個性在丹年面前完全被釋放出來，唇邊的笑意惡劣得像一個欺負心愛女孩的十三、四歲小男孩。

丹年拿他沒辦法，只得說自己會再與沈立言和李慧娘商量一下，便帶著小雪進門了。

丹年回家後，便與沈立言及李慧娘說皇上已經答應讓她入宮照顧沈泓了，沈立言皺著眉頭拍了拍丹年的肩膀，半晌才說了一句。「辛苦妳了，爹對不住你們兄妹。」

丹年看著這兩天像是蒼老了十幾歲的沈立言，心頭一酸，還未來得及說什麼，一旁的李慧娘就捂著臉哭了起來。「這算什麼啊，泓兒還那麼小，丹年卻已經十九歲了，要熬到什麼時候啊！」

丹年慌忙勸道：「泓兒不過是在皇宮裡待上一段時間，哥哥怎麼可能放著自己的兒子在別人家裡那麼久！」

李慧娘漸漸止住了哭聲，嘆氣道：「希望如此，只是苦了我的丹年……」

一直到第二天早上，李慧娘還在絮絮叨叨地叮囑丹年，到了宮裡，一定要謹言慎行，千萬不能和在家裡的時候一樣，受了委屈也要忍著。

丹年都笑著答應了。

等到夜裡，丹年輾轉反側半天，終於睡熟了，然而到了半夜，她卻被一陣猛烈的拍門聲給驚醒。

小雪揉著眼睛跑去開院門，丹年正好披衣走到院子裡，門才剛打開，蘇允軒就帶著林管事衝了進來，把丹年嚇了一大跳。

蘇允軒看到丹年之後，面色嚴肅地拉著丹年就往外衝，她驚訝得連忙一手拽住院子裡的樹，嚷道：「你瘋了啊，你想做什麼?!」

沈立言和李慧娘也匆匆過來了，沈立言怒氣沖沖地指著蘇允軒說道：「難不成蘇侍郎大半夜的跑來強搶良家婦女？」

林管事笑道：「我家少爺這可是好心來著！」

蘇允軒抹了把臉上的汗，焦急地說道：「有人要趁妳進宮之前害妳侄子！」

沈立言、李慧娘與丹年都大吃一驚，丹年抓住蘇允軒尖叫道：「泓兒呢？他怎麼樣了？」

蘇允軒安慰道：「現在沒事，是一個線人冒死為我報來消息，白振繁準備拂曉時殺死泓兒。皇上早朝前預定要去看泓兒，皇上到時去抱泓兒就會發現泓兒死在他懷裡，當時他的屍身還會是熱的，即便皇上有證據證明不是他做的，但妳哥哥無論如何都會恨死他！」

丹年嚇得連聲音都變了調。「快，我要進宮，泓兒不能死！」

沈立言大怒道：「我現在就要進宮，拚了老命也要護住我那可憐的孫子！」

李慧娘則是驚駭得眼淚直接掉了下來，整個人慌了心神。

蘇允軒深吸一口氣，對丹年和沈立言說道：「現在有個機會，可以把泓兒送出宮去，就看丹年肯不肯冒這個險了。」

丹年壓根兒不管什麼風險與否，直接問道：「怎麼送出宮？」

蘇允軒深深看著丹年說：「妳相信我嗎？」

丹年回頭看了沈立言與李慧娘一眼，點頭道：「我相信你。」

蘇允軒眼中盛滿了笑意，說道：「那妳現在就跟我進宮，路上我再告訴妳怎麼做。沈將軍和沈夫人就留在家裡等待好消息，人多了反而辦不成事。」

丹年點了點頭，攏好身上的衣服，便跟在蘇允軒身後出了院門，上了馬車。

馬車車廂沒有窗戶，整個都是封死的，只有馬車下方有手腕粗細的孔洞用來透氣，馬車裡點了一盞燈，隨著馬車前行，燭光也在隨之跳躍舞動。

蘇允軒從箱子裡掏出一個包袱，打開來遞給丹年，說道：「這是宮女的衣服，快換上。」

丹年接過衣服，有些遲疑地看著蘇允軒，蘇允軒面色一紅，背過身去，嘟囔道：「我不看就是了，妳快些換上！」

丹年咬了咬牙，解開衣服，換上蘇允軒給她的宮女裝。最近蘇允軒的表現實在有悖於他一直以來嚴肅認真的形象，丹年就怕他突然回頭，來個惡作劇。

到了皇宮，蘇允軒帶著丹年下了馬車，叮囑她走路儘量低著頭，不要說話。兩人從一個偏僻的後門入了宮，這個地方很像丹年曾經差點殞命的地方，宮牆坍塌不全，守門的人只看到蘇允軒的臉，便躬身請他們兩人進去。

等他們再走到一處門前，蘇允軒便對丹年說道：「再往裡面就是後宮了，我不方便進去，秦公公會帶妳到泓兒所住的宮室，妳瞅準機會，偷偷抱他出來。放心，白振繁的人現在應該還沒過來。」

丹年點點頭，秦公公提著燈籠，面無表情地領著丹年進了後宮。

黑暗中，丹年看不真切到底走了多少彎彎曲曲的道路，才走到一處宮室外面，秦公公這才壓低聲音說道：「進去吧，宮裡的人都打點好了，看管沈泓的宮女都被下了藥，妳偷偷把他抱出來就行了。」

丹年遲疑地說道：「那這些伺候泓兒的人……」

秦公公面無表情地說：「雍國公府的人一來，最後她們也難逃一死。」

丹年咬了咬牙，現在不是悲天憫人的時候，她死了不要緊，但沈鈺的兒子不能有事。至於這些死於非命的宮女們，她只能暗自替她們祈福了。

丹年摸黑推開了房門，房門並未上鎖，可房間裡卻驟然亮起了燈光，丹年嚇得魂都要飛出來了。

一個胖嘟嘟的小男孩眼睛閃亮地坐在榻上，對丹年說道：「妳是誰？她們為什麼都睡著了？我叫不醒她們，有點害怕，就點亮了燈，沒嚇到妳吧。」

丹年瞧了瞧那酷似沈鈺的小臉，上前去溫柔地將他抱進懷裡，吹熄了燈，親了親他的小臉蛋，柔聲說道：「我是你的姑姑沈丹年，姑姑是來接你回家的。」

沈泓還小，一聽說要回家，笑咪咪地點了點頭，回親了丹年一口。

就在丹年要抱著沈泓出去時，一個宮女披頭散髮地衝了過來，厲聲叫道：「誰？誰搶了孩子？」

丹年一驚，天已經要亮了，朦朧中，她看到那人朝自己撲了過來。丹年敏捷地閃身抱著沈泓就往外衝，秦公公慌忙衝了進來，將那宮女推倒在地上，丹年乘勢跟著秦公公跑了出去。

秦公公領著丹年，還沒跑出院子，那宮女就從房間裡一瘸一拐地追了上來，手裡還握著一把閃亮的匕首，在微微的晨光裡甚是顯眼。

丹年心下驚詫，宮女怎麼能有匕首這種凶器？

沈泓嚇得埋首在丹年懷裡，她緊緊摟著沈泓，一邊狂奔一邊說道：「不怕不怕，姑姑會保護你的！」

身後的宮女還緊緊追著，如果不是秦公公推倒她，讓她扭到了腳，可能早就追上他們了。丹年一顆心咚咚狂跳，腳下一刻也不敢停留，只恨自己沒帶上一、兩樣防身的東西。

等出了院子，向來時的方向跑去，過了一段路程，終於快到荒涼的宮殿處，丹年大口大口地喘氣，感覺到懷裡的沈泓似乎有千斤重。

秦公公停下了腳步，對丹年低聲說道：「妳快帶著孩子走！」

丹年喘著氣，看了看懷裡的沈泓，咬牙說道：「公公保重！」說完便繼續向前跑去。

秦公公撿起地上一截有手臂那麼粗的樹枝，開始胡亂揮舞，擋在那宮女前面。

丹年拚命往前跑，好不容易終於看到在前方焦急等待的蘇允軒，蘇允軒和林管事一同跑了過來，丹年焦急地指向後面，上氣不接下氣地說：「秦……還在……有女人……行刺！」

林管事大吃一驚，往丹年所指的方向趕了過去。

蘇允軒護著丹年往外走，丹年緊緊地摟住沈泓，擔心地往回看，蘇允軒見狀，沈聲說道：「交給林管事吧，不要擔心。」

等到了宮外的馬車上，丹年才長長吁出一口氣，渾身都被汗水浸濕了。

沈泓從丹年懷中抬起頭，眼神發亮，奶聲奶氣地說道：「妳真的會帶我去找爹爹和娘親嗎？」

丹年用額頭抵著沈泓的小額頭，親暱地說道：「當然，過不久，你就能重新見到爹娘了。泓兒真乖，一直都很勇敢。」

蘇允軒見不得丹年和沈泓這麼親密的模樣，愛理不理地冷哼了一聲。「這哪是什麼勇敢，這麼小的孩子，懂得什麼是害怕嗎？」

丹年懶得搭理蘇允軒，不知道他又在發什麼瘋。

等了大約半盞茶的工夫，林管事像一陣風似地跳到了車伕的位置上，丹年連忙問道：「秦公公怎麼樣了？」

秦公公幫助過她，丹年無法接受他出了什麼意外。

林管事鞭子一揚，馬車迅速地奔跑了起來，林管事低聲說道：「被刺中了胳膊，不過沒有危險。沈小姐放心，那個宮女應該是雍國公府的人，已經被我扭斷了脖子，明天一早就會有人發現了。」

丹年沈默地點了點頭，不由自主地摟緊了沈泓。

等馬車行至京城西門時，鐵丫已經牽著四匹馬等在那裡。

蘇允軒解釋說：「坐馬車的話動靜太大，而且速度也不快，不如我們騎馬，分兩路前行，也能混淆追兵的視線。」

丹年微微頷首，將留在馬車上的外袍撕成長長的布條，把沈泓牢牢綁在自己胸前，柔聲問道：「泓兒，你怕不怕？」

沈泓抬起頭，酷似沈鈺的臉龐寫滿了稚氣，可眼神中卻是與年齡不符的鎮定。「不怕！」

丹年憐愛地親了親他的小臉蛋，誇獎道：「真是好孩子！」說罷便翻身上馬。

蘇允軒等三人也隨即上了馬，蘇允軒對林管事和鐵丫說道：「你們從官道走，我和丹年走小路。」

林管事一改往日嬉皮笑臉的作風，皺著眉頭，不贊同地說道：「不成，還是我陪沈小姐走吧，讓鐵丫陪少爺走，萬一路上出什麼事，鐵丫也能抵擋一下。」

蘇允軒卻不容置疑地說：「按我說的做，別把你家少爺想得太沒用了！」

等蘇允軒大義凜然地策馬走了兩步，發現其他三人愣在原地，丹年還有些遲疑地說：「要不還是讓林管事陪我吧，你……」

丹年上下打量了蘇允軒一眼，那眼神明明白白地說著：就你那書生樣，靠譜嗎？

蘇允軒脆弱的玻璃心遭到丹年毫不留情的打擊，一張臉頓時脹得通紅，氣惱地喝道：「你什麼你！還不快跟上來！」

丹年撇了撇嘴，心想：凶什麼啊，我不過是想找個穩妥保險點的，懷裡可是我的侄子，金貴著呢！

沈泓轉著黑葡萄似的大眼睛，笑咪咪地看著吹鬍子瞪眼的蘇允軒。這叔叔太可愛了，和他那腹黑的爹爹完全不一樣！

丹年不敢再遲疑下去，皇宮裡的人很快就會發現沈泓不見了，到時勢必會派出大批追兵，甚至把整個京城翻過來也要找出沈泓，她必須趕在追兵前面，將沈泓送回沈鈺手裡。

一路上，丹年和蘇允軒都沒多說一句話，而是伏低了身體快速趕路。

馬背上掛有林管事準備好的水壺和乾糧，丹年倒不覺得苦，只是累了沈泓，小小的孩子卻要吃這種苦，可他一路上從來不抱怨。

晚上他們趕不上投宿的客棧，只能在荒郊野外睡上一夜，丹年和蘇允軒燃上火堆輪流值夜。

愈往西北方向去，晚上就愈冷，沈泓小小的身軀上蓋著幾層衣服，可睡著了以後還是蜷縮成一團。丹年心疼不已，抱著沈泓往火堆前面移了移，怕火苗燒到沈泓，又往回移動了一些。

蘇允軒看到了，默不作聲地脫下身上的外袍遞給丹年，丹年卻推了回去，搖搖頭說道：「晚上冷，你還是穿著吧，萬一受了寒，我們就不能及時趕到木奇鎮了。」

蘇允軒硬著一張俊臉，執意要丹年接過外袍。

丹年垂下了眼睛，看著火堆，輕聲說道：「蘇允軒，你……不用做這麼多的。」

未等蘇允軒回答，丹年又自顧自地說道：「你幫我把沈泓從皇宮裡救了出來，我已經很感激你了，你三番兩次幫我，我感激得不知道要怎麼樣才能謝你。」

蘇允軒收回了手，直接將衣服對折，輕輕蓋到沈泓身上，面無表情地說：「我幫妳不是為了讓妳感激我。」

丹年低著頭，隨手折了根細細的樹枝在地上劃著，輕聲說道：「可我這人，就是欠不得別人的恩情，別人要是幫了我，我總想著得還回去，你幫我這麼多，我又還不了，不是要讓我心裡難受嗎？」

「我說了，沒想要妳的感激，我想要什麼……」蘇允軒的眼光直勾勾、熱辣辣地盯著丹年。「妳心裡清楚。」

丹年心頭一窒，隨即別過臉去。火苗把她的雙頰烤得通紅，尷尬之下，手中的樹枝也順手甩飛了出去。

她思索了半晌，覺得還是說清楚比較好。「我想要有一個安定的家，不用生活在丈夫隨時會造反的恐懼中。」

蘇允軒淡淡地說：「我從來沒想過要造反。」

丹年有些氣悶。「可我也不想嫁到大家族去，整日同一堆人算計。」

蘇允軒眼皮都沒抬一下。「除了說不上話的妾室之外，蘇家現在只有三口人。」

丹年嘆了口氣，對蘇允軒說：「我很感激你，可我得同你說明白了，我不願意將來的夫君三妻四妾，他要娶，就只能娶我一個。」

見蘇允軒著急地想說些什麼，丹年連忙說道：「你別跟我說什麼妾室不算妻，我的要求是一個妾室都不能有，更別提弄一堆庶子、庶女來噁心我，我不幫男人白養孩子的！」

蘇允軒這會兒沒吭聲了，丹年不禁暗暗感到失落，聲音也低沈了下去，喃喃道：「這是我的底限。」

蘇允軒看著丹年，溫柔地說道：「丹年，這世上能像沈將軍一樣的男子不多，可不代表除了沈將軍之外就沒有，只要妳願意，允軒此生只有一個妻，絕不再有其他女人。妳為何不早些說出來，莫非妳一直在意的，就是這種事情？」

丹年抬起頭來，雙眼發亮，笑容不知不覺地爬到臉上，一顆心又不受控制地狂跳了起來，臉龐、脖子紅成一片。

見蘇允軒含笑看著自己，一雙眼睛如西北天空的星辰般熠熠生輝，丹年不好意思地將臉埋進了膝蓋裡。她原本很害怕在野外過夜，總覺得很不安全，會有野狼出沒，可蘇允軒在身邊，她就沒來由地覺得心安。

蘇允軒厚著臉皮挪到丹年身邊，拉著丹年的手，要丹年看著他，丹年的臉燒得如炭火一般，說什麼都不肯。

蘇允軒看著丹年露在衣服外面的臉、手、脖子統統染上了一層胭脂紅色，連白玉般的耳垂也浮現淡淡的紅，心裡癢癢的，讓他情不自禁地想湊上去。

「丹年，我都保證過了，妳到底願不願意啊？」蘇允軒期待地問道。

過了半晌，丹年都沒有答話，就在蘇允軒以為丹年不會理他的時候，才聽到她一聲細如蚊蚋的「嗯」。

蘇允軒欣喜若狂，一把抓住了丹年的手，就想將她往懷裡帶，興奮而又殷切地說道：「丹年，我、我真高興……」

然而還未等他說完，躺在地上睡覺的沈泓輕輕哼了一聲，還不安分地翻了個身，身體又蜷了起來，小嘴巴更一張一合地流著口水，不知道夢到了什麼好吃的東西。

丹年連忙掙脫了蘇允軒，趕緊重新為沈泓蓋好衣服，輕輕拍著他的背哄他。

火勢漸漸轉小，擔心沈泓會著涼，丹年抬起頭，不容置疑地吩咐道：「還不快去撿些柴禾過來！」

這下子旖旎的氣氛一掃而空，蘇允軒含恨看著睡得香甜的沈泓，心想：臭小子，你給我等著！

第八十五章　互許終身

三天之後，丹年和蘇允軒騎馬帶著沈泓，在烈日當頭的午後，踏入了木奇鎮的城門。

沈鈺見到丹年時，下巴差點沒掉落，沈泓則是含著熱淚撲進了爹娘懷裡。

丹年笑著抱拳站到沈鈺跟前，說道：「哥哥，我可是騎馬狂奔了三天三夜，把你兒子完完整整送回來了！」

沈鈺低頭笑了起來，雅拉抱著兒子抹著眼淚說：「丹年，真是謝謝妳了！」

沈鈺要雅拉帶著沈泓先去後院，等雅拉他們離開後，沈鈺的臉色就沈了下來，對丹年說：「妳這不是胡鬧嗎！泓兒回來了，可爹和娘還在京城！還有，現在妳要怎麼回京去？」

蘇允軒皺著眉頭說道：「此事我自有安排。」

沈鈺瞇著眼上下打量起蘇允軒，臉色不善地說：「我們家的事，輪不到外人來安排。」

丹年被罵了個狗血淋頭，畏畏縮縮地坐在椅子上，她確實沒考慮過沈立言和李慧娘的立場，然而丹年相信，就算她當時去徵求他們的意見，他們也絕對贊成把沈泓送回來。

蘇允軒往後一仰，閒適地坐在椅子上，漫不經心地喝著茶，說道：「平西侯客氣了，過不了多久，在下還要稱呼侯爺您一聲大舅子。」

沈鈺一張俊臉瞬間變得陰鬱，他冷笑道：「癩蛤蟆想吃天鵝肉，有我在，你休想。我會為我妹妹找個好人家的！」

蘇允軒壓根兒不理會沈鈺，丹年則抽著嘴角，扯了扯沈鈺的衣袖，說道：「哥，這次多虧了蘇……侍郎，我們才能把泓兒送回來的。」

沈鈺沒好氣地把手一甩。「沒妳的事，回客房休息去！」又轉身對蘇允軒獰笑道：「行啊，小子，哥當年上戰場時，你還在吃奶呢，有種出去過招！」

丹年慌忙攔住沈鈺，說道：「哥，人家陪著我跑了幾天幾夜了，這個時候不好打架，你贏了，也顯示不出你厲害啊！」

沈鈺不滿地看著丹年，心中一片酸楚，他可愛、聰明、天底下最好的妹妹，如今居然向著外人！

其實蘇允軒聽到沈鈺威脅要把丹年嫁給別人時，他就不高興了，此刻沈鈺一挑撥，立刻站起身來，捲起了袖子，傲然地說道：「正好，在下也想向侯爺討教一二！」

沈鈺朝丹年喝道：「沒妳什麼事，老實回房間睡覺去！」說罷，氣呼呼地背著手先往院子裡走了過去，蘇允軒也板著臉跟了出去。

丹年看著兩人一前一後離去的背影乾瞪眼，蘇允軒是個書生，她怕沈鈺看蘇允軒不順眼，下手沒個輕重，把蘇允軒揍成豬頭，回京以後蘇晉田和林管事會殺了她出氣。

一旁小心看著丹年的丫鬟輕聲說道：「小姐，奴婢領您回房歇息吧！」

丹年無奈地跟著丫鬟到後院休息，連著幾日，丹年都沒好好睡過覺，這一睡就睡到華燈初上，醒來時，窗外已經天黑了。

一直守候在窗外的丫鬟聽到丹年起床的聲音，敲了敲門，等丹年答應了才推門進去，她俐落地端進溫熱的洗臉水，說道：「侯爺和夫人已經擺好了宴席，就等小姐起身。」

丹年悶聲問道：「那個和我一起來的公子呢？」

丫鬟一邊幫丹年梳頭，一邊笑咪咪地說道：「您說那位長得好看卻不笑的公子嗎？他正和侯爺喝酒呢！」

丹年鬆了口氣，好在沈鈺也不是沒分寸的人。等丹年在丫鬟帶領下到了前廳，就看到沈鈺正和蘇允軒把酒言歡，好得像親兄弟似的——前提是忽略兩人嘴角和眼角不正常的青紫。

丹年挨著雅拉坐下，都說男人的情誼是靠打架打出來的，這話果然不假，害她白擔心了。

雅拉熱情地勸丹年多吃一些菜，連聲說比上次見到她的時候瘦多了。丹年道過了謝，也不客氣，畢竟連著幾日乾餅加涼水，吃得她都想吐了。

吃了一會兒，還不見沈泓過來，丹年不由得問道：「泓兒呢？怎麼不過來吃飯？」

雅拉不好意思地笑道：「小孩子貪睡，現在還沒起來。」

丹年點了點頭。「這一路上真是辛苦泓兒了，那麼小就要吃這麼大的苦。」

沈鈺正和蘇允軒談論兵法談論得興高采烈，卻突然看向丹年，問道：「你們回京後打算怎麼辦？皇宮裡就這麼丟了一個孩子，怎麼向皇上交代？」

丹年放下筷子，看向蘇允軒，她還沒想到要怎麼面對以後的事情，潛意識裡，只要蘇允軒在，總是能把所有的事情都處理得很好，完全不用她操心。

蘇允軒已經喝得雙頰微紅，搖晃著酒樽說道：「我送了一個雍國公府謀害沈泓的證據給皇上，他若是夠聰明，就能抓住這個把柄，雖不至於能一舉扳倒雍國公府，但也能讓他們元氣大傷。」

沈鈺皺著眉頭說：「這樣也好，我不在京城這三年，雍國公府居然還維持原樣，這皇上比我想像中要弱一些。」

蘇允軒搖頭道：「換第二個人做皇上，未必會有齊衍修做得好，雍國公府經營了四代，白振繁也不是省油的燈。齊衍修一直努力提拔無背景的新生代官吏，想培養自己的勢力打壓雍國公府，如果讓齊衍修這麼發展下去，不出五年，雍國公府必倒。」

丹年心頭一動。「雍國公府倒了，對我們沒什麼好處。」

沈鈺垂眼道：「不錯，雍國公府一倒，下一個對付的目標就是我了。」

蘇允軒微微笑了起來，他看著丹年，眼波流轉地說：「怎麼，年年擔心了？」

丹年脹紅了臉，這蘇允軒真是越發膽大，當著她哥哥和嫂子的面，就敢這麼跟她說話。

沈鈺也喝得醉醺醺了，他瞇著眼睛，在蘇允軒面前晃了晃拳頭。「克制點！我還在呢，你少欺負我妹妹！」

蘇允軒不屑地哼了一聲，扭過頭去不看沈鈺。

雅拉看不下去了，拍了拍沈鈺的頭，罵道：「剛打完架又想打啊？你看你的臉，都被人家揍成顏料鋪子了！」

沈鈺呵呵大笑。「妳相公我怎麼會吃虧呢？他臉上的顏色比我的多！」

丹年和雅拉同時瞇起眼看著兩個鼻青臉腫的人，不做任何評價。

第二天一大早，丹年和蘇允軒就要回去了，沈泓抹著眼淚不讓丹年走，丹年抱著沈泓又是親又是蹭的親熱了半天，才依依不捨地離開。

馬匹飛奔了很遠，丹年回過頭，還能看到沈鈺一家三口目送著他們，直到三個人影成了三個模糊的黑點，她才不再回頭。

丹年腦海中迴響著沈鈺私底下跟她說的話。「蘇允軒這人，胸懷坦蕩、重情義有能力，卻沒什麼野心，但他的身世不同一般，將來勢必會陷入爭權奪利的漩渦當中，由不得他作主。妳若執意選他做良人，終究得跟著捲進去，如果有什麼……哥哥這裡隨時歡迎妳。」

沈鈺雖然未說明白，丹年也能猜到他的意思。倘若蘇允軒被齊衍修或雍國公府拉下臺，她也會流離失所，可以到沈鈺這裡避難；如果蘇允軒成功奪位，那時他未必會再對她重情重義，如果丹年想離開他，沈鈺也會幫忙。

西風吹在丹年臉上，她溢出眼角的淚水瞬間都被吹乾。她何德何能有這樣的父母與哥哥？這麼多年來，她總是讓家人不省心，就連婚姻大事，還是讓他們操心。

如果她能乖乖聽話，讓沈鈺為自己安排一個家庭單純的好人家嫁了，也不會這麼麻煩；可感情的事情哪裡說得準，蘇允軒迄今為止幫她做的，她都知道，也很感動。

以後他也許會變心，畢竟幾十年的夫妻到老了，都還有分道揚鑣的實例，她又是個受不得委屈的人，難免有後悔的時候，可她心裡卻越發篤定，如果這次拒絕了蘇允軒，她就會後悔一輩子。

未來的事誰也說不準，她想放手一試，試著信任除了父母與兄弟以外的人。

「妳在想什麼？」丹年正在恍神，耳邊颳過的風中，傳來蘇允軒清冷的聲音。

丹年扭過頭去，眼前是蘇允軒那張時刻保持嚴肅的俊臉，她搖了搖頭，大聲喊道：「我想我爹娘了！」

蘇允軒唇角微微揚了起來，扭頭專心騎馬，不再說話。

到了晚上，兩人依舊沒找到投宿的客棧，只好敲一家民房的門，可那家雖有一間空餘的房間，卻沒有床。

好在沈鈺早就幫他們準備了厚厚的氈毯，丹年靠著牆抱著毯子，看著蘇允軒往房間的火堆裡扔樹枝，跳躍的火苗將他的臉映得忽明忽暗。

待火燒旺之後，蘇允軒靠到了丹年身邊，丹年覺得不是很習慣，想往旁邊挪一挪，不料還未起身，蘇允軒的手就準確地摟過了她的脖子。

丹年驚訝地看著蘇允軒，他卻若無其事地說：「天氣冷。」

丹年紅著臉，眼睜睜地看著蘇允軒的俊臉離自己愈來愈近，沒多久便貼上了她的唇。

蘇允軒的唇和他的聲音一樣，涼涼的，還未等丹年回味過來，蘇允軒的舌頭就已經撬開她的唇齒，不動聲色地纏住她的舌頭。

丹年滿臉通紅，想推開他卻又遲疑，只能任他在她口中遊走，細細品味了每一寸。

然而蘇允軒一雙手卻不老實起來，趁隙扶上丹年的腰身，還有逐漸往上爬的趨勢，丹年終於鼓足勇氣推開蘇允軒，臉紅得如滴血一般，訥訥地質問道：「你摸夠了沒有？」她的聲音充滿了羞怯，怎麼都不像是怒斥，反倒像是撒嬌。

蘇允軒笑了起來，如同偷腥成功的貓一般，眼中似乎盛開了千萬朵花，盈盈耀眼。

丹年頓時不太高興，憤憤地指責道：「你不要太過分，別以為娶我是那麼簡單的事情！」又說道：「親就親了，別以為親了，我就非得嫁你不可！」她可是二十一世紀來的新女性，不會真的像個封建時代的大小姐一樣，被摸了一下就非他不嫁。

蘇允軒的聲音不復之前的清冷，他湊到丹年面前，氣息微微有些不穩，親暱地用自己的鼻尖蹭著丹年的鼻尖，問道：「要怎麼樣才能娶？好年年，妳跟我說，我好去辦啊！」

丹年慌忙別過臉去。她不習慣這種親暱的接觸，從前世到今生，還沒有哪個男性和她貼得這麼近過。

蘇允軒看把丹年逗出了火氣，不再多說什麼，為她重新蓋好了毯子，握住她的手，小聲說道：「睡吧，別擔心，回京城後我會處理好的。」

半晌，丹年低低的聲音從毯子裡傳了出來，在空曠的房間中顯得那麼清晰。「你什麼都不用再做了，因為你在我心裡，早已是值得依靠的良人了。」

從投宿的地方到京城，丹年覺得蘇允軒的嘴角都沒有掉下來過，一路上都在笑，確切地說，是竊喜。

丹年看著蘇允軒得意洋洋的笑容，頭頂幾乎要冒煙了。這算什麼啊！她那天晚上說漏了嘴，結果這小子幾天來就像吃了興奮劑似的，經常趁她不注意時摸摸臉、拉拉手的。臨近京城，蘇允軒一想到丹年還要回沈家，就要與他分別了，心中微微不爽快，刻意放緩了速度。

丹年似乎知道蘇允軒心中所想，紅著臉低著頭，任由他光明正大扯著自己的手，騎著馬悠然前行。

這段路程似乎格外短暫，進京的城門近在眼前，蘇允軒把速度放得再慢，也不過一會兒就走完了。

蘇允軒暗罵這小路太短，拉住丹年說道：「丹年，妳先回家，我要進宮。」

丹年有些擔憂，從返程起，她就一直在擔心回京之後的事情。齊衍修這人自尊心極強，她與蘇允軒在他眼皮子底下把沈泓偷走還送回木奇鎮，無疑是在甩他耳光。

可要她看著沈泓在宮中過著朝不保夕的日子，她無論如何都做不到，如果再重來一次，她還是會選擇把沈泓送回沈鈺身邊，只可惜連累了蘇允軒。

「不，我和你一起去，這本來就是我們家的事，不能讓你一個人承擔責任。」丹年堅定地說道。

蘇允軒緩緩笑了起來，修長潔白的五指摩挲著丹年的手背，弄得她癢癢的。「年年，不要擔心我，白振繁自以為做得天衣無縫，但還是被我抓住了把柄和證據，到時只要把事情和盤托出，皇上反而會謝我給了他一個雍國公府的罪證，如此應能功過相抵。」

「況且……有誰看到是我們把孩子送出去的？」蘇允軒低笑道。

丹年看著蘇允軒狡黠的笑容，撇了撇嘴。她怎麼從來沒發現，蘇允軒隱藏在冰山外表下的性格，竟像個惡劣的小男孩呢？

丹年返家後，只向沈立言與李慧娘說安全地把沈泓送到沈鈺手中，沈鈺夫妻兩人都好。

沈立言擔心地問道：「那蘇侍郎怎麼樣？」

丹年遲疑了一下，說道：「他說不用我們管，他會處理好的。」

沈立言嘆了口氣，拍了拍丹年的肩膀。「這次我們可算是欠下他的大人情了，他對妳的心意，爹都看在眼裡。」

丹年看著沈立言斑白的雙鬢，有些心酸。從小到大，她沒少讓爹娘操過心。

她低頭笑了笑。「爹，您說什麼呢！」

沈立言淡淡一笑。「這幾年來爹一直在觀察他，雖然因為他讓妳吃了不少悶虧，可他為人不錯。如果那小子心意不變，等這次風波過了，妳就告訴他，爹等他上門提親！」

丹年紅著臉，點了點頭。

李慧娘不大高興，板著臉說道：「那小子和丹年差不多大，哪能照顧得好丹年？咱們再找找，男方要大一些，才知道疼惜妻子！」

丹年急了，蹭著李慧娘的胳膊說道：「娘，他人很好，很穩重的！」

沈立言朝李慧娘哀嘆：「看到沒，八字都還沒一撇呢，就急著為外人說話了！」

李慧娘伸出手指彈了一下丹年的腦門，笑道：「看妳急的，還像個姑娘家嗎！」

丹年不好意思地笑了，扯著李慧娘說了半天話，說沈鈺的平西侯府如何好看，李慧娘聚精會神地聽著，接著便長嘆一聲。「都三年沒見到妳哥哥了。」

丹年安慰她道：「想看哥哥，隨時都能去。」

李慧娘心知事情並不簡單，她摸著丹年的頭髮，笑道：「跑了這麼多天，累壞了吧？讓小雪幫妳燒水，好好洗個澡，睡一覺。」

丹年洗好澡出來，小雪正拿著帕子幫她擦乾頭髮，就聽見前院一陣嘈雜，像是有不少人進來了。

李慧娘慌慌張張地進了丹年的房間，說道：「丹年，皇上宣妳進宮！」

丹年吃了一驚，不過一想到這個時候蘇允軒應該還在宮裡，頓時安心不少，她對李慧娘說道：「這事總得有個了結，泓兒不在他手裡，他不敢對我怎麼樣的，況且蘇允軒現在應該還在宮中。」

見李慧娘稍稍鬆了口氣，丹年便吩咐小雪為她梳頭，小雪遲疑地說道：「小姐，您頭髮還沒乾呢！」

丹年皺著眉頭說：「不礙事，天氣熱，到宮裡就自然乾了，總不能披頭散髮地去吧。」

小雪應了，卻又怕頭髮乾了之後髮髻散落，於是用力將頭髮綰得緊緊的，扯得丹年都覺得頭皮不是自己的了。

本來她洗完澡之後昏昏欲睡，現在頭髮被扯得這麼緊，倒是睡意全失了。

第八十六章　納采訂親

等到丹年踏入大殿那一刻起，她才意識到齊衍修有多憤怒，桌子上的奏摺和茶盅都摔到地上，茶水也潑濺到奏摺上，將上面的字暈出大片墨跡。

齊衍修冷眼看著丹年進來低頭向他跪拜行禮，卻背著手不言語，一張白淨的俊臉上半點表情也沒有。

而靜立一旁的蘇允軒彷彿像個沒事的人一般神遊太虛，眼觀鼻、鼻觀心地站著，沒多看丹年一眼。

丹年暗自心驚，等齊衍修從鼻孔裡哼了一聲，她才緩緩站起身來。他要生氣就生氣吧，只要沈泓平安無事，她再多跪一會兒也無所謂，當前方那個明黃色身影是團空氣就行了。

「丹年，妳膽子可真大，朕果然小瞧了妳！」齊衍修盯著丹年說道。

蘇允軒上前一步，站到丹年身旁，面無表情地說：「皇上，您有空在這裡審問我們，不如趁雍國公還未準備好的時候給他痛擊。」

齊衍修低低笑出聲來。「蘇允軒……喔不，朕該稱呼你為堂弟才是。真不愧是天家子孫，做事都這麼絕，你以為朕當真拿你一點辦法都沒有嗎？」

蘇允軒依舊不為所動，語氣平緩。「微臣是蘇允軒也好，是天家子孫也罷，都是皇上一句話的事情，微臣所做的，都是為皇上分憂罷了。」

齊衍修彷彿聽到天大的笑話一般，冷笑道：「這麼說來，蘇愛卿還是赤心忠膽的忠臣了？」

蘇允軒低頭拱手道：「謝皇上謬讚！」

丹年被晾在一邊，觀察著齊衍修。那張原本修養良好、萬年不變的面具，到了蘇允軒面前被拆得一乾二淨，白淨的臉龐氣得通紅，兩隻眼睛也瞪得如牛眼一般。

齊衍修在蘇允軒那裡吃了癟，才想起在一邊的丹年，他咳了一聲，嘲諷似地喝道：「沈丹年妳可知罪？」

丹年正在發愣，冷不防聽到齊衍修叫自己的名字，才回過神茫然道：「啊？」

齊衍修拚命壓抑自己的怒火，反覆叮囑自己跟沈丹年置氣，就是跟自己過不去，於是他又重複了一遍，說道：「妳可知罪？」

丹年早就看出來了，齊衍修拿蘇允軒沒辦法，因為他收了蘇允軒給的雍國公府殘害封疆大吏子嗣的證據和把柄，他此番叫了蘇允軒和自己前來，無非是覺得自己的後宮成了公共花園，誰想去就能去，藉機發脾氣立個威嚴罷了。

丹年一時之間不知道該怎麼回答，她偷偷抬起眼，看向斜站在自己身前的蘇允軒。蘇允軒依舊昂頭背手，一副面無表情的模樣，可他背在身後的手卻朝她輕輕擺動了兩下，丹年頓時會意過來。

「回稟陛下，丹年何罪之有？」丹年裝起傻來。

齊衍修哪裡看不出他們兩人的小動作，一時不禁氣血翻騰。沈丹年本來應該是他的人，現在卻只能看不能摸，她還不聽自己的話，跟蘇允軒扯在一起了。

去邊境一來一回要很多天，她日夜都和蘇允軒在一起……齊衍修愈想愈生氣，一股名為「嫉妒」的火焰幾乎要把他的理智全燒光了。

蘇允軒敏銳地察覺到齊衍修的情緒變化，立刻閃身擋在丹年面前。

這個舉動讓齊衍修瞬間冷靜下來，隨即湧上深深的無力感。他要靠蘇允軒和沈鈺才能扳倒雍國公，如果稍有不慎，全盤皆輸。

蘇允軒背後有著他還無法完全摸透的勢力，說不定那些人巴不得自己被雍國公府拉下位，好扶植蘇允軒上臺；至於沈鈺，齊衍修只希望他能乖乖待在西北不要亂動，這樣還能震懾一下雍國公府。

後宮的女人們是他千挑萬選進來的，都和雍國公府沒關係，然而還是被人鑽了空子，殺手都進到後宮了。

這次若真讓雍國公府得手，沈鈺的兒子命喪在他懷裡……齊衍修微微打了個冷顫，沈鈺肯定會帶兵進京逼宮，他寧可扶植一個阿貓、阿狗當皇上，也不會讓自己繼續在位。

然而齊衍修那點自尊心仍在作祟，他是皇上，雍國公和蘇允軒算計他，他含淚咬牙忍了，可連沈丹年都一起來算計他，他實在無法容忍。

齊衍修低低笑了起來，再不能忍，也要忍下眼前這口氣。從小他就發誓，有朝一日，一定要將這些踩在他頭上的人統統打倒，讓他們也嚐嚐被人踩的滋味。

他默默在心中的帳本上記下了這一筆，反正時間還很長，他又年輕，等扳倒了雍國公，再來秋後算帳也不遲。

齊衍修眼神陰鷙地盯著丹年和蘇允軒，慢慢說道：「這次的事情就算了，但是，朕不希望再有下次。」

丹年心中一凜，跟著蘇允軒向齊衍修行了個禮，便和他一起退出去了。

等坐上了馬車，丹年才長長吁了口氣，坐在她對面的蘇允軒掏出帕子，溫柔地為她擦拭鼻尖上沁出的薄汗。

丹年微紅著臉，享受蘇允軒的服務。

蘇允軒嘴角微微翹起，丹年不說話的時候最乖，就像隻討人喜愛的小貓一樣，趴在那裡等人過去順毛，只要她高興了，還會撒嬌地叫個兩聲。

「妳不要害怕，有我在，皇上不敢怎麼樣的。」蘇允軒看到丹年脖子上也有了細細的汗珠，明白她是真的害怕極了，柔聲寬慰道。

丹年點點頭，看著蘇允軒說：「嗯，我不害怕，我只是擔心他還會打泓兒的主意。」

蘇允軒看著柔順地跟他說話的丹年，心頭一陣發癢，貼到丹年跟前，小聲而熱切地說道：「年年，我明日便讓父親去妳家提親好嗎？」

丹年一聽他提到「父親」，沒由來地一陣厭煩，這才想到她和蘇允軒要成親，不只是他們兩個之間的事情。她若嫁給蘇允軒，就要叫蘇晉田一聲「爹」的，如此「喪權辱國」的事情，丹年當然想都沒想地就拒絕了。

「不行！我才不要你爹來提親，我也不要叫他爹！」丹年理直氣壯地說。

蘇允軒耐著性子哄道：「我們日後成了親，就和他們分開來住，妳沒事又不會湊到他跟前去。」

「那也不行，我怎麼能叫他爹？這簡直就是……在羞辱我！」丹年握緊拳頭，憤憤地說道。

蘇允軒不禁沈默了。身為悉心教養他將近二十年的養父，蘇晉田挑不出什麼毛病，在收養他之後，再沒有一個孩子出世，唯一的一個孩子，還是為了救他而犧牲掉的。他能平安長大，蘇晉田功不可沒。

丹年恨蘇晉田不是沒有理由，蘇允軒站在丹年的立場也能明白，實在很難對那樣的父親叫爹。

蘇允軒嘗試著用自己最溫柔、有耐心的語氣說道：「丹年，我們日後不和父親一起住……」

丹年垂著眼睛不吭聲，一副「我堅決不同意」的樣子，蘇允軒沒辦法，只能拋出一枚重磅炸彈，帶著誘哄的語氣說道：「丹年，妳就不想替妳親娘和妳討回一個公道嗎？」

丹年聞言果然抬起了頭，不解地看著蘇允軒。

蘇允軒心中默默向蘇晉田磕頭謝罪了一番，才對丹年說道：「我曉得妳心中對父親有怨恨，可是不到他跟前去，要怎麼報仇……」

丹年瞇起眼睛看著他，懷疑地說道：「蘇晉田疼你疼得跟心肝寶貝一般，你為何要向著我，要我去報復他？」

蘇允軒就知道這種小計策瞞不了聰明的丹年，只得說道：「父親……只是為了他的前途收養我的，論父子之情，不是沒有，但比起尋常人家，還是淡了很多。」

丹年同情地看著他說道：「原來你不但缺乏母愛，還缺乏父愛，蘇晉田那老傢伙真不是個東西！」

蘇允軒差點沒噴出一口血來，他穩住了心神，拉著丹年的手，情真意摯地問道：「那妳到底願不願意？我蘇允軒雖然算不上什麼正人君子，可我說過的話絕對算數，只要有我在一天，就照顧妳一天，誰都不能欺負妳！」

丹年看著蘇允軒在自己眼前放大的俊臉，那雙漂亮的眼睛裡寫滿了急切和緊張，一時之間竟然心疼起來，神差鬼使地點了點頭。

蘇允軒笑了起來，眼角眉梢都帶著得意洋洋的喜氣，隨即厚著臉皮坐到丹年這邊，覥著臉往她身邊湊，不住地笑著。

丹年又羞又氣，推開他罵道：「你發什麼瘋，笑成這樣，被人聽到了可不好！」

蘇允軒這會兒完全不顧禮義廉恥什麼的，他被丹年推開了，又厚著臉皮坐了回來，軟聲說道：「年年，好年年，我心裡好高興！」

丹年被他這麼一說，心又軟了，不再推開他。蘇允軒得寸進尺，湊近了丹年，捧著她的臉，蜻蜓點水地親了親她的額頭。

這個吻充滿了無限的憐惜，彷彿丹年是件稀世珍寶一般。丹年想要低頭，蘇允軒卻不依不饒，手捧著丹年的臉，想再親上去，丹年卻忍不住想笑，眼見他的吻就要落到自己唇上時，丹年把頭別過去，他就親上了丹年白玉般的耳朵。

看到自己滿心期盼的吻落空了，蘇允軒有點不高興，扳過丹年的肩膀，懲罰似地輕輕咬上她的唇，緊接著舌頭就靈活地伸進她的嘴裡，凶猛地吻著，直到她喘不過氣來，使勁踢起他的腿。

蘇允軒這才滿意地鬆開了丹年，看著她脹紅的小臉和紅豔豔的唇，得意地捧著她的臉笑道：「看妳還敢不敢躲！」

此時馬車停了下來，車外傳來林管事一聲咳嗽，丹年這下羞得臉和耳朵都紅了，她使勁捶了一下蘇允軒，低聲罵道：「都被別人聽到了！」

蘇允軒泰然自若地說：「林管事算不上外人。」

丹年恨恨地看著耍流氓技術爐火純青的蘇允軒，突然揪著他的耳朵，惡狠狠地說道：「想娶我，就按照我們之前說好的，一不許納妾，二不許拈花惹草，否則你就給我等著瞧！」

蘇允軒笑咪咪地看著張牙舞爪的丹年，雙手一攤，說道：「等著什麼啊？我很好奇。」

丹年陰沈沈地笑了。「你想試試嗎？」

蘇允軒連忙擺手表示清白。「沒有沒有，我蘇允軒說到做到！」

林管事在馬車外面等了半天還不見兩人下來，在車廂外重重咳了一聲，說道：「少爺，將軍府到了！」

丹年滿意地拍了拍蘇允軒的腦袋，說道：「乖，這才是聽話的好孩子。」說罷，也不理會蘇允軒哭笑不得的表情，撩起裙襬踩著林管事放在馬車外的凳子下了車。

林管事看著滿面紅霞、嘴唇有些紅腫的丹年，神情曖昧地笑著不說話。

丹年瞪了他一眼，低頭快步走到家門口敲響了院門，等小雪開了門，她就迅速鑽進去把門關上。都怪那無恥的蘇允軒，真是太丟人了！

等蘇允軒回到家時，蘇晉田和蘇夫人都在大廳裡等他。

蘇允軒並不覺得奇怪，恭恭敬敬地向他們行了禮，正要開口時，就聽到蘇晉田說道：「軒兒，前幾日你到底去了哪裡，到現在才回家？」

顧及蘇夫人在場，蘇允軒只笑道：「我約了丹年一同出去遊玩。」

其實蘇晉田知道蘇允軒去了哪裡，只是想讓他親口承認罷了，見他毫不避諱地坦承，一時之間也不知道該怎麼說他。蘇允軒一年一年長大，已經不是他可以捏圓搓扁的孩子了。

至於丹年那孩子，他始終有愧於她，無論怎麼樣，他在她面前都直不起腰來。

蘇夫人見氣氛有些冷了，便笑道：「我和你父親剛才還在說，鴻臚寺卿魯大人家的嫡長女今年十五歲了，我前幾日見過，長得嬌俏可人，又精通詩詞書畫，十三歲起就跟著魯夫人學習管家了，女紅也做得不錯，裡外都很出色。

「要不，我去找魯夫人聊聊，看他們家是怎麼想的？」蘇夫人試探性地問道。

蘇允軒皺著眉頭看向蘇晉田，他明知道自己的心思。

蘇晉田在兒子的注視下，老臉不由得一紅，說道：「軒兒啊，我打聽過了，魯小姐確實是個不錯的姑娘，你看……」

蘇允軒直截了當地說：「父親，我前幾日和丹年在一起。」

蘇晉田沒說什麼，蘇夫人卻忍受不了，她笑道：「軒兒，那魯小姐極好的，要不是魯大人和魯夫人捨不得為她定下人家，哪能輪到我們呢！」

蘇允軒抬起頭，盯得蘇夫人心頭發麻，他譏笑道：「既是捨不得，那就讓她好生待在家裡吧，我們可不能奪人所愛。」

蘇夫人被頂了回去，不由得加重了語氣說道：「軒兒，婚姻講究父母之命、媒妁之言，哪有自己去訂婚的？那沈丹年竟然背著父母和你私訂終身，可見也不是……」

還沒說完，蘇夫人的話就被蘇允軒要吃人的目光給嚇得嚥了回去，見她住了嘴，蘇允軒收回視線，淡淡地說道：「父親，我看明日是個好日子，不如就請您去沈將軍家提親吧。」

蘇晉田聽了蘇允軒的話，知道他已經下了決心，與其壓制，不如先哄下來好好規勸，便說道：「明日……倉促了點，且不說別的，單是要找人獵活雁，就不是一、兩日能得來的。」

蘇允軒慢條斯理地說道：「這個不勞父親操心，雁我已經獵了回來，就拴在門房裡，父親明日提著雁過去就行。」

蘇晉田嘆了口氣，站起身來拍了拍蘇允軒的肩膀。將近二十年的工夫，昔日那個躺在籃子裡嗷嗷哭泣的嬰孩已經長大成人，個子竄得比他還高。

「既然你下了決心，父親不便再多說什麼，明日我便去沈將軍府上納采。」蘇晉田說道。

蘇允軒微微有些訝異，沒想到蘇晉田居然這麼快就同意，想到蘇晉田這些年全心全意地對他，他心中很是感動，恭恭敬敬地向蘇晉田行了個禮便告退了。

在蘇允軒退出去之後，蘇晉田也要蘇夫人先回房去。看著蘇夫人離去前那不贊同的目光，蘇晉田不禁頭疼不已。

蘇允軒如果要成大業，有了沈鈺的西北軍支持，簡直是如虎添翼，單憑這一點來說，他舉雙手雙腳贊同蘇允軒娶丹年。

可沈立言是個什麼樣的人，蘇晉田很清楚，沈立言不可能支持他們暗中進行的「大事」，丹年肯定會站在沈立言那一邊。

這樣的話，蘇晉田不得不慎重考慮了。蘇允軒不需要一個會扯他後腿的岳家，至於鴻臚寺卿魯大人的女兒，蘇晉田雖然不是很滿意，但比丹年嫁過來要好很多，至少魯小姐會把他這個公公放在眼裡，要是換成丹年……

蘇晉田長嘆了一聲。誰沒有年少輕狂的時候，他不由得想起他還在老師家學習時，老師的女兒秦婉怡總是歡快地在後院跑著放風箏，聽著她如銀鈴般的笑聲，他整個人都飄飄然。

他也曾幻想過老師會將女兒許配給他，將來兩個人攜手遊遍天下，他會帶著美麗可愛的秦婉怡看遍世間美景；可惜，那終究只是年少時的一廂情願。

秦婉怡當年嫁給太子，曾有過人好未來，現在卻只是一抔黃土，而他現在則穩穩坐著大昭權臣的位置，整個戶部都把持在他手中。

在蘇晉田眼中，現在的蘇允軒，如同當初的自己，不知天高地厚，覺得只要有感情做基礎，兩個人便會幸福。

然而蘇晉田堅信，充滿未知數的未來，早晚會把蘇允軒嚇跑，不再堅持要娶沈丹年。

隔天一大早，夏末燦爛的陽光照耀在大地上，蘇晉田和蘇允軒剛下朝回家，蘇府門口就已經停好了一輛裝滿禮品的馬車。

蘇晉田眼神陰鬱地盯著那輛馬車，覺得分外刺眼，可蘇允軒像是沒看到養父那不快的眼神一般，神色自若地在自家門前拱手行禮，恭敬地說道：「此番前去將軍府納采，有勞父親了，孩兒在此謝過父親！」

蘇晉田恨得牙根發疼，看著蘇允軒海波不驚的面龐，萬分後悔把他教導得這麼優秀，翅膀都硬了，不把他的話當一回事。

蘇晉田不由得想起昨晚睡前，他試圖勸蘇允軒改變主意，好聲好氣地說：「沈丹年長得不夠漂亮，出身也算不上名門世家。」

而蘇允軒這個不肖子的回答，讓他現在想起來，心、肝、肺都一陣發疼——

「父親，丹年想來是隨她的父母，父母長什麼樣子，女兒也長什麼樣子，丹年的出身也是父母決定的，您懂我的意思吧？」

這是什麼混帳話！

丹年是他親生的，長相也遺傳自他，他再說丹年長得不漂亮、出身不好，就是打自己的臉了。

納采需要為女方家準備活雁和禮品，像蘇家和沈家這樣有頭有臉的人家，禮品更不能隨意。蘇晉田本來想以準備禮品的理由拖上兩天，結果一到家門口，蘇允軒早就把東西準備好了，一副讓他不入家門直接去沈家的架勢。

在蘇允軒毫不退讓的注視下，蘇晉田嘆了口氣。罷了，等到將來，他便知道自己是為了他好。這麼一想，蘇晉田便鑽進了馬車。

丹年根本沒想到蘇允軒動作會這麼快，一家人剛吃完早飯，沈立言還在院子裡擦拭那把伴隨他多年的長槍時，就看到小雪上氣不接下氣地跑到後院，驚叫道：「老爺、夫人，蘇尚書來提親了！」

沈立言和李慧娘同時吃了一驚，停下手中的工作，對視了一眼，便往前院去迎接蘇晉田。

而丹年正在房間裡練字，聽到小雪的驚叫，手中的筆斜斜畫出一條線，一顆心如打鼓一般，再也安定不下來，索性將寫壞的紙揉成一團，扔進門口的垃圾筐裡。

沈立言接待蘇晉田時，雙方都頗為尷尬，但又很小心地不將心情表現在臉上。

寒暄過後，沈立言直言不諱地說道：「蘇大人，我這個女兒被我們夫妻寵壞了，向來不知天高地厚，沒有她不敢做的事情，也受不得委屈。」

蘇晉田滿臉黑線，丹年什麼性子，他聽得多了，自然也知道。大街上有人罵她，她敢當眾給人耳光，再鬧到京兆尹去！這沈立言也真是的，把丹年慣成什麼樣子了，偏偏這樣還不夠，他自己居然跑去京兆尹衙門，結結實實地幫丹年揍人出氣。

蘇晉田好似聽誰說過這樣的話——要是和誰有仇，就生一個女兒，寵壞她，然後把她嫁給仇家的兒子，這樣就禍害了仇家全家。

莫非沈立言和他有仇?!

沈立言誠懇地說了半天，也不見蘇晉田回答，讓他微微有些不悅。當年他狼心狗肺地拋棄親生骨肉，現在又厚著臉皮來提親，還不老實一點，於是提高聲音叫道：「蘇大人！」

蘇晉田回過神來，在心裡重重嘆了一口氣。都是自己造孽，沈立言肯定知道當初的事情，才會在自己面前把架子擺得這麼大。

「沈將軍還請放心，丹年嫁入蘇家後，我一定將她當成自己的親閨女一般疼愛，絕不會讓她受委屈。」蘇晉田答道。

聽到蘇晉田說「親閨女」時，沈立言唇邊不由自主地浮現了一絲古怪的笑容。蘇晉田看到了以後，心中百般不是滋味，他就知道沈家會拿當年「狸貓換太子」的事件拿捏他一輩子。

其實原本也沒什麼好談的，兩個孩子都願意，而且蘇允軒向丹年保證過兩人成親後就另立門戶過日子，沈立言和李慧娘自然贊成。

李慧娘也曾擔心地問沈立言。「若蘇少爺婚後不守承諾，不帶著丹年另立門戶過日子怎麼辦？聽說那蘇夫人不好相處，她自己沒孩子不說，連府裡的妾室都無所出，可見其心狠手辣！」

沈立言默默看著結髮二十餘年的妻子，說道：「別小看了咱們閨女。」

丹年是什麼個性，自然有辦法鬧得他們雞犬不寧，蘇夫人到時恐怕得哭著求丹年另立門戶過日子呢！

既然雙方家長都沒意見，納采這一步就算完成了，接下來便是問名、納吉、納征、請期、親迎。

丹年聽李慧娘講解這些步驟，不由得嘟囔道：「真是麻煩死了！」

李慧娘虎目一瞪，說道：「怎麼？妳迫不及待要嫁出去了？」

丹年一看自家娘親不高興了，連忙擺手說道：「當然不是，我這不是怕您和爹忙壞了嗎？再說，我嫁到哪裡都是您和爹的女兒，這是誰都改變不了的！」

她這麼一說，反而讓李慧娘傷感地紅了眼眶，丹年連忙又哄又勸，好不容易才讓李慧娘止住了淚水。

第八十七章　整肅政敵

凡是有八卦，在京城這個富貴閒人最多的地方傳播得特別快，不到半日，大家都知道蘇尚書府要和沈將軍家結親。

一時之間，大街小巷都在熱議，沈家那個還沒嫁的「老姑娘」和蘇家那個還沒娶的「老兒子」，終於湊在一起了……

全京城的年輕女子無一不在怨恨丹年。雍國公世子成親了，她們比不上京城第一才女；平西侯被女魔頭擄走了，她們沒勒斥大公主那能耐；皇上大婚也就罷了，她們沒有皇后那身家。可為什麼那個長得好、品性佳、前途又光明的蘇侍郎會被沈丹年給霸占了呢?!

聽說沈丹年長得不怎麼樣，個性又凶惡，與「賢良淑德」幾個字向來沾不上邊，有人在街上罵她，她當街就敢搧人耳光，沈將軍還助紂為虐，幫忙揍人，可憐她們的蘇少爺，日後可要活在惡婦的陰影下了。

京城裡的公子哥兒們卻是歡欣鼓舞，京城四大美男都成親了，再也沒有人能阻擋他們求娶各家的美嬌娘。這個一直讓人羨慕嫉妒的蘇允軒，娶的是將軍府的小姐，聽說是個硬脾氣的將門虎女，讓他們樂呵呵地認定他將來的日子肯定不好過。

在剩下的時間裡，李慧娘不允許丹年再出門，更不准她與蘇允軒見面。丹年老老實實地待在家裡，跟著小雪繡製自己出嫁要用的東西。至於鳳冠霞帔等物品，在沈鈺得知丹年訂親的消息之後，就特地到西域請最好的匠人打造，丹年只需要繡一個百子帳和一對鴛鴦枕頭即可。

李慧娘知道自己的女兒有幾兩重，她和碧瑤把百子帳和鴛鴦枕都準備好了，只要丹年把不起眼之處留下的幾針縫上便好。

照李慧娘的思維，蘇、沈兩家結親，必定有不少人前來觀禮，若讓人看到丹年出品的百子帳和鴛鴦枕頭，她這個娘就沒臉見人了。

丹年被李慧娘嫌棄，不情不願地拿針縫了幾下，還被李慧娘皺著眉頭說真是雙笨手。

很快的，問名和納吉也過了，沈立言和蘇晉田約定正式成婚的日期是明年的三月初八。

蘇允軒卻不是很樂意，這表示他還要再等八個月，誰知道這中間會出什麼變數？他可沒忘，皇宮裡還有一個虎視眈眈的「候補」，隨時想把丹年收入後宮之中。

蘇晉田冷著臉，兒子那含怨的眼神，好像在說是他不讓丹年早點進門似的，其實這日子根本是沈立言那老傢伙定的，他捨不得女兒太早出嫁！

因為自己以前做的虧心事，現在成了人家的把柄，沈立言說什麼，他都得好聲好氣應承。

蘇夫人在得知一切都已塵埃落定後，憤怒地連摔了好幾個茶盅，跳腳大罵，要蘇晉田去退親，還說有她在一天，絕不會讓沈丹年那種沒教養的女子進門。

她這麼一說，蘇允軒還沒開口，蘇晉田先暴跳如雷了，他好好教訓了她一頓，更罰她禁足半年，好好反省一下身為有頭有臉的尚書夫人，到底該怎麼說話。

說來說去，丹年畢竟是蘇晉田的女兒，眼看事情無轉圜餘地，他摸摸鼻子認了也就罷了，可這個女兒被自己的繼室這麼侮辱，他終究無法忍受。

說穿了，蘇允軒之所以會這麼匆忙訂親，就是趁現在時局混亂趕緊下手，要不然宮裡「那位」閒來無事，怎麼都得給自己找麻煩。

前些日子，大理寺接到密報，說雍國公府要謀害平西侯嫡長子，而平西侯嫡長子又悄無聲息地消失在深宮之中，皇上對此震怒不已，嚴令追查雍國公府。

雍國公府確實想加害沈泓，可孩子最後不見了卻不是他們的責任，他們自然不能揹了這個黑鍋。可是加害沈泓的人證、物證俱在，他們怎麼辯駁都沒有用。一時之間，宮裡宮外血流成河，人心惶惶、人人自危。

雍國公震怒不已，他萬萬沒想到原本精心策劃的暗殺，居然成了把自己困進去的陷阱，他埋伏在宮中的眼線基本上都被皇上處理掉了，花錢打探出來的消息，竟是皇上這次要對雍國公府舉起屠刀了。

雍國公原本以為自己能揭竿而起，來個「君逼臣反，臣不得不反」，卻發現原本忠於自己的東部駐軍不知不覺間被皇上給策反，而朝堂中幾個與他交好的重臣，一夜之間都翻臉不認人了。

幾日來，白振繁四處奔走，想找人翻案，而沈丹荷也顧不上同丹年交惡多年，竟然向丹年捎信，請她到雍國公府作客。

丹年自然知道沈丹荷在打什麼主意，她對來送信的奶娘笑說自己現在是待嫁之身，不方便出門。

沈丹荷的奶娘憤然離去，回去照實向沈丹荷稟報，她愣了一下，摸著枯瘦的臉頰喟然嘆道：「時間真快，連丹年都要出嫁了。」

奶娘心裡老大不痛快，二房是他們家正經的親戚，打斷了骨頭還連著筋，這時候躲得倒是快。

沈丹荷知道自己的奶娘在想什麼，她睜著眼圈青黑的雙眼，嘲諷地笑道：「錦上添花易，雪中送炭難。當年咱們家趁二叔叔和鈺哥哥不在打丹年的主意，說起來也是我們不厚道在先。」

奶娘看著瘦得只剩一把骨頭的沈丹荷，眼淚情不自禁地往下掉。這是她奶大的孩子，原先在沈家時是多麼明麗動人的女子，到了雍國公府才幾年就成了這副模樣！

奶娘不甘心地擦了擦眼睛，啐道：「那不過是沈丹年運氣好，有個能打仗的爹和哥哥，又嫁了蘇家這樣的好人家。」

沈丹荷苦笑道：「那也是人家有這運氣，旁人再嫉妒也得不到。」

就在此時，白振繁身邊的白仲在院子裡高聲叫道：「大少夫人，世子要我喚您去議事堂，宮裡來人宣旨了。」

奶娘渾身一陣哆嗦，看向沈丹荷，沈丹荷卻像卸下千斤重擔一般，拍了拍奶娘的肩膀，安慰道：「該來的總會來，自己造的孽，還能指望別人來還嗎？」

說完，沈丹荷緩緩走了出去，奶娘看著沈丹荷那瘦得風一吹就會倒的身子和那決然的背影，感覺白家這一次真的要敗了。

沈丹荷去了前院的議事堂，來宣旨的太監看著雍國公府一家，表情隱隱帶著幸災樂禍，她立刻意識到旨意的內容對雍國公府大大不利。

果然，聖旨宣布，雍國公謀害賢良，削去國公位，而理應繼承國公位的白振繁，因為品行有虧，明知父親失德，卻未曾盡責勸導，降為雍州侯。

宣旨的太監大概也沒指望能從風雨飄搖的雍國公府撈到什麼賞錢，一講完抬腳就要走，沈丹荷叫住那位太監，含笑褪下自己手腕的金鐲塞給他。

雍國公夫人正在氣頭上，拿過一個茶盅砸到沈丹荷身上，罵道：「妳這個吃裡扒外的東西！」

沈丹荷彈了彈濺到身上的茶葉，不卑不亢地說：「母親這話說得就不對了，打賞宣旨的內侍向來是規矩，倘若白家因為一次失勢就壞了規矩，豈不是讓人輕看？只要白家還有人在，就不會倒，也容不得人小瞧。」

沈丹荷嘴上說得義正辭嚴、冠冕堂皇，其實心裡早把自己的婆婆罵了個狗血淋頭。這個老妖婆平日總是端個架子，嫌棄自己生不出孩子，抱著白振繁那幾個庶出的子女在她面前擠兌她、噁心她，卻想不到自己也有今天吧！

雍國公彷彿一下子老了幾十歲，他拍著桌子，朝妻子吼道：「注意一下妳的儀態，還沒兒媳婦有風度！」

白振繁微微驚訝地看向沈丹荷，眼裡充滿了讚賞，他居然不知道沈丹荷也有獨當一面的時候。

沈丹荷看到雍國公和白振繁的眼光，知道這是她出頭的時機，雍國公府的後院女人再多，也是群沒見識的小角色，遠遠比不上她！

齊衍修壓根兒不給新任的雍州侯白振繁喘息的機會，宣旨後第二天便有官差來查封雍國公府的房子。白家上下幾百人，在哭哭啼啼和一陣混亂中，搬入皇上指派給他們的雍州侯府。

遠在皇宮中的太后和太皇太后也是一片哀愁，兩個女人抱著哭成一團。皇上早在一年前就將她們身邊的宮女全換掉了，進行變相的軟禁和監視。當時她們的娘家雍國公府，記恨先皇駕崩時，她們沒有和雍國公府站在同一條陣線上，因此不肯施以援手。

太后哭叫道：「姑母，倘若那時他們肯伸手幫我們一把，雍國公府現在也不至於是這個樣子！」

太皇太后早已兩鬢斑白，額頭、眼角全是皺紋，她擦去眼角的淚珠，嘆道：「那時妳太心急了，若沒了雍國公府的支援，泰兒就算當了皇上，也坐不穩那個位置！」

她口中的「泰兒」就是原本的二皇子，齊衍泰。

太后垂淚道：「我有什麼辦法，泰兒還小，若是讓哥哥當攝政王，將來泰兒長大要當政時，哥哥已經享受那麼多年人上人的生活，哪裡肯放？說不定還會對泰兒痛下殺手啊！」

太皇太后很不高興，正色說道：「妳這麼想就不對了，泰兒是他親外甥，他哪會對泰兒不利？再怎麼說都是我們自家的江山，也好過到最後給了外人！」

在她心裡，齊家不是大昭的主人，齊衍修自然也不是「他們家」的後輩，而是外人。

太后心中雖然不悅，但也只得點點頭，現在說什麼都晚了。一想到現在安然坐在皇位上的齊衍修，心底就傳來一陣陣恨意。齊衍修上位沒兩年，就藉機將泰兒分封在北方幽州苦寒之地，她的泰兒還那麼小啊！雖然是幽州王，可是誰都知道那不過是虛名……

想到這裡，太后憤恨難當，罵道：「齊衍修不過是個賤婢生的……」

這番話駭得太皇太后慌忙捂住她的口，她驚慌地往四下看了一眼，低聲說道：「妳不要命了！要是被皇上聽到了，妳要怎麼辦？」

就在此時，門口閃出一個女官來，竟連一聲通報也沒有，便直接進入太皇太后的寢殿。這個女官，正是當年在大皇子府的丫鬟畫眉。在當上女官之後，齊衍修就讓她恢復原名，不再叫她「大蔥」了。

畫眉穿著一身用料上乘、裁剪合宜的女官朝服，她早已不是那個丫鬟了，她是大昭女官，是皇上的心腹，就連皇后，也不得不敬讓她三分。

眼前這兩個老女人，是因為皇上仁慈才保住了性命，居然還敢在這裡誹謗皇上，果真是對她們太寬容了！

畫眉不對她們行禮，只是淡淡笑道：「太后娘娘這是怎麼了，怎麼哭成這樣呢？要是傳出去，豈不是讓黎民百姓說皇上不孝順！」

太皇太后剛要說些什麼，太后卻已經忍受不了了，連一個小小的賤婢都敢對她這麼說話，還敢如此羞辱她，她活著還有什麼意義？

「妳一個賤婢也敢問哀家說什麼？誰給妳的膽子？就算齊衍修到哀家這裡，也不敢對哀家這麼大呼小叫！不過是仗著齊衍修信任妳罷了，難道妳想爬上龍床不成？」太后歇斯底里地罵道。

畫眉的臉色一下子刷黑，這還真是哪壺不開提哪壺！

如今太后的話，如同當眾打了她一個耳光，畫眉冷笑道：「我看太后娘娘是犯癲症了，來人啊，還不快請太后娘娘回宮！」

太皇太后焦急地說道：「畫眉，太后她只是一時心急……」

看著畫眉譏諷的笑容，太皇太后說不下去了。落毛的鳳凰不如雞，雍國公府還在時，有誰敢對她們這兩個天之驕女這樣呢！

太后驕傲了一輩子，哪能忍受仇人這般羞辱？

在太皇太后、畫眉和宮女們的驚叫聲中，太后一頭朝大殿裡的柱子撞過去，畫眉眼明手快地拖住她，幸好太后這幾天水米不進，沒什麼力氣。

看太后只是撞破了一點頭皮，畫眉冷笑道：「太后娘娘已經瘋了，還不快捆起來，免得發起瘋來，又要尋死覓活的！」

話音剛落，便有身強力壯的宮女拿著繩子上前將太后捆了個結結實實，迅速抬走了。

太皇太后流淚看著這一切，卻不敢說些什麼。

人一旦老了，就特別怕死，好死不如賴活，齊衍修終歸是她的孫子，他能在後宮為她留個尊位，她已經很滿足了。反正一切都已經在齊衍修掌握之中，她不想再蹦躂，只想安穩地度過晚年。

畫眉看著被抬出去卻還在掙扎的太后，啐道：「老東西，真是不識好歹！」

太皇太后垂下眼睛，不發一語，這話……何嘗不是在提醒她呢？

齊衍修現在很忙，忙著痛打落水狗，忙著羅織白家人的罪名，一旦時機成熟，就要把白振繁貶為庶民，最好能將白家滿門抄斬，永絕後患。

知道蘇家和沈家要結親一事時，齊衍修以為自己會勃然大怒，可他只是在黑暗中對來報信的眼線疲憊地擺了擺手，要他出去。

早就不是自己的東西了，還記掛著做什麼！

金慎悄悄地走進來，他看到齊衍修批完奏摺以後，面無表情地靠在椅子上，便知他對於蘇家、沈家結親的事情還是有芥蒂。

「皇上，要不要微臣……」金慎試探性地問道。

齊衍修擺了擺手，喟然嘆道：「終究不是朕的……強求，也沒有用。」

金慎看不得他那副失意的模樣，咬牙道：「皇上，這整個天下都是您的，何況一個女人？若是您下旨，封沈丹年入宮，沈家人沒膽子拒絕的！」

齊衍修嗤笑道：「丹年會不會拒絕，朕不知道，但蘇家不會善罷甘休的。你看這幾日朕處理白家還算輕鬆，那是因為蘇家暗中支持，他們也在向朕講條件，倘若朕想找他們麻煩，那麼被打倒的……就不一定是白家了。」

金慎看著齊衍修，不禁感到心疼。皇上為了這個位置，犧牲得太多了！他忍不住嘟囔道：「沈丹年真是的，只要她入宮，不就什麼事都沒有了嗎？」

齊衍修笑了起來，看著現在的書房牆上掛著丹年當年寫的「滿江紅」，行雲流水、酣暢淋漓、大氣磅礡，宛如她的性格一般。

他忍不住喃喃說道：「她若入宮，成為三千佳麗中的一員，日日耍心機盼著朕去她那裡留宿一晚，她就不是那個驕傲的沈丹年了！」

丹年日日在家忙著準備婚禮要用的東西，雖然這不需要她真正動手去做，但李慧娘就是不放她出門。

蘇允軒約丹年出去的信箋都被李慧娘攔截了，見不到丹年，他心頭貓抓似的難受。於是他索性乘了馬車到將軍府，就不信未來的丈母娘會把他給轟出去。

未來的丈母娘和老丈人對蘇允軒十分客氣，招待他喝茶、下棋，可就是不讓他見丹年。

問得急了，李慧娘就用一副看登徒子的表情盯著他，嗔怪道：「蘇少爺，你是世家出身，應該曉得婚前男女不得相見的規矩，怎麼……」

沈立言也在一旁幫腔，怎麼樣就是不願意放丹年出來，蘇允軒面皮由白變紅，再由紅變白，將近二十年積攢下來的厚臉皮全用光了，也沒效果。

回去的路上，蘇允軒瞇著眼坐在車廂裡，怎麼想也想不到丹年現在在做什麼。他突然很想念她，想念她高興時叫他名字時清脆的聲音、飛揚的神采，還想念丹年罵他時那皺起來的眉頭，恨不得為她撫平。

再想起那天丹年同他說的，他早已是她認定的良人——這麼一想，蘇允軒就渾身熱血沸騰。

鐵丫駕著馬車，嘮嘮叨叨地說：「少爺，不讓您去，您非要去，人沒看到，還被唸了半天……」

蘇允軒板起臉來，咳了一聲，說道：「鐵丫，你也到了該婚配的年紀吧？」

鐵丫一聽便閉上嘴，頓時覺得不妙。

果然，蘇允軒帶著笑意的聲音從車廂裡傳了出來。「本少爺同林管事商量著，是西街上鄭屠戶的閨女好呢，還是幫咱們家送菜的張老實的閨女好呢？」

鐵丫哭喪著一張臉，嚷道：「少爺，您不能這樣啊，鄭屠戶的閨女一個頂我三個重，還不把我給壓死啊！張老實的閨女黑得像塊炭一樣，我才不要！我錯了，我再也不敢說您了！」

蘇允軒聽了，忍不住漾開淡淡的笑容，心情也稍微好轉了一些。

第八十八章 幽州事變

幾天後，小石頭去了丹年家裡，臉色古怪地邀請丹年去看琉璃坊新出的一批玻璃瓶。

等到兩個人到了路上，小石頭才長吁一口氣，對丹年說實話，原來是蘇允軒一大清早派人通知他，要在馥芳閣與丹年見個面。

丹年到馥芳閣二樓時，蘇允軒還沒過來，正當丹年靠在後院房間的窗戶邊出神時，就聽見一陣腳步聲，剛要回頭，一雙手就從背後穿過腰身將她摟了個正著。

丹年大吃一驚，回頭一看，正是偷襲得手、得意不已的蘇允軒。

看著丹年氣鼓鼓嘟起來的嘴唇，蘇允軒一陣心神蕩漾，禁不住朝丹年的臉上壓了過去，細細地吻著。

「你現在會找小石頭來幫你掩護了！」丹年紅著臉說道。

蘇允軒笑了笑，將下巴放到丹年肩膀上來回蹭著，突然說道：「丹年，下個月我便要離京了。」

丹年大吃一驚，連忙拉開蘇允軒，問道：「你要做什麼？怎麼好端端的要離京呢？」

蘇允軒說道：「幽州大房山上盤踞著一夥土匪，皇上這幾年忙著清理朝政也沒注意，幽州王……又無用，地方官府自然是能瞞則瞞。這幾年發展下來，儼然已成了幾千人的小型軍隊，前幾日甚至殺進縣衙，將縣令的頭割下來掛在山寨門上。」

丹年打了個寒噤，不敢置信地說道：「怎麼京城裡一點動靜都沒有？」

「這種事情說出來，必定會產生恐慌，但估計也瞞不了多久了。從那邊逃難來的富商和平民就快要抵達京城，處理不好就是場動亂。那群土匪的首領原是個久試不中的落第秀才，聽說懂些兵法，又會幾招擒拿術，駐軍幾次攻打都吃了敗仗。」蘇允軒解釋道。

這是大昭版的梁山泊?!丹年思忖道，只不過這些人打家劫舍，想必不是什麼被逼落草的好漢。

「若朝廷攻打不下，就準備給那個土匪頭官職做，招安了？」丹年問道。

蘇允軒點點頭。「眼下朝廷派不出更多軍隊攻打，更何況現在白家與皇上鬥得厲害，皇上要做什麼決議，白家一派的人必然反對。而且，為了一幫草寇便調集正規軍，這話傳出去，皇上的面子往哪裡擱？」

丹年忽然覺得不安，流氓不可怕，就怕流氓有文化。那匪首既然是個有文化的流氓，又能讓幾千人對他死心塌地，絕對不是什麼無能之輩。

想到這裡，丹年抓住蘇允軒的衣服，有些敏感地問道：「皇上為何讓你去?你在戶部任職，招安分封官吏，不該是吏部的事情嗎？」

蘇允軒尷尬地笑了笑，到底瞞不了丹年，女人太聰慧了也不是好事。「確實，我與皇上達成了協議，我若將這件事辦好，日後他永遠不得再插手我們夫妻之間的事。」

丹年一下子愣住了，心底湧起的不知是感動還是慌亂，只得低頭訥訥說道：「那也不能用這種方式啊，那群人在刀口上舔血，說不定根本不想當官，想拉大旗做皇上，你去了豈不是危險？」

蘇允軒摟著丹年安慰道：「先前派去的中間人已經和那群草寇接上了頭，他們也有了歸順之意。這次去不過是宣旨安撫一下，將他們的首領帶回京城領旨謝恩。」

丹年覺得自己彷彿跌入一個深不見底的黑洞，原本以為她會平平安安地嫁給蘇允軒，他就像一棵大樹般為她擋去所有的風雨，她只需要做自己的小事業，順便虐一虐她記恨在心的蘇晉田。

然而她到底忽略了蘇允軒是前太子遺孤這件事，齊衍修本來就不是什麼心胸寬廣之人，蘇允軒想安安穩穩活下去，勢必要繼續發展自己的勢力，同時也要取得齊衍修的信任。

「你怎麼不早些告訴我，我一點準備都沒有。」丹年埋怨道。

蘇允軒無奈地笑道：「我下個月才要去，連父親都還不知道這件事，我今早同皇上商議過後，就急急忙忙過來見妳了。」

丹年有些高興，在蘇允軒心中，自己終究比蘇晉田高上一截。

接下來兩人都不再說話，而是摟著靜靜坐著。丹年靠著蘇允軒，發現他的胸膛這段時間消瘦了許多，但仍然讓她感覺到很安穩、很踏實。

雖然蘇允軒說得很輕鬆，可丹年轉彎　想就明白，若事情真的那麼好辦，蘇允軒絕不會告訴自己，讓自己白白替他擔心。

過了一陣子，在外面的林管事低低咳了一聲，小聲提醒道：「少爺，該回家了。」

兩人彷彿從美夢中驚醒了一般，蘇允軒看著懷裡的丹年，不放心地囑咐道：「最近局勢不穩定，自從白振繁承了侯位，白家發了瘋似地跟皇上作對，妳沒事就待在家裡吧，別出去了。」

蘇允軒想起劉勝的事情就心有餘悸，倘若那時他不在場，丹年還不被人給欺負死了。丹年點了點頭。白振繁自從出生以來就是天之驕子，一直順風順水地長到這麼大，突然從萬眾矚目的雍國公跌成雍州侯，心高氣傲的他自然嚥不下這口惡氣。

不反抗是死，反抗了或許還能柳暗花明，那白家自然要和皇上死磕到底。只不過白振繁過去到底是太順遂，沒有齊衍修那麼能隱忍，也不太會隱藏自己的野心，丹年猜測一直以來白家都在冒進，而齊衍修只是在等待一個恰當的時機罷了。

只不過，皇上和白家的事，輪不到她來摻和。丹年點了點頭，替蘇允軒攏了攏披風的繫帶，說道：「你要多加小心，我等你回來。」

自從蘇允軒走了之後，丹年一顆心始終沒有放下來過。

這幾年沈立言並未擔任什麼實職，只需要隔幾天去兵部報到就行。這一天，沈立言從兵部回來，神色嚴肅地對丹年說：「蘇允軒去大房山招安當地的土匪了。」

丹年遲疑地說道：「這件事我知道，前幾日蘇允軒告訴我了。」

沈立言抹了把臉，說道：「那他肯定沒有告訴妳這次去凶險得很。」

丹年大吃一驚，不由自主地抓住沈立言的衣袖，問道：「怎麼回事？爹，您聽到了什麼？」

沈立言嘆了口氣，說道：「具體的情形我打聽不出來多少，只聽說那幫土匪相當凶悍，前幾次派去招安和談的人都被殺掉了。匪首還打出了『共天下，均田地』的口號。」

「這麼說來，他們的目標是想當皇帝，而不是想被招安了?!」丹年緊張地問道。

沈立言搖搖頭，說道：「我只聽說大房山的匪首有三個當家，只有大當家是讀書人，願意入朝為官。」

丹年明白了，那大房山的二當家和三當家比較樂意自己打天下來當老闆，不願意當打工的。

見到丹年沈默不語，李慧娘安慰道：「蘇少爺一向是個有計較的人，丹年，妳不要太過擔心。」

丹年強擠出一個笑容，說道：「娘說得對，他原本就是個事事都在計劃與掌握中的人，擔心他是多餘的。爹，那朝廷的態度如何？」

沈立言答道：「皇上主張法外開恩，先招撫這幫草寇，不過雍州侯一派堅持要武力攻打，好揚國威、振國風。」

「幽州是幽州王的封地，他就這麼任由眼皮子底下一群草寇為所欲為嗎？」丹年皺著眉頭說道。

沈立言嗤笑道：「江山都不是他的了，他還管一群草寇做什麼？自然是希望天下愈亂愈好。雍州侯甚至在朝堂上親自請命，要去解救被草寇圍困的表弟，皇上強壓下雍州侯的摺子，派蘇允軒去招安，和他們約在離幽州不遠的石定鎮商談。」

丹年大致上已經了解到底是怎麼一回事，嘆了口氣，說道：「皇上想高官厚祿收買那些匪首，再分封到各個地區慢慢收拾。」

沈立言讚嘆道：「妳果真聰明！」

丹年淡淡一笑，她哪是聰明，不過是覺得天下君王都是一個樣，看看梁山好漢們是什麼下場？更何況，大房山的土匪們還碰上齊衍修這樣氣量狹小的皇帝，他最擅長的就是秋後算帳！

「不知道蘇允軒此行會不會順利……」丹年喃喃說道。

沈立言也頗為感慨地說：「倘若我手裡有兵，大昭還用得著向一群草寇低頭嗎？」

李慧娘嗔怪道：「還在想著上戰場？你知不知道你和阿鈺去邊境打仗的日子，我們娘倆是怎麼過的？」

沈立言尷尬地賠笑道：「我這不就是想想而已嗎？」

李慧娘不依地說：「就是想想也不行！」

丹年微笑著看著自己的爹娘拌嘴，都老夫老妻了，還能為一件小事吵半天，可吵完之後感情卻還是一樣好。

挨過這一夜之後，丹年還是心神不寧，便叫小雪陪她一同出去走走，她想為廉清清的孩子買個長命鎖，順便散散心。

剛被夥計引薦去看櫃檯上各式各樣的金鎖，丹年就聽到一陣喧鬧聲，回頭一看，沈丹芸挺著一個大肚子，在四個丫鬟的攙扒下，款款地走了進來。

沈丹芸畫著精緻的妝容，身穿金絲孔雀翎的大氅、桃紅色的繡襖，整個人顯得富貴而華麗，白家由國公降為侯爺，對她來說好像沒什麼區別。

丹年神色一滯，沈丹芸懷著孩子，大冷天的還跑到銀樓來，教她說什麼才好呢？

「喲，這不是丹年妹妹嗎？」沈丹芸笑意盈盈地開口了。

丹年數了數，銀樓門外四個小廝候在馬車旁，四個婆子把守在門口，四個丫鬟隨身伺候，都能組一個足球隊了，這貴婦的架勢，真不是一般人擺得起啊！

沈丹芸坐在椅子上，不在意地揮過纖纖素手，對掌櫃吩咐道：「把近日的新花樣都給我拿上來，丹年妹妹也過來挑兩件吧，算在二姊姊帳上。」

丹年嗤笑不語。沈丹芸今非昔比，生了雍州侯的長子不說，還是白振繁最寵愛的女人，現在又懷著第二個孩子。

丹年再不待見沈丹芸，也說不出什麼，天大地大，孕婦最大。

然而丹年只要一想到沈泓差點被白家的人給殺害掉，心中便憤怒不已，這種情緒在看到沈丹芸的大肚子時達到了頂點。白家人對沈泓下狠手時，就沒想過會報應在自己的孩子身上？

「二姊姊真是慷慨，想來日子過得不錯！」丹年笑道。不說她個兩句，自己心裡那關實在過不去。

掌櫃為沈丹芸和丹年端來了茶，笑道：「兩位請用茶。」

「日子過得還成，近來總是犯累，生大兒子時侯爺還心疼地說再也不讓我生了，可誰知又懷上了，由不得人啊！」沈丹芸得意地笑道。

丹年都要笑出聲了，這話沈丹芸應該留著對沈丹荷說，保管把沈丹荷氣得一佛出世，二佛升天。

小雪低著頭，不屑地撇了撇嘴。什麼貴婦啊，這種不要臉的話也能在大庭廣眾之下說出來！

丹年懶得理會沈丹芸，繼續翻看櫃檯上的長命鎖，和小雪小聲地商量哪款比較合適。

沈丹芸討了個沒趣，又看到丹年不在意的模樣，心中怒火熊熊。當初要不是沈丹年來搞破壞，她現在早已是尚書府的少夫人了，何必要讓人作妾！

「聽說丹年妹妹也訂親了，時間過得可真是快啊！」沈丹芸貌似親切地說道。

還未等丹年回答，沈丹芸又笑道：「這世間的事誰都說不準，當年要不是我放手，妹妹今日又怎麼能得償所願？」

丹年如同看外星人般看著她，莫非沈丹芸瘋掉了，而且瘋到她面前來了?!

「不過丹年妹妹啊，二姊姊是比妳經歷得多的人，好心提醒妳一句，看男人不要光看表象，要不妳再考慮考慮？其實蘇侍郎也沒什麼好的。」

丹年嗤笑道：「既然沒什麼好的，那當初為何要強……」

沈丹芸又急又氣，生怕丹年將自己當年設計蘇允軒的事情說出來，要是被人聽到了，自己哪還有顏面！

「妳以為妳能嫁蘇允軒？告訴妳，妳嫁不過去的！」沈丹芸氣急敗壞地說道。

一旁有個丫鬟見她動了氣，急急忙忙跪下去為她順氣、摸肚子。

「妳說什麼？什麼叫我嫁不過去？」丹年警覺地問道。

沈丹芸似乎是意識到自己說漏了嘴，掩飾地笑道：「蘇侍郎遲早會意識到妳配不上他，到時哪還會娶妳做正房夫人！」

丹年盯著沈丹芸，這女人一如既往的沒腦子，今日定是知道了些什麼，才過來羞辱自己的，以報當年之仇。

「妳是不是知道了些什麼？」丹年盯著沈丹芸問道。

沈丹芸被盯得心虛，強自辯解道：「我一個婦人，哪會知道些什麼？」

「我又沒問是什麼事，二姊姊怎麼會認定是婦人不知道的事呢？」丹年冷笑道，越發確定沈丹芸必定知道些什麼。

那個跪在地上為沈丹芸順氣的丫鬟突然站起身，不客氣地對丹年說道：「沈小姐，我們姨娘現在有些不舒服，需要回家休息。」

沈丹芸捂著肚子開始嚷痛，丹年冷眼看著她在自己面前裝出一臉痛苦的模樣，不禁冷言道：「二姊姊懷著孩子，還是少說些缺德的話比較好，免得遭到報應！」

沈丹芸很不高興，指著丹年說：「妳說什麼話？居然敢詛咒我的孩子？」

丹年一把打掉沈丹芸差點指到自己鼻子上的手指，譏諷地說：「妳不是肚子疼嗎，還不趕快回去，需要我陪妳回去跟大姊姊說一聲嗎？」

沈丹芸一聽這話就沒了脾氣，乘勢趕緊扶著兩個丫鬟出了銀樓，門外四個婆子立刻一擁而上，將沈丹芸包圍得相當嚴實。

丹年哼了一聲，就衝著白家想害沈泓，她就不能原諒他們家任何一個人！

丹年終於選好了一款長命鎖，付了錢，掌櫃的卻苦著臉幫她包好東西。

丹年納悶地問道：「掌櫃的，這是怎麼了？」

銀樓的掌櫃嘆氣道：「那位沈姨娘是我們的大客戶，您一來就把她給氣跑了。」

丹年拿過長命鎖，笑咪咪地對掌櫃說道：「那您可要習慣她以後經常不來了。」

齊衍修一定會對白家斬草除根，現在只是缺個機會而已。

等到了家裡，丹年回想起沈丹芸的話，越發不安起來。沈丹芸是個藏不住話的人，如今如此篤定地說出那種話，肯定是在白家聽到了什麼機密。

丹年想起人在幽州的蘇允軒，眼皮一陣亂跳，總覺得會出什麼事情。

就在丹年打算去拜訪一下廉清清和許蕾，看能不能打聽出一些消息時，金慎已經駕著馬車悄悄停在將軍府門口，請丹年上馬車。

丹年自然不肯，盯著金慎問道：「去哪裡？你不說我就不去。」

金慎嗤笑道：「自然是去皇宮。」

丹年剛想說不去，轉念一想，自己正為了蘇允軒的事急得沒有頭緒，若能從齊衍修那裡聽到什麼消息，也是不錯。

黑色的馬車靜悄悄地從一個隱蔽的後門駛入了皇宮，停了下來。

丹年下車一看，不禁愣住了。這個小院荒草叢生，宮室也坍塌了一半，年久失修，像是多年未住過人一般。一身明黃色龍袍的齊衍修，背對著自己，靜靜地站在小院裡。

聽到了響動，齊衍修回過身來，他看著丹年，嘴角不自覺地露出一絲溫柔的笑意。「朕等了妳很久。」

丹年強壓下想要質問齊衍修的衝動，鎮定地笑道：「這要怪皇上的總監，選的馬伕駕車技術太差，路上花了太多時間。」

齊衍修看著丹年淡淡一笑，指著這個小院說道：「這個院子，是朕小時候住過的地方。就在這裡，朕的母親帶著朕住了七、八年，也藏了七、八年，朕小時候只見過王公公和母親，根本不敢出這個院子。」

丹年重新審視了一下這個院子，房頂上長滿了草，在蕭瑟的冬風中搖曳，院子裡鋪的青石板大都已經破碎，石板縫裡鑽出不少草。

齊衍修指著院子的牆角，感嘆道：「朕記得以前母親在這裡種了很多薄荷，可惜現在都沒有了。母親不在，就沒人住在這裡，已荒廢得不成樣子。」

丹年沒來由地感到一陣慌亂，齊衍修沒事拉她到這裡來做什麼，要她陪著他回憶往昔，憶苦思甜嗎？

「草木也有感情，皇上若是懷念，何不重新修葺一下院子，好紀念您母親？」丹年說道。

「修葺？」齊衍修笑了，搖了搖頭。「母親在的時候就是這個樣子，她一輩子辛苦，做最重的活，吃最差的飯，死得又那麼慘烈。朕若是將這廢舊的宮室修葺成奢華的宮殿，只怕母親在九泉之下不得安寧。至於太后，朕就給她錦衣華服，讓她看著白家人一個個死在她面前！」

丹年沈默了。齊衍修心中永遠藏著怒火，只要一談到他的出身、他的母親、他的童年，他就會像一頭憤怒的猛獅，隨時都可能撕咬他的敵人。

「自從朕登基後，朕就封了這個院子，連皇后也沒進來過，朕只會在閒暇時過來看看。這些年來，妳是第一個進到這個院子的外人。」齊衍修意識到自己的失態，立刻轉移了話題。

丹年強扯出一個笑容，什麼叫「連皇后也沒進來過」，這種特殊待遇，她一點都不想要。丹年深深懷疑齊衍修現在說這種話，就是要把後宮女人的仇恨往她身上扯。

「皇上真是說笑，皇上與皇后鶼鰈情深，夫唱婦隨，民間都津津樂道，誇皇上溫良賢明，皇后蕙質蘭心。」丹年說道。

「皇后本來不該是她。」齊衍修盯著丹年說道。

丹年垂首不語，等她抬起頭來，看著齊衍修溫柔的笑容，燦爛地笑道：「陛下，丹年已經訂親了，等過了年，三月初八那天便要嫁給蘇侍郎了。」

言下之意，就是你已經有了後宮三千佳麗，我也得到如意郎君，既是如此，早該放手的事情，為何現在又要提出來？

齊衍修走上前一步，丹年下意識地後退了一步，他卻迅速拉住丹年的手，湊近她身邊，長聲嘆道：「丹年，我總以為我能放下。」

丹年轉身就想跑。齊衍修這個瘋了，一旦瘋起來，便會捨棄「朕」這個自稱，對著她「我我我」地說個沒完，然而他的手就像鐵鉗一樣，牢牢地困住了丹年。

「妳恐怕不知道，當年我與蘇允軒達成過協議，一個要江山，一個要美人。可事實證明，我是個貪心的人，得到了江山以後，我才發現自己還想要美人。」齊衍修緩緩說道，一雙眼睛裡流露出來的，是強烈渴求的瘋狂。

丹年臉脹得通紅，拚命想掙脫開來，一想到齊衍修的手摸過了無數的女人，她就一陣陣噁心。這個男人究竟是什麼生物，竟能在睡了很多女人、生了很多孩子後，還告訴另外一個女人「我想要妳」。

齊衍修本質上是個相當隱忍的人，這三年來沒真正找過她麻煩，如今突然說這些，必定是十拿九穩，蘇允軒到底出了什麼事，讓齊衍修如此有把握地對自己說這種話？

丹年對齊衍修說不上特別了解，但她知道齊衍修心中只有權勢，他受夠了被人欺壓、踐踏的日子，他要得到所有想要的東西，他才會舒坦。

對於自己，他只不過是因為得不到而一直記掛著，最後變成心病，時時刻刻都在提醒自己還有任務沒有完成。

要丹年相信他對自己念念不忘，幾年之後還是覺得一往情深，還不如告訴她其實蘇晉田愛的是蘇允軒的親爹，秦婉怡只是打醬油的。

齊衍修看著怒火中燒的丹年，輕笑著鬆開了手，丹年顧不得手腕已經被齊衍修握出紫紅色的印子，轉身就往外跑。

蘇允軒肯定出了什麼事，齊衍修不說，她就去找廉清清和許蕾，能求的人她都去求一遍，她現在就想知道蘇允軒怎麼了，不想再浪費時間聽齊衍修胡說。

丹年背後傳來齊衍修溫柔的聲音。「妳先別跑，朕知道妳想要什麼，妳想知道蘇允軒怎麼了，對不對？」

丹年猛然停下腳步，轉過身來警戒地看著他。

齊衍修像是故意吊丹年胃口一般，慢悠悠地撫摸著宮室殘缺的牆壁，笑道：「本來這次朕叫妳來，就是為了跟妳說這件事的。」

丹年看他一副輕描淡寫的模樣，越發忐忑，她強忍住心中那股怨氣，恭敬地低頭說道：「丹年請皇上明示。」

齊衍修看著丹年低眉順眼的樣子，笑了起來，溫柔地說：「丹年，妳早點這樣就好了，沒有男人不喜歡柔順的女人，妳肯乖乖聽朕的，皇后的位置不就是妳的嗎，大昭下一任君主也會是我們的孩子，朕豈會負了妳？」

丹年低頭不語，齊衍修若再不說，她就去找別人。

然而齊衍修像是算好了似的，悠然說道：「朕本來不打算告訴妳，等一切塵埃落定，什麼都是朕的了。可妳在朕心中不一般，朕總覺得，若瞞了妳，妳會恨朕一輩子，即便是得到妳，也沒什麼意思了。」

他怎麼這麼篤定她一定會被他編入後宮？蘇允軒真的出了什麼事？一想到蘇允軒前去的地方，是個黑不見底的深淵，丹年急得鼻子和眼睛發酸，強忍著沒掉下淚來。

齊衍修看著丹年，一陣苦笑，失神般地朝她焦急的臉龐伸出了手，喃喃道：「妳什麼時候也能為了朕這般焦急？」

丹年一把拍掉了齊衍修的手，豁出去了。「你根本沒你想像中那般愛我，你只是享受追逐與降服獵物的過程罷了！」

齊衍修放下手，垂著眼睛嘆道：「也許妳說的是對的，不過現在妳再怎麼說都沒用了。」

見丹年又要轉身離開，齊衍修才說道：「白振繁買通了招安的隨行官員，等到談判時，被買通的官員就會乘機殺掉主和的匪首和蘇允軒，留下一心要造反的二當家和三當家。幽州和朝廷勢必會開戰，如此一來，就顯得朕當初的決議錯誤，白家一箭雙雕，既能以失德、無能的罪名來彈劾朕，又能藉機聯合幽州王揭竿而起，以『清君側』的罪名攻入京城。」

丹年驚駭地問道：「皇上早就知道了？那為什麼還要蘇侍郎去！」

齊衍修意味深長地笑了，彷彿勝券在握。「倘若白振繁買通的官員沒有動手，幽州沒有動亂，朕用什麼藉口除去白家？又有什麼理由處置朕那日漸長大的弟弟呢？」

丹年一顆心狂跳了起來，腦子一片空白，真是好惡毒的計劃！

她轉身就要跑，滿心滿腦只有一個想法——她要去找蘇允軒！

齊衍修擋在丹年身前，語氣篤定地說道：「現在已經晚了，按照約定的日子，蘇允軒明天早上就要和那群草寇談判了，等妳趕到那裡，蘇允軒早就死了。朕會告訴妳這件事，是因為尊重妳。」

丹年憤恨地瞪了齊衍修一眼，她從沒覺得齊衍修那張俊秀的臉如此的噁心過，殘忍地謀害她的相公，還假惺惺地說是尊重她！丹年繞過齊衍修就往外跑，她不能再耽誤時間了。

齊衍修看著丹年狂奔的背影，叫道：「蘇允軒死了，妳就是未過門的寡婦，沒有人願意娶妳的，除了青燈古剎，妳沒有出路了！」

然而丹年腳步未曾停頓，直直跑出了院子。

齊衍修微微有些失落，喃喃道：「除了朕，妳沒有別的選擇了……」

第八十九章 斬草除根

丹年跑出了院子，驚急之下，看到金慎還牽著馬，站在院子外不遠的地方。丹年衝過去，在金慎詫異的目光中，一把搶過他手中的韁繩，翻身躍上馬背，一路朝進來時的宮門跑去。

金慎簡直嚇呆了，半晌才回過神來，沈丹年居然敢搶他的馬？就在他要拔腿追上去時，齊衍修從院子裡走了出來，擺手道：「讓她去吧，等她回來，便該死心了。」

其實丹年根本不知道蘇允軒人在石定鎮哪裡，她只曉得石定鎮位於幽州和京城之間，是幽州的重鎮。出了京城北門，沿著官道一路向北，就能抵達石定鎮。

冬天的寒風吹在丹年臉上，如同刀割般疼痛，她的淚水還沒出眼眶就被風吹乾了。茫茫的官道上不見一個人影，卻不知道什麼時候才能到達石定鎮。

丹年只想讓馬跑得再快一些，想到如果不能趕在蘇允軒談判前制止他，自己就會永遠失去蘇允軒，丹年便麻木得身體都失去了感覺。

這個世界上，能有幾個人讓自己傾心相許，又能有幾個人對自己毫無保留地付出？丹年是個貪心的人，不管有多少愛，她都想牢牢抓在手裡，她想留住蘇允軒，她還沒來得及對蘇允軒說自己愛他。

丹年突然想到，一直以來，自己對蘇允軒的態度始終惡劣，倘若真的……她不但會後悔一輩子，也沒辦法面對自己的後半生。

她騎的馬雖然是宮廷中的優良壯馬，但到了傍晚還是跑不動了，任憑丹年怎麼抽打牠，牠也不肯再挪動一步。丹年焦急地看了看天色，現在離石定鎮還不知道有多遠……

平日丹年無論如何都捨不得打馬，今天她卻狠下心不斷抽打身下的馬，在這前不著村、後不著店的郊外，丹年想換匹馬都找不到地方。

丹年好不容易鞭打著馬到了一處驛站，驛站旁有個小型馬市，臨近傍晚，集市上的人逐漸散去，丹年看到還有一個人等在那裡賣馬，其中一匹看上去精氣神十足的模樣，揚蹄有力、噴氣聲響亮，肚腹又飽滿，這是好馬的特徵。

丹年不由分說走上前去，摸向頭上的髮髻，一摸之下手落了個空，這才知道髮髻早在自己騎馬狂奔時散落了，原來頭上的三根金釵早就不知掉到哪裡去了。

丹年快步牽著馬走到賣馬的漢子面前，把原本那匹馬的轠繩塞到那漢子手中，又捋下手上一只玉鐲交給他。這玉鐲是她剛入京城時，沈大夫人給她的見面禮，足夠買他的馬了。

她不管那人目瞪口呆的眼神，牽了她看中的馬就走，剛要翻身上馬，轉身又從那人腰間取走他的水囊，這才一路朝北狂奔而去。

整個過程不到半分鐘，賣馬的漢子傻傻看著丹年遠去的背影，直到她成為一個模糊的黑點。

目睹這一幕的人紛紛圍了上去，那漢子半晌才緩過神來，遲疑地看著手中的玉鐲和身旁的馬，剛想要大叫「搶劫」時——

有識貨的人指著那玉鐲驚叫道：「這是金鑲玉啊！」

賣馬的人聞聲一震，圍觀的人都看向那出聲的人，那人雙眼發亮地從賣馬漢子手中拿過玉鐲仔細看著，不住嘖嘖讚嘆。

他向圍觀者解釋道：「這玉鐲本是一對，玉質是和闐玉，上面鑲的鳳凰是赤金打造。老兄，我出三百兩，這玉鐲就賣給我吧，夠買你幾十匹馬了！」

那漢子又驚又喜，慌忙從那人手中一把搶過玉鐲，含糊地說道：「這玉鐲俺不賣，俺要留給閨女當嫁妝！」

玉鐲加上那披頭散髮的瘋女人留下來的馬，只換他一匹好馬，這生意怎麼樣都划算。賣馬的漢子生意也不做了，得意地牽著剩下的兩匹馬回家了。

丹年買到的馬腳力足，脾氣也算乖巧，她騎著馬一路狂奔，耳邊只聽到呼嘯的風聲。月亮升了起來，還好今天是滿月，清冷的白色月光照耀在大地上，眼前的路清晰可見。

丹年嘴巴渴得難受，也不敢停下來喝水，怕耽誤了時間，只能放緩馬的腳步，坐在馬背上喝點水潤潤嗓子。

她腦子裡亂哄哄的，全是她和蘇允軒相處的點點滴滴，嚴肅的、腹黑的、賴皮的蘇允軒，剛喝下的水又變成眼淚湧了出來。丹年暗罵自己不爭氣，把淚水憋了回去。

不知道到底跑了多久，等到天色微明，東方微微露出魚肚白時，丹年前方依舊是那條看不到盡頭的官道，沿途經過了不少城鎮，但都不是她要去的石定鎮。

看著東方愈爬愈高的太陽，丹年又急又氣，眼淚開始止不住地往下掉。

直到太陽升起一截，前方才出現一個城鎮，正是丹年心心念念了很久的石定鎮。

守門的衛兵早就注意到匆忙騎馬跑過來的丹年，看她披頭散髮的，像個瘋子一樣，趕緊攔下她。

丹年騎在馬上，大聲地朝衛兵吼道：「京城來的官員住在哪裡？快帶我去！」

這一張嘴，嗓子便一陣陣火辣辣的痛，丹年這才意識到自己的聲音早就沙啞不堪了。

衛兵有些猜不透丹年到底要做什麼，只好攔住她，不讓她再往前去。

丹年急惱之下，褪下另一只玉鐲俯身遞給衛兵，說道：「快帶我去！我是京城來的，有重要的事情找他！」

衛兵小心地回首看了看其他守門的人，發現他們都沒看到丹年遞給他玉鐲的小動作，迅速將玉鐲收進懷裡之後，便高聲叫道：「隨我來！」

丹年鬆了口氣，要不是手上戴著玉鐲，還真不知道這一路上要怎麼辦。

衛兵一路小跑，丹年緊跟在衛兵身後，到了驛站門口，就看見鐵丫正站在那裡對一個人說些什麼。

丹年如同見到救星般，踉踉蹌蹌地下了馬。

鐵丫看到丹年，驚訝地張大嘴巴，指著丹年叫道：「妳、妳怎麼來了？」

丹年半拖半跑奔到鐵丫身邊，一把扳住他的肩膀，質問道：「他人呢？」

誰知道這會兒她的嗓子發不出聲音來了，丹年急得眼淚又湧了出來，拚命用力大喊，卻只能發出微弱的聲音。「人呢？他人呢？」

鐵丫被丹年這副模樣嚇到了，說道：「妳是問少爺對吧？」

丹年用力地點了點頭，在她滿懷希冀的目光中，鐵丫指著丹年過來的方向，茫然地說道：「天還沒亮，就出城和大房山上的草寇和談去了。」

鐵丫的話猶如晴天霹靂般響在丹年耳邊，震得她六神無主。丹年頹然坐倒在地上，一時之間大腦一片空白，耳邊熙熙攘攘的人聲，彷彿一下子離她遠去。

鐵丫試圖把丹年從地上拉起來，焦急地在她面前嚷著。「妳怎麼來了？真是要嚇死人了！妳知不知道這一路上要經過土匪的地盤啊？還好這幾天在和談，那些土匪收斂了很多，否則真的很危險！妳一個姑娘家，膽子也太大了吧？萬一出了什麼事，少爺可怎麼辦啊？」

鐵丫的聲音逐漸從丹年耳中消失，她只能看到鐵丫的嘴巴一張一合，情緒激動地說著話。

丹年扔了手中的馬鞭，捂著臉無聲地哭泣，淚水順著指縫流了出來，腦子裡只盤旋著一個想法——她還是來晚了，路上不應該喝水，喝水也耽誤了時間，到最後還是沒趕上！

鐵丫被丹年哭得心裡發毛，一時之間也不知道該怎麼辦才好，而丹年汗水、淚水齊流，將臉上沾染的灰塵沖得黑一道、白一道，頭髮蓬亂，如同瘋子一般。

此時正是石定鎮上的人上街買菜的時間，不一會兒，丹年和鐵丫身邊就圍滿了人，他們看著痛哭的丹年和不知所措的鐵丫，竊竊私語猜測到底是怎麼回事，還對著丹年指指點點。

鐵ㄚ尷尬得要死，拉著丹年想讓她站起來，丹年卻癱坐在地上，不停流著淚，反覆叨唸著：「我來晚了，我怎麼不早點到……」

就在此時，圍得水洩不通的人群中分開了一條路，一個人緩緩走到丹年跟前。

淚眼矇矓中，丹年只看到緋紅色的官袍下襬和一雙黑色的官靴，那人在她身前緩緩蹲下身子，周圍的人頓時鴉雀無聲。

丹年看到他輕柔地拭去自己臉上的淚水，用蘇允軒的聲音對她說道：「年年，妳怎麼來了？」

丹年渾身一震，不敢置信，胡亂地擦掉眼中的淚水，映入她眼簾的，居然是一臉心疼的蘇允軒。

丹年茫然地摸上蘇允軒的臉，還是溫熱的。「你沒死？」

蘇允軒微微笑了，抓住丹年的手說道：「我好好的。」

丹年看著蘇允軒，突然「哇」的大聲哭了出來，偏偏嗓子上了火，哭出來的聲音甚為怪異。她踢打著蘇允軒，流著眼淚罵道：「你怎麼不早點過來？我以為我來晚了，你死了！我以為你死了！」

蘇允軒顧不得丹年渾身上下沒一處乾淨的地方，他用力抱住丹年，將她的臉貼到自己的臉上，把她抱起來轉身進了驛站，圍觀的路人在鐵ㄚ的轟趕下，也漸漸散了。

蘇允軒把丹年抱到床上，安慰了好一會兒，丹年卻沒有反應，鬆開一看，她竟然已經睡著了。

因為丹年早就累得精疲力竭，一看到蘇允軒沒事，心中繃緊的那根弦猛然斷掉，才會迅速入睡。

此時鐵丫打了熱水進來，他輕輕放下水盆和帕子，退了出去。

蘇允軒拿起帕子浸了水，溫柔地為丹年擦拭臉、手和脖子，當他還想繼續往下擦時，被驚醒的丹年一把抓住了。

看著蘇允軒，丹年鬆了口氣，眼淚不受控制地往下掉，她喃喃說道：「蘇允軒，你沒死，我害怕得要命！」

蘇允軒用額頭貼著丹年的額頭，柔聲說道：「我沒死，妳也活得好好的，我們還在一起。再睡吧，我陪妳。」

丹年用力地點點頭，閉上了眼睛。

蘇允軒吻了吻丹年的嘴角，低聲笑了起來，用只有他自己能聽到的音量說道：「年年，妳這麼重視我，妳都不知道我心裡有多感動，多開心……」

丹年一覺醒來，已經是黃昏時分，床腳處放了一盆炭火，炭火紅通通的，整個屋子裡也暖洋洋。

丹年看到房間衣架上掛著蘇允軒的外袍，便知道這肯定是他的房間，一想到他害她心驚肉跳了那麼多天，今天還當眾哭得唏哩嘩啦，丹年就覺得實在太丟人了！

自己睡過的床鋪也是蘇允軒那個壞蛋的，一想到這裡，丹年就跳了起來，專挑身上髒的地方往床鋪上蹭，巴不得把枕頭和床單、被子蹭得愈髒愈好。

蘇允軒進來時，正看到丹年咬牙切齒地在床上蹭來蹭去，不禁含笑問道：「妳這是在做什麼？」

丹年停止了動作，悶悶地說道：「把你的床蹭髒。」

蘇允軒笑了起來，走上前去，手自然而然地摸到丹年的額頭上，自言自語地說道：「也沒發燒啊。」

丹年氣惱地一把打掉蘇允軒的賊手，肚子卻叫了起來，一想到自己為了他兩天都沒吃飯，便毫不客氣地說道：「我餓了，給我弄點吃的去！」

等丹年睡足吃飽，有了精神，便眼神不善地盯著蘇允軒，展開了「審問」。

「你隨行的官員中，有人被白振繁買通了，你知道嗎？」丹年問道。

蘇允軒老老實實地坐在丹年對面，含笑點了點頭。「是，我早知道了。」

丹年怒了，揪著蘇允軒的前襟，帶著委屈的哭腔罵道：「你知道為什麼不告訴我？你知不知道我以為自己要當寡婦了？多說一句會死人嗎？」

蘇允軒哭笑不得，好聲好氣地安撫道：「這種事情機密得很，我也是來了石定鎮之後才知道的，愈多人知道，愈不方便行事。今天清晨，我先找人假扮匪首，等那兩個官員露餡後，一舉將他們擒獲，再去見真正的土匪。」

說完，蘇允軒遲疑地問道：「年年，妳是從哪裡聽說這件事的？」

丹年嘆了口氣。「皇上告訴我的，他說……你馬上要死了，白家也要倒臺了。」

蘇允軒冷笑一聲。自從得知白家的陰謀後，他就想明白了，這麼重要的事情，齊衍修不可能不知道，唯一的結論，就是齊衍修想趁這個機會，將他和白振繁一併剷除，如此一來，大昭就是他一個人的天下。

憑著直覺，蘇允軒覺得丹年還隱瞞了什麼，逼問道：「他還跟妳說了些什麼？」

丹年覺得報復的機會來了，滿不在乎地說道：「喔，我想想，他還說，你一死，我就是寡婦，除了嫁他之外，沒別的選擇。」

看著蘇允軒鐵青的臉色，丹年笑咪咪地接著說道：「我就說，那我得去看看，是死是活，我要確定了才行，這不，我就來啦！」

蘇允軒微笑著問道：「結果夫人可還滿意？」

丹年看蘇允軒笑得一臉和煦，語氣卻是不容置疑，而且他還瞇起眼睛看著她。

丹年趕緊說道：「滿意，當然滿意！」

蘇允軒得意地親了親丹年的嘴唇，隨後咬牙切齒地罵道：「齊衍修真不是個東西！」

「對！」丹年附和道：「還想要我當他的小妾，門兒都沒有！」

蘇允軒高興地又親了親丹年的臉，為她攏好散亂的頭髮，說道：「年年，按照計劃，三天之後我就要帶人回京了，妳跟我一起回去吧。這麼遠，我也不放心妳一個人回去。」

丹年想了想，搖搖頭，說道：「我明天就回去，我是從皇宮直接來這裡的，昨晚一夜沒回去，我爹娘肯定急壞了。我得早點回去，不然他們不放心。」

蘇允軒思索了一番，說道：「那我讓鐵丫送妳回去。」

丹年點點頭，現在不是矯情的時候，再讓她一個人不分黑夜白晝地跑這麼遠，她會嚇哭。

蘇允軒看著丹年的手腕，問道：「妳一直戴著的玉鐲呢？」

丹年不好意思地說：「一只拿去買馬，一只給了人，讓他帶我到驛站了。」

蘇允軒看著丹年，微微一笑，像變戲法般拉起她的手，將一只玉鐲套到她的手腕上。

「咦？你怎麼知道……」丹年驚喜地看著蘇允軒。

「我幫妳擦臉、擦手的時候，看到妳手上沒了玉鐲，便想到肯定是半路上丟了。正好有人來舉報說，守門的衛兵收了一個瘋女人的賄賂，我便知道是怎麼回事了。」蘇允軒笑道。

丹年摸著失而復得的玉鐲，雖然談不上多有感情，但對於她這個財迷來說，值錢又好看的東西，她還是很喜歡。

晚上時，蘇允軒為丹年另外安排了房間，就在他的房間隔壁。

丹年痛痛快快地洗了澡，躺到暖暖的被窩裡，開心不已。她心想，蘇允軒還好好地活著，真棒！

而隔壁的蘇允軒就沒那麼舒坦了，丹年洗澡撩水的聲音他聽得一清二楚，禁不住心猿意馬，好不容易等到丹年洗完了澡安靜下來，他又想到丹年就睡在他附近，一顆心又開始不安分。

最後，蘇允軒一整個晚上都在埋怨蘇晉田為什麼要聽沈立言的，把婚期推得那麼遲！

回程時丹年心情很好，有鐵丫一路護送，也還算平安無事。走了兩天，趕在傍晚時，兩人進了京城。

沈立言和李慧娘愁得頭髮都要白了，聽丹年說了事情經過，李慧娘也不好再說什麼，只握著丹年的手說：「以後出了這種事，回家讓妳爹去，妳一個姑娘家，膽子也太大了。」

丹年眼眶發紅地點了點頭。她也是怕耽誤了時間，來不及告訴蘇允軒。

蘇允軒還沒回朝，大房山的土匪降服朝廷的消息就先傳了回來，而蘇允軒的奏摺則緊接在後。白振繁勾結前去招安的官員，企圖殺害蘇允軒的罪行、罪證確鑿，兩個官員隨後就會被押解回京。

丹年原本對於白家是否會如此輕易就倒臺，抱持著很大的懷疑，但她還是太過高估大昭官員們的氣節。那些一直對白家鞠躬哈腰的官員，同時換了張面孔，紛紛上書指責白家種種罪行。

塵封多年的往事也被挖掘出來，有道是牆倒眾人推，皇上又自動爆出當年白家陷害殘殺前太子的事情，御史、言官口誅筆伐，白家已然失勢。

在這當口上，誰都想對白家踩上一腳，撇清關係，恨不得告訴天下人自己與白家有不共戴天之仇，順便向皇上表達一下忠心。

沈立言也意識到如今是風雲變色的時刻，沈家二房在京城中的地位敏感，沈鈺在西北，大有不服朝廷之意，沈家大房又與白家是親家，皇上沒有得到丹年，心頭扎著一根刺，想趁這個時候順便收拾他們，也不是不可能。

有了這層認知，沈立言一改往日閒散的生活，日日都往兵部報到，就想打探一下消息，而丹年也很焦慮，直到蘇允軒回來，他們一家才鬆了口氣。

就在京城人心惶惶，生怕皇上記性太好，想起自己曾巴結過白家之際，又有人密告白家私藏龍袍，前去抄家的人，在白振繁的書房把東西搜了出來。

齊衍修這次動作很快，眾人還來不及反應，聖旨就下達了，告示貼滿了京城的大街小巷，列數了白家的「十宗罪」。前幾宗無非是不敬皇帝、把持朝政，而最後兩宗「私造龍袍」和「謀反」的罪名，足以定白家死罪。

白家十六歲以上男丁全部處斬，剩下的男女老幼全都發配邊疆。

丹年瞧著貼在巷子口的告示，嘆了口氣。鐘鳴鼎食之家說敗就敗，大伯父一定後悔得不得了，兩個女兒都嫁進了白家，雞蛋放進同一個籃子裡，只可惜籃子不結實。

李慧娘也唏噓不已，當年沈丹荷大婚，排場之大，堪比帝后成婚，可不過幾年時間，人人羨慕的權貴之妻，轉眼間竟變成了階下囚。

「相公，你能不能幫忙想想辦法，丹芸還懷著孩子，能不能求皇上開恩，讓她們留在京城照看孩子？不過是幾個婦道人家，還能真的謀逆不成？終歸是自家親戚啊！」李慧娘嘆道。

丹年知道李慧娘是一片好心，做母親的人都見不得孩子受苦。她不由得握了握李慧娘的手，也看向沈立言。

沈立言眉頭緊鎖，說道：「這件事很難辦，基本上也不可能，皇上這次狠下心要斬草除根了。」

丹年低頭想了想，就內心而言，她對那兩個堂姊有恨意，巴不得她們趕快走人，不過在她們離開之前，她想弄明白一些事情。

「我看減刑什麼的不太可能，皇上恨白家不是一、兩日了，我去找蘇允軒，要他幫忙，讓我去牢裡看看她們。」丹年說道。

丹年寫了封信給蘇允軒請他幫忙，讓她進牢裡探望一下沈丹荷姊妹。

在將軍府門口，蘇允軒接丹年上了馬車，他在馬車裡為丹年披上一件大氅，叮囑道：「把臉蓋嚴實，讓人看到了不好。」

丹年點點頭，想起樹倒猢猻散的白家，只覺得人生無常。

蘇允軒拉過丹年的手，將另一只玉鐲套到她手上，溫言笑道：「回去的路上，偶然碰到有人賣，就買回來了。」

丹年低著頭摩挲著手腕上的玉鐲，臉微微紅了，卻不說話。哪有那麼巧的，肯定是蘇允軒沿路打聽，找到了那個賣馬的漢子，又用高價買回來的。

雖然這筆錢一定相當可觀，對丹年這個財迷來說肯定肉疼，可是一想到蘇允軒的心意，她就開心得不得了，深深感受到被愛的幸福與美好。

第九十章　歸於平靜

等到丹年披著大氅、戴著幾乎把整張臉遮住的帽子走進關押犯人的監牢時，白家的男人都已經在刑場上殞命了。

對於沒能見到白振奇最後一面，丹年覺得有些可惜。憑良心講，白振奇不是個壞人，他只是個被人寵壞了的孩子。

監牢裡的情形讓丹年頗為意外，兩個人一間，整體來說還算乾淨整齊。齊衍修報了仇還要面子，沒在這些小事上苛待白家的女人們。

沈丹芸挺著大肚子坐在床上，長髮胡亂地用木棍綰了個髮髻，臉色蒼白，一雙大眼睛毫無焦距地盯著牢房裡高高的窗臺。

沈丹荷則蜷縮在被窩裡，她本來就瘦，現在更是消瘦得不成樣子。

看守犯人的獄卒不耐煩地敲了敲牢房的柵欄，喝道：「大、小沈氏，有人來探監了！」說完便走了。

她們的目光同時看向門口，丹年緩緩摘下頭上的帽子，面無表情地看著牢房裡的沈丹荷與沈丹芸。

「是妳？」沈丹荷冷笑道，原本黯淡無神采的臉龐，在看到丹年後，鬥志又昂揚起來，她舒展了一下身子，譏諷道：「妳來做什麼？來看我們有多淒慘？」

丹年搖了搖頭，沈聲道：「我爹娘放心不下妳們，要我來看看妳們好不好，有什麼需要幫忙的。」

沈丹荷怪笑一聲。「好不好？沈丹年大小姐，四品縣主，未來的尚書府少夫人，妳沒長眼睛啊？我們被關押在這裡，還能好到哪兒去？收起妳那虛假的面具吧，現在我什麼都不是，妳犯不著跟我假惺惺了！」

沈丹芸卻流著淚，挺著大肚子艱難地走上前去，手臂穿過柵欄，用力握住丹年的手，哀求道：「丹年，好妹妹，求求妳，妳能不能把我弄出來，我想回家。我還挺著個大肚子，可是他們要趕我們去邊疆做苦工，我會死在路上的！」

丹年還未答話，沈丹荷就暴怒地跳了起來，罵道：「不許求她！我們就是餓死了，也不許求她！」

沈丹芸不理會沈丹荷，依舊流著淚，拉著丹年苦苦哀求。「好妹妹，我求妳，我不過是個姨娘，白家犯的事情跟我一點關係都沒有，我什麼都不知道，冤枉啊！只要能回家，我會為妳做牛做馬，一輩子伺候妳！」

丹年慢慢抽出自己的手，淡淡地說道：「二姊姊，現在說這些已經晚了，要恨，就恨大伯父吧，是他親手把妳送進白家，妳已經是白家的一員了。皇上放過了大伯父，已經是開恩了。」

聽完丹年的話，沈丹芸抱著大肚子癱坐在地上，捂著臉嚎哭起來，沈丹荷卻在一旁哈哈大笑，嘲諷地說道：「看看，裝出一副悲天憫人的清高模樣，還不是來看我們笑話的！」

丹年並不反駁，而是盯著沈丹荷問道：「大姊姊，白家策劃謀害沈泓的事情，妳不會不知道吧？」

沈丹荷止住了笑，瞄了丹年一眼，無所謂地說道：「知道，那又怎麼樣？」

丹年笑了笑，心中的悲憤怎麼都無法消除。「怎麼樣？他只是一個不到兩歲的孩子，不但是我哥哥的長子、我爹娘的長孫，也是妳的侄子，妳怎麼能眼睜睜地看著白家人去殺害他！」

沈丹荷又笑了起來。「誰教他是平西侯的兒子？他擋了我們的路，自然該死！」

丹年嘆了口氣，與沈丹荷完全講不通道理，在沈丹荷眼裡，她自己是最高等的人，其餘的人只能順從她，不然就該死。

「對，妳說得沒錯，現在你們擋了別人的路，你們自然也該死。你們的報應來了，我一點都不可憐妳。」丹年說道。

沈丹荷冷哼一聲，別過頭去不看丹年。「妳得意什麼？我不過是失敗了，妳以為妳能得到好處？皇上下一個要對付的就是蘇家！妳就是下一個我！」

丹年看著沈丹荷，冷冷一笑。「我怎麼會跟妳一樣？就算我被逼到絕路上，都不會害人，妳有今天，我一點都不意外！」

說著，丹年從大氅中掏出一個鼓鼓的荷包，裡面裝了一些銀角和銀票。

隔著柵欄，丹年將荷包放到沈丹芸手上，又褪下那兩只失而復得的玉鐲，塞到她手中，說道：「拿著在路上用吧，也不枉我們親戚一場。」那對玉鐲本來就是沈大夫人的東西，也該是還給她們的時候了。

沈丹荷氣得發抖，丹年這樣簡直是在羞辱她，她厲聲喝道：「少在那裡假惺惺，拿錢來羞辱我，我才不會要妳這鄉下丫頭的臭錢！」

丹年站直身子，無所謂地說道：「既然妳認為我給妳錢是在羞辱妳，那就這樣吧，至少我這個鄉下丫頭還來看看妳，送點臭錢給妳，妳爹、妳娘和妳哥哥，可曾來看過妳？」

這段話戳到沈丹荷的心窩上，她睜著布滿血絲的眼睛，淒厲地叫著。「妳給我滾！帶著妳的臭錢滾！」

「妳不要也無所謂，這錢本來就是給二姊姊的。妳不當我是姊妹也就罷了，二姊姊可是妳親妹妹，她快要臨盆了，妳想讓她死在路上的話，就繼續裝清高吧！」丹年說完以後，看了兩人一眼，便轉身走了。

沈丹芸含著眼淚看著丹年遠去的背影，用力將荷包和玉鐲塞進了懷裡，沒了這些東西傍身，她和孩子都活不到抵達北疆。

丹年回家後，只同沈立言與李慧娘說把錢交給沈丹芸了，沈立言問沈丹荷狀況如何，丹年不禁嘆了口氣。沈立言這麼關心她這個親姪女，可人家就算落魄成這樣，也看不上他們這門親戚。

「還行，精氣神挺足的。」丹年含糊地答道。到了這個地步，沈丹荷還能中氣十足地指著她的鼻子罵，肯定沒病沒痛。

沈立言嘆了口氣，看丹年的樣子，就知道這次會面不怎麼愉快。他們已經仁至義盡，至於以後沈丹荷、沈丹芸兩個人會怎麼樣，就看造化了。

蘇允軒送丹年回家後便回了尚書府，剛在書房坐下，房門就被蘇晉田一腳踹開了。

蘇晉田剛剛見了皇上，皇上跟他說的那些話，現在想起來，還讓他渾身冷汗直冒。

齊衍修漫不經心地對他說：「蘇愛卿，你這麼多年來撫養允軒，真是辛苦了。允軒畢竟是我們皇家子孫，也該認祖歸宗了。」

蘇晉田當時覺得一道雷打在腦門上，等他冷汗淋漓回過神來時，齊衍修便溫雅地朝他笑道：「蘇愛卿是含辛茹苦、臥薪嘗膽的功臣，朕不會虧待你的。」

最後蘇晉田渾渾噩噩地回到家中，才發現大冬天的，他的冷汗竟浸透了裡衣。

蘇允軒和沈丹年這兩個兔崽子，到底瞞著他做了多少事情?!

皇上就算知道蘇允軒的身世，可沒有本人同意，皇上不會把這件事說出來的，自己竟是養了一頭不聽話的白眼狼！

蘇允軒正在翻看一卷詩集，原本是泛黃又失了幾頁的殘卷，他找來送給丹年後，丹年又重新抄錄了一份送還給他。漂亮又大氣的字體，配著朗朗上口的詩句，看起來分外舒心。

蘇晉田進來時看到的，就是蘇允軒這副一派輕鬆的模樣，他不禁氣呼呼地拍著蘇允軒面前的桌子，咆哮道：「到底是怎麼回事?皇上說明日早朝要當眾公布你的身分！」

蘇允軒抬起眼來，淡淡地看了蘇晉田一眼，說道：「您不都知道是怎麼回事了嗎？」

蘇晉田吹鬍子瞪眼道：「誰准你這麼做的？按計劃不是這樣的！」

蘇允軒放下詩集，站起身來冷笑道：「按計劃怎麼樣？按計劃我就要發動兵變殺入皇宮，最後龍袍加身，封你做太上皇嗎？」

蘇晉田被戳中心事，老臉一紅，硬著頭皮罵道：「那又怎麼樣？」

蘇允軒嘆口氣，說道：「爹，我身後還有一幫從我出生起就忠心於我的人，他們有自己的家庭和兒女，他們也渴望有安定的生活，不是每個人都像您一般渴望權勢。」

蘇晉田惱羞成怒，顫顫巍巍地指著蘇允軒罵道：「好啊，你翅膀長硬了是吧，沒了我，你活得到這麼大嗎？」

蘇允軒垂下眼睛，說道：「是您給了我活命的機會，我尊敬您，可這不代表我要為了您，就讓我的人白白送命。如今白家已經垮臺，我父母的仇也算是報了，搶那個皇位，對天下、對黎民有什麼好處？」

蘇晉田神情一滯，看著高出他半個頭的蘇允軒，忽然冷笑道：「少在這裡講什麼大道理，你不願意去爭皇位也就算了，為何不提前跟我說一聲？」

「父親現在知道也不遲啊！」蘇允軒淡笑道。

蘇晉田氣血全往頭上湧，蘇允軒這是在告訴他別妄想插手他的事！

「若父親沒其他事，孩兒就先告退了。」蘇允軒輕聲說道，轉身退出了書房。

留下蘇晉田看著他的背影氣得跳腳，卻莫可奈何。

第二天的早朝，正當所有官員繃緊了神經，害怕皇上會突然清算自己與白家人的過往時，皇上卻拋出一顆重磅炸彈，宣布蘇允軒是前太子的遺孤，是自己正宗的堂弟。捏了一把冷汗的大臣們來不及消化這個驚天消息，卻爭先恐後地向皇上賀喜，比自己找到失散多年的親爹都來得激動，就怕祝賀聲慢了，遭皇上記恨。

蘇允軒處之泰然，謙遜地宣稱自己全都靠養父蘇晉田，才得以在白家人的殘害下活下來。

眾臣又紛紛讚嘆蘇晉田義薄雲天、忠肝義膽。齊衍修冷眼看著朝堂上眾臣的表演，等到表演快到尾聲了，才宣旨封蘇允軒為明國公，令禮部擇一良辰吉日，為蘇允軒改名入宗譜。

蘇允軒忽然正色說道：「皇上，微臣有一個請求。」

齊衍修瞇起眼睛，他不懂蘇允軒葫蘆裡在賣什麼藥。他為他恢復身分，也是無奈之舉，不然蘇允軒哪肯乖乖配合他扳倒白家？這會兒目的都達到了，他又要做什麼？

「賢弟儘管講。」齊衍修笑得一臉溫和，假惺惺地說道。

蘇允軒看著蘇晉田和齊衍修，淡淡笑著說：「微臣由蘇晉田大人一手撫養長大，蘇大人為了微臣，連一個親生孩子都沒有，倘若微臣就這麼認祖歸宗，豈不是不仁不孝？微臣懇請皇上，讓微臣保留『蘇允軒』這個名字，日後微臣的子孫，世世代代都是蘇家人！」

齊衍修萬萬沒想到蘇允軒打的是這個主意。好傢伙，在朝堂上當眾說這種話，擺明了告訴所有人他不再是皇室中人，沒有造反的心思，日後自己若對蘇允軒有任何的猜忌和防範，豈不是顯得自己是個器量狹小的昏君？

「准奏。」過了半晌，齊衍修才在全場朝臣驚疑不定的目光中，從牙縫裡擠出這兩個字。

這一年初雪降下來時，丹年正在廚房幫李慧娘揉麵蒸饅頭，這是她在家裡過的最後一個年，等來年三月，她就要嫁入明國公府了。

她回想起蘇允軒之前說過的承諾，等婚後會和蘇晉田、蘇夫人分開住，原以為是另找一處房子住，可誰知蘇允軒從那時開始就謀劃公開身分的事情了。

這樣也好，與其讓齊衍修拿他們兩人的身分當把柄，不如大大方方地說出來，既然蘇允軒沒有不臣之心，這秘密又有什麼見不得人的？

只是雍國公一倒，又起來一個明國公，而且比之前的雍國公更加有背景、有實力。沈丹荷在監牢中聲嘶力竭的聲音，似乎還迴盪在她耳邊——妳就是下一個我！

丹年搖了搖頭，將這煩人的想法拋到腦後。蘇允軒不是自大驕傲的白振繁，她也不是自命清高的沈丹荷。

前幾日，蘇允軒讓林管事捎來一車年貨，從肉、蛋到蔬菜，一應俱全。李慧娘看著林管事送來的東西，搖頭直笑道：「這孩子，怕我們餓了他媳婦不成？」

林管事笑了，只說這些肉都是山上獵來的野味，尋常難得吃到，所以才送過來讓大家嚐個鮮。

丹年沒看到蘇允軒過來，雖然知道他是因為忙碌不已所以抽不出空，但心裡還是有些小小的失落。

大年夜那天，李慧娘煮了一桌子菜，一家人圍在火爐旁，熱熱鬧鬧地吃了頓年夜飯。

每年大年夜，丹年總是抵不住瞌睡蟲，早早就躺在床上睡下了，可是今年丹年決定要陪著沈立言與李慧娘守歲，以後她就是別人家的媳婦，恐怕沒這個機會了。

沈立言幫李慧娘和丹年的酒杯斟滿，笑道：「丹年也長大了，能喝酒了，今晚就破例喝一杯吧。」

丹年小心地抿了一口，發現酒果然還是很辣，連忙端起水杯喝了一大口，才把嘴巴裡的辣味給沖淡。

沈立言看著丹年，心中百感交集。當年那個包裹在襁褓裡的幼小嬰孩，已經長成了一個大姑娘，馬上就要嫁給別人了。

沈家二房在京城裡沒多少親戚，過年前，沈立言也只是要李慧娘準備一些過節的年禮，送到沈家大房的門房上。

沈立非對沈立言始終含著一股怨氣，他不明白為什麼沈立言會過得比他好，無論如何都拉不下面子來拜訪這個弟弟，而沈立言也懶得搭理他。

雖然沈家大房與二房形同陌路，但隨著丹年與蘇允軒的婚事一天天接近，想巴結蘇允軒的人，過年期間自然少不了到將軍府走動，他們一家人也為此忙了好幾天。

二月初，蘇家送來了聘禮，整整一百二十抬彩禮，二百四十個小廝身穿紅衣，抬著包著大紅綢緞的彩禮排了一整條街，京城的百姓都沿路觀看，讚嘆即便是皇上下聘，也不過如此。

臨近婚禮，丹年越發焦急忐忑，就如同現代人的婚前恐懼症一般，焦慮不安也罷，還突發奇想不要成親了，要溜到沈鈺那裡避風頭。只是丹年在偷偷收拾食物時，被李慧娘抓了個正著，成了「出逃未遂」。

二月末時，沈鈺從西北派來的人也到了京城。沈立言看著載著沈重箱子的馬車車隊，有些吃驚。

為首的軍官抱拳道：「沈將軍，這是侯爺為小姐準備的嫁妝。單子在此，請您驗收。」

沈鈺的信中話語不多，只說妹妹的婚禮他不能回京參加，甚是遺憾，但嫁妝得由他這個做哥哥的負責。

沈鈺另外還給了丹年一封信，信上只有寥寥兩行字——

曾經滄海難為水，除卻巫山不是雲。

卿本佳人，定有錦繡人生。

前兩句詩，是當年她寫出來玩時被沈鈺看到的，意思也解釋給沈鈺聽了。

丹年瞬間掉下了眼淚。回想起小時候，他們還在沈家莊時，沈鈺帶著她唸書、練字，牽著她的手走在鄉間的林蔭路上，小小男子漢的手心充滿了溫暖和力量，寵溺她時很溫柔，欺負她時很得意。

現在沈鈺寫這兩句詩給她，究竟是什麼意思，丹年寧願認為自己想到的答案是錯誤的。沈鈺有幸福的家庭，雅拉也是極好的女子，完全配得上沈鈺。

沈鈺外表看上去陽光開朗，但丹年實在太了解他了。沈鈺內心是個驕傲自大的人，只要是他認為與自己無關的人，必然抱著冷漠與疏離的態度。

他協助雅拉，幫蒙于登上汗位，絕對不是他正義心發作。雅拉是勒斥王庭的大公主，和她結盟，無根無基的沈家也有了靠山。

丹年想到雅拉，那個熱情如火的女子，終有一天，她會把沈鈺的內心占據得滿滿的，代替自己在沈鈺心中的位置，成為沈鈺的唯一，沈泓會在一個充滿愛和溫情的家庭裡長大。

她就要嫁給蘇允軒了，此生能與一個相知相守的良人共度一生，丹年覺得沒什麼遺憾。

既然沈鈺的心思是不能說的秘密，就讓這個秘密永遠埋藏在兩個人的心底吧。

丹年小心地把信收到箱籠最底層，也許不會再有第二個人，像沈鈺那樣不帶一絲雜質地愛著她了。這種愛，適合放在心底，用一生珍藏。

三月初七的晚上，李慧娘到了丹年房間裡，欲言又止，紅著臉同丹年說：「丹年，明日妳便要嫁人了，有些事，娘得跟妳說。」

丹年看李慧娘的樣子，就猜到她要說什麼了，只得硬著頭皮問道：「娘，什麼事啊？」

李慧娘躲躲閃閃地掏出一本冊子，說道：「妳看看這個，別到時什麼都不知道。」

丹年看著那本冊子，臉紅得像火燒似的，這麼大尺度的古代色情漫畫，她還是第一次看到。

李慧娘也是臉皮薄的人，不好意思說得太明白，等丹年放下冊子，她才對丹年說道：「雖說妳嫁過去後便住在明國公府，可蘇大人和蘇夫人畢竟是允軒的養父母，妳那脾氣還是得收一收。」

「娘，放心，您還不知道我是什麼樣的人嗎？我不去欺負別人可以，但別人也別想壓在我頭上。」丹年摟著李慧娘的胳膊說道。

李慧娘笑著拍了拍丹年的手，說道：「妳早點睡吧，明天一早，娘為妳找了人梳頭淨臉。」

丹年拉著李慧娘撒嬌道：「娘，今晚我要和您一起睡。」

李慧娘眼睛一紅，眼淚就要流出來了。「好，晚上我們一起睡。」

熄了燈，丹年抱著李慧娘的手，小聲說道：「娘，等我嫁過去了，要是皇上有別的心思，我就想辦法把您和爹送到木奇鎮去，和哥哥團聚。」

李慧娘大吃一驚，還沒來得及說什麼，就聽到丹年繼續說道：「娘，您和爹在京城就像人質一般，到了木奇鎮，爹還能有用武之地，哥哥也不再有束縛，你們更能照看泓兒。」

「那妳怎麼辦？」李慧娘著急地問道。

丹年笑了起來，說道：「有蘇允軒在，他還能護不住我？」

第九十一章　拜堂成親

永安四年三月初八，是沈丹年出嫁的日子。

不到三更，李慧娘便叫醒了丹年，洗漱完畢後，碧瑤幾個人已經到了丹年的房間，和李慧娘一起幫她穿好大紅嫁衣，由梳頭婆子來為丹年梳頭淨臉。

丹年的臉被那婆子用棉線絞得生疼，這會兒卻不敢吭聲，因為李慧娘正用眼神警告她，大喜的日子，別給她出什麼亂子。

等丹年化好了妝，李慧娘看著丹年，忍不住哭了起來。從今天起，丹年就是別人家的媳婦了。

梅姨連忙掏出絲帕來為李慧娘擦眼淚，小聲說道：「大喜的日子哭什麼啊？淨讓小姐心裡難受！」

李慧娘不好意思地朝老姊妹笑了笑，故意大聲說道：「我這不是高興嗎，禍害精終於離了我，要去禍害別人了！」

丹年撇了撇嘴，不高興地說道：「明國公府就離咱們家兩條街，我隨時都能回來，您可不准不讓我回娘家！」其實她早就看到李慧娘偷偷掉眼淚了，這麼說也是想讓她開心，緩解一下氣氛。

等丹年梳妝完畢，梳頭婆子便喜氣洋洋地對李慧娘說道：「夫人，老身幫這麼多新娘子梳頭，就數您家的閨女最俊俏！有這麼好的閨女，可真是讓人羨慕啊！」

李慧娘明知梳頭婆子是為了多討些賞錢才說些吉祥好聽的話，可這麼一聽也心花怒放，掏了一錠銀子給梳頭婆子當喜錢，梳頭婆子感恩戴德地謝了半天，滿意地離開了。

丹年看著鏡子中的自己，幾乎快要認不出來了，又細又長的睫毛、塗滿了香粉的臉，一點都不像她。

她不禁想起前世的笑話，在婚紗攝影店裡，新郎出去了一趟，回來時面對一排化好了妝的新娘，硬是瞅不出來哪個是自己的老婆。

碧瑤端了酒釀湯圓要餵丹年吃，丹年嚷著吃不下去，碧瑤笑著哄道：「等上了花轎，小姐就吃不了東西了，要堅持到晚上呢！」

好說歹說，丹年皺著眉頭吃了幾個湯圓，便擺手不再吃了，嘴巴上的胭脂因為這樣花掉了，碧瑤又趕緊幫丹年補妝。

丹年前世今生加起來，還是第一次成親，難免有些緊張，她手中揪著嫁衣的裙襬，抿著嘴不吭聲。昨日蘇允軒派鐵丫來通知他們，說結婚儀式要在新建成的明國公府進行，到時蘇晉田和蘇夫人也會到場。

等到迎親的嗩吶聲逐漸傳了過來時，屋子裡緊張的氣氛才被打破，小石頭敲了敲門，笑著問道：「妳們可準備好了？新郎就要到門口了！」

碧瑤一聽，拉著小雪開心地跑到門口。大昭迎親有個風俗，女方的女性親友要在門口阻攔男方，出題目或出任務，都由男方的伴郎完成。

李慧娘雙眼發紅地為丹年蓋上紅蓋頭。丹年覺得眼前一下子暗了下來，滿目鮮豔的紅色，有些驚心，卻充滿更多羞澀與期待。

新娘從房門到花轎，要由新娘的哥哥揹進花轎。沈鈺不在，揹丹年進花轎的任務就交到小石頭身上。小石頭穩穩揹起了丹年，丹年回過頭，悄悄撩起蓋頭看向自己的房間與院子，從今天起，她就不再是這裡的主人了。

小石頭揹著丹年走到了大門口，丹年又偷偷看向大門，這一看就噗哧一聲笑了。大門根本沒有門上，只是虛掩著，門外的人用手輕輕一推便開了。

碧瑤和小雪賊賊地笑著，朝門外問道：「門外是誰？」

唐安恭的聲音傳了過來，中氣十足。「來娶妳們家小姐的！」

碧瑤和小雪對視了一眼，碧瑤高聲問道：「不知是何方君子，何處英才？」

門外的唐安恭笑著答道：「我家公子京城人士，進士出身，選得公侯，故至高門。」

小雪又高聲喊道：「公子來此，可有問路名帖？」

話音一落，門縫裡馬上塞進兩封紅包。

小雪接過紅包，正要去開門，卻被丹年輕輕叫住了，招手要她過去。丹年在小雪耳邊小聲說了幾句話，聽得小雪眉開眼笑。

一旁的沈立言和李慧娘不禁笑了起來，丹年這孩子，當了新娘，還不忘在婚禮上刁難新郎。

小雪笑嘻嘻地跑到門前，高聲喊道：「我家小姐說了，對得上詩就讓你們進門；對不上詩，那就不好意思了，還請打道回府！」

「唉，怎麼這樣?!」當伴郎的唐安恭急了，要他來對詩，蘇允軒就甭想把人娶回家了。

看著蘇允軒瞥過來的目光，唐安恭硬著頭皮也得上。「爾等女子，還能難倒我不成？」

小雪輕哼一聲，撇了撇嘴。竟敢瞧不起女子，她的小姐可是有才得很呢！

小雪高聲說道：「小姐問什麼，可要聽好了！第一不見最好，免得神魂顛倒；第二不熟最好，免得相思縈繞。」

門外的唐安恭抓耳撓腮，嘟囔著。「這算什麼詩，我哪會對什麼詩啊……」

站在花轎前的蘇允軒笑了起來，這還真是丹年的風格，要便要全部，得不到便一分都不要，做事與處理感情，都是那麼俐落決絕。

蘇允軒抬腳走上前去，走到大門前站定，目光似乎能透過朱紅大門看到裡面。他的丹年必定在捂嘴壞笑，想看他對不出詩來的傻樣。

蘇允軒清了清嗓子，吹嗩吶的人都停了下來，圍觀的人也屏住呼吸看向他。這些任務一般都由伴郎解決，新郎親自上陣對這麼古怪的詩，他們還是第一次看到。

「見與不見，神魂顛倒；熟與不熟，相思縈繞。既已結親，便是百年之好，只願一心人，白首偕老。」

聽完蘇允軒的話，丹年笑著低下了頭。蘇允軒這是正大光明地保證自己不會納妾啊！

小雪聽不太懂這是什麼意思，不過看周圍人的表情，也知道對新郎的答案十分滿意，當下便高興地嚷道：「答得不好，不給開！」

唐安恭知道最後一項任務來了，當下一腳踢開門，嘿嘿笑道：「那只有硬闖搶新娘了！」扮演強搶民女的惡霸，才是資深紈袴子弟唐安恭最拿手的活。

門一開，蘇允軒便恭恭敬敬地朝沈立言和李慧娘磕頭行禮，說道：「岳父大人、岳母大人，小婿蘇允軒保證，婚後一定好好照顧丹年，保證她此生幸福安康。」

沈立言趕緊伸手扶起蘇允軒，李慧娘則抹著眼淚說道：「好孩子，快起來，只要你們能過得好，我們就放心了！」

新郎叩拜完畢，迎親的鞭炮便放了起來，丹年在震天的鞭炮和嗩吶聲中，坐上了花轎。

蘇允軒一身大紅喜服，騎著高頭人馬帶領花轎前進，而小石頭則帶人抬著丹年的嫁妝，跟在花轎後面。

丹年知道沈鈺送來的嫁妝足足有一百多擔，再加上蘇允軒送來的彩禮，沈立言與李慧娘都不肯留下來，又夾在嫁妝裡給了他們。原先只在電視上看到過，十里紅妝送嫁，如今這一幕竟真實地發生在她身上。

二十年如同夢一般眨眼就過去了，正當丹年沈浸在自己的思緒之中時，陪蘇允軒來迎親的唐安恭叫了起來。「表弟，咱們是不是走錯了？」

蘇允軒海波不驚的聲音傳了過來。「怎麼走錯了？」

唐安恭急了，結結巴巴地說：「不是應該去明國公府嗎？你這走的是去尚書府的方向啊！」

蘇允軒看著焦急的唐安恭，微微笑了起來，說道：「不錯，我們就是要去尚書府。」

唐安恭看著蘇允軒的笑容，心裡發毛，這個表弟對著他笑，肯定沒好事！

奈何天大地大，新郎最大，人家又是明國公，日後自己還得仰仗這個表弟在京城裡橫行霸道……喔不，是好好生活，只得恭敬不如從命了。

唐安恭悄悄叫過隨行的小廝，讓他先去明國公府向蘇晉田報信。

丹年則是嘴角微揚，蘇允軒果然沒有讓她失望！

等一行人吹吹打打到了尚書府，留守的管家嚇了一跳，連聲問道：「少爺，不是說在明國公府行禮嗎？老爺和夫人還在那裡呢！」

蘇允軒翻身下馬，不在意地說道：「我先帶我夫人拜祭一下娘。」

管家頓時苦著臉勸道：「少爺，這事還是同老爺說一下吧！這、這不妥啊！」

蘇允軒皺著眉頭，盯著管家問道：「有何不妥？」

管家不禁語塞，看了看跟在後面的唐安恭，表情寫著——表少爺，您怎麼就任由少爺這麼胡鬧呢?!

唐安恭接收到管家的眼神，十分委屈，他哪裡管得了蘇允軒啊！

丫鬟在祠堂放上了墊子，蘇允軒接過管家手中遞過來的香，分給丹年三炷，拉著丹年在劉玉娘的牌位前恭恭敬敬地跪下，說道：「娘，兒子帶媳婦來拜見您了！」

蘇允軒一說完，舉著香磕了三個頭，丹年怕紅蓋頭掉落不吉利，不敢磕頭，只彎腰示意了一下。

丹年在心中默默對劉玉娘說道：「母親，我過得很好，蘇允軒是個好人，您不用掛心。」

祭拜劉玉娘一事是丹年昨日捎信給蘇允軒提出請求的，蘇允軒也同意，於情於理，他和蘇晉田都欠了劉玉娘太多。

此時蘇晉田和蘇夫人從明國公府趕了過來，正好碰上這對從祠堂出來的新婚夫婦。

蘇晉田咳了一聲，剛要說些什麼，就聽到丹年用甜甜的聲音說道：「媳婦想到母親去得早，定然放心不下我們，我們才來告知母親一聲，好讓她九泉之下放心，您說是不是啊，爹！」

一聲「爹」叫得蘇晉田毛骨悚然，他深吸了一口氣，忍氣吞聲道：「拜祭完了，我們還是回明國公府吧，耽誤了吉時可就不好了！」

丹年不與他爭辯，蘇允軒淡淡看了蘇晉田和蘇夫人一眼，牽著丹年重新上了花轎，折騰了這麼一個來回，才又前往明國公府。

蘇夫人差點沒氣暈，然而看到蘇晉田都沒吭聲，自然不敢多說什麼。

到了明國公府，蘇允軒牽著丹年走進了大廳，還沒等司儀宣布儀式開始，金慎就一臉嚴肅地走了進來，說是聖旨到。

丹年紅蓋頭下的臉龐一下子刷白了，今天是她人生中最重要的日子，倘若齊衍修來搞破壞，她就算要被千刀萬剮，也不讓齊衍修日後好過！

蘇允軒似乎察覺到丹年的緊張，緊緊握住了她的手。齊衍修來宣旨的事情他知道，那只是兩人約定內容中的一項。

金慎看著跪了一地的人，嘆了口氣，神色複雜地宣讀了聖旨。沈丹年嫁給明國公，自然要有個能配得上明國公夫人的身分，因此皇上封她為二品誥命夫人，見到皇后可以只行禮不下跪。

看著一身大紅喜服、蓋著紅蓋頭的丹年，金慎百感交集。他對沈丹年一點好感都沒有，自家主子對她用情那麼深，她不但不珍惜，反而無視主子，另覓了男人。對於金慎而言，世界上最完美的男人便是齊衍修，沈丹年只是個不識好歹的女人罷了。

丹年萬萬沒想到這是封賞的旨意，她之前也想過成親後皇上對自己會有品級上的賜封，可沒料到是在大婚當日。

金慎唸完旨意，臉上堆起假笑說道：「恭喜國公爺和夫人，封賞的文書和命婦朝服、翎帶，等進宮拜見皇上時一併發放。」

待金慎大搖大擺地離去，婚禮才得以繼續進行。

蘇允軒到底是皇家子孫，按規矩夫婦兩個拜完天地後，只是向蘇晉田和蘇夫人拜了一下，並沒有向他們下跪，這也是當初蘇允軒對丹年的承諾。

司儀小心地端著一個瓠瓜到蘇晉田面前，蘇晉田心裡憋著火，面無表情地揮刀將瓜剖成兩半，蘇允軒和丹年一人各拿了半邊瓜，司儀再往瓜內斟酒，等蘇允軒和丹年喝下，儀式便算結束了。

司儀擦著汗，高喊著。「禮成，送入洞房！」

蘇允軒拉著丹年，在管事媳婦的帶領下，前去早已準備好的新房。丹年在聽到「洞房」時，一張臉便不爭氣地紅了，幸好被紅蓋頭蓋著，沒人看到。

等進了房間，丹年被喜娘扶著坐在床上，在眾人的期盼中，蘇允軒拿著喜秤，挑開丹年的紅蓋頭。

只一眼，丹年就看到房間裡站滿了人，大夥兒全屏著呼吸看著她，當下便羞得微微低下了頭。

眾人雖然對「鬧洞房」一事躍躍欲試，但蘇允軒擺了一張冷臉，沒人敢放肆，就怕被明國公大人秋後算帳。

喜娘和一堆婆子眼看場子冷了，連忙打圓場笑道：「新娘長得真是俊俏，新郎也是一表人才，真是天作之合！」

丹年斜睨了蘇允軒一眼，看他聽了這話，一副想笑又竭力維持冷面的模樣，忍不住噗哧笑出聲來。

此時一個婆子端著一碗麵過來了，她用大紅的喜筷挑起一根麵條，讓丹年小心地含在嘴裡。麵剛進嘴，丹年就覺得鹹得她舌頭都要麻掉了，婆子又讓蘇允軒從麵條另一頭開始吃起，直到兩人將一根麵條吃完，嘴唇碰到一起為止。

唐安恭的大兒子已經兩歲了，他從人群裡鑽進來，撲到唐安恭懷裡，正好看到這一幕，小孩子什麼都不懂，便開心地拍手大叫道：「親嘴嘍，小表舅和小表嬸親嘴嘍！」

稚嫩的童言童語把所有人都逗笑了，丹年和蘇允軒的臉則是瞬間紅得像煮熟的蝦子一般，氣氛也熱鬧了起來。

送麵的婆子笑咪咪地看著蘇允軒和丹年，朝丹年問道：「鹹不鹹？」

丹年紅著臉點點頭，說道：「鹹！」

婆子滿意地笑道：「新娘很賢慧！」

丹年這才明白原來是「鹹」的發音等同於「賢」這個風俗，只是那口麵條可真是鹹，不知道小小的一碗麵放了多少鹽進去！

等鬧騰的人好不容易出去了，房間才安靜下來。丹年看著坐在自己身邊的蘇允軒，臉上發燙，卻又不知該說什麼才好。

蘇允軒一時之間也手足無措，想起唐安恭臨走前要他快點出去，前院還有一堆客人等他這個新郎敬酒，便俯身親了親丹年，附在丹年耳邊說道：「我去敬酒了，妳在這裡等我。」

丹年紅著臉點了點頭，乖乖地坐在床上。

第九十二章　新婚燕爾

直到夜幕降臨之時，蘇允軒都沒回來。

碧瑤輕手輕腳地推門走了進來，點上房間裡的龍鳳喜燭，輕聲笑道：「小姐等急了吧？沒想到客人這麼多，中午吃酒席的走了，下午又來了一批，我瞧姑爺一臉不耐煩，卻還是不斷有人過來道賀，可又不能趕人家走。」

想到蘇允軒被眾人灌酒，丹年心裡就不舒服，她朝碧瑤招了招手，說道：「妳要小石頭和唐安恭多看著點，別讓他喝太多酒！」

碧瑤笑得別有深意，打趣道：「『他』是誰啊？我不知道！」

丹年臉脹得通紅，可頭上又戴了一堆亂七八糟的首飾，動作不敢太大，只伸手拍了碧瑤一下，笑道：「敢取笑我了？看我讓小石頭好好收拾妳！」

碧瑤賊賊一笑，便退出房間去了。

丹年原以為入夜後蘇允軒才會來，沒想碧瑤才出去沒多久，蘇允軒便推門進來了。

丹年看著蘇允軒朝她愈走愈近，沒由來地一陣慌亂，低下頭小聲說道：「你怎麼這麼快就過來了？」

蘇允軒看著害羞的丹年，心神一陣蕩漾，他挨著丹年坐了下來，摟著她說道：「娘子不是想念為夫了嗎？還特地要人來告知。」

丹年紅著臉，定是碧瑤添油加醋亂說話，她不禁小聲嘟囔道：「誰想你了！」看樣子蘇允軒喝了不少酒，雙頰通紅，身上也泛著酒氣。

蘇允軒捧著丹年的臉，感嘆道：「年年，我可真不敢相信，我們已經成親了。」

丹年回抱蘇允軒，將頭埋在他胸前，一想到以後這個男人就是她的天、她的地，丹年就微微笑了起來。

她坐直了身體，拉著蘇允軒的手，盯著他的眼睛，鄭重地說道：「蘇允軒，你願意娶沈丹年為妻嗎？無論她將來是富有還是貧窮，無論她將來身體健康與否，你都願意永遠和她在一起嗎？」

蘇允軒微微有些吃驚，但丹年一向不按常理出牌，便回握住她的手，慎重地說道：「我願意！」

丹年高興地點了點頭。她始終存在現代人的思維，在她看來，夫妻應當相互扶持，妻子並不是依附於丈夫的附屬品。

守在門外等候兩人熄燈上床的唐安恭等得心焦不已。三月的夜裡，夜寒露重，他都守在窗外半天了，還不見有什麼動靜，只聽到窸窸窣窣的說話聲。

他那個一臉冰塊的表弟該不會是不行吧?!唐安恭突然想到這個嚴重的問題，頓時覺得頭頂一陣電閃雷鳴。這麼說也是，這麼多年來，他都沒聽過蘇允軒近過女色，男人第一次，經常有「不行」的。

絕對不能讓沈丹年那個潑辣女人小瞧了！唐安恭焦急地趴在窗臺上，想再往裡面看，就聽見蘇允軒的聲音冷冷地傳了過來。「誰在外面不走，明天一律扒光了衣服掛在城門口！」

唐安恭心裡暗叫不好，他已經很小心地不發出聲音，卻還是被發現了。等他訕訕然站起身準備走人時，卻發現門口兩旁還躲著鐵丫和林管事，他們也笑得一臉尷尬。

三人打了個照面，心照不宣地乾笑了兩下，各自離去了。蘇允軒冷名在外，說得出做得到，誰也不敢在這個時候惹他不痛快。

丹年不安地推開湊過來的蘇允軒，心中如小鹿亂撞一般，她紅著臉小聲說道：「外面說不定還有人呢！」

蘇允軒微微一笑，說道：「沒有人敢在外面偷聽了。」

丹年不相信，訥訥地說：「要不你出去看看？」

蘇允軒看著丹年從臉龐紅到脖子，尤其是耳邊那兩粒飽滿的耳垂，紅豔豔的，似乎能滴出血來。他慢慢貼近丹年的臉，輕笑道：「年年，妳害怕了？」

丹年被說中心事，臉更紅了，她輕輕哼了一聲，扭過頭去不再理他。

蘇允軒滿心歡喜地看著丹年，他湊上前去親了親她的臉頰，開始為她摘下頭上的首飾。

沒多久，丹年一頭黑髮便傾瀉下來，蘇允軒輕輕吻了吻丹年的嘴唇，如同捧著珍寶一般，隨即輕輕將她放倒在床上。

丹年原本閉著眼睛，忽然覺得身下有東西硌到自己，伸手一摸，睜開眼一看，驚奇地說道：「怎麼有桂圓和棗子？」

她坐起身，將被子下面摸了一番，瞪大眼睛說道：「唔，還有花生和蓮子。」

蘇允軒微微一笑，輕聲道：「娘子，莫非沒聽說過『早生貴子』？」

丹年一聽，便低頭抿嘴笑了，好像是有這麼回事。

蘇允軒讓丹年坐到床邊上，自己則大手一揮，把床鋪上的桂圓、棗子、花生和蓮子全都掃到地上，重新將丹年放倒，將身子撐在她上方。

丹年心中頗為忐忑，這不對吧，衣服都還沒脫呢？蘇允軒該不會是沒經驗，不懂怎麼做吧，她是不是該主動一點？

不過，丹年想要教蘇允軒該怎麼做的想法終究沒能實施，蘇允軒以實際行動告訴她，除了找不到地方費了些時間，他其實是個非常聰明、努力的學生。

別問丹年總共有幾次，因為她實在記不得了，折騰到大半夜，她迷迷糊糊睡去時，蘇允軒還埋首在她的臉龐，細細啃著她的脖子，酥麻撩人。

第二天早上，天色放亮時，蘇允軒睜開眼睛，就看到在他懷裡睡得如同小豬一般的丹年，他親了親她的嘴角，說道：「年年，快起來，等會兒還要去向爹娘敬茶。」

丹年勉強睜開眼睛，試著活動一下腿和腳，卻覺得如同被大卡車輾過一般，痠痛難耐。

任憑蘇允軒怎麼親、怎麼摸，丹年都不肯起來，而是嘟起嘴抱著被子，翻身到另一邊，背對蘇允軒。蘇允軒看著丹年露在被子外的腿和背，心頭一把火又燒了起來，重重地親了親丹年的背，拉著她坐了起來。

丹年不情不願地起床，在蘇允軒的幫助下穿好了衣服，一臉恨意地看著蘇允軒這個罪魁禍首。他起床後神清氣爽，自己倒像是幹了一夜重活似的，太不公平了！

在去尚書府的馬車上，丹年還止不住地打瞌睡，蘇允軒摟著丹年，臉頰輕輕地在她臉上蹭了兩下，揶揄道：「都怪為夫昨兒晚上太努力，累壞夫人了，以後還得繼續辛苦夫人貼身伺候為夫。」

丹年的臉瞬間紅了個徹底，猛然從蘇允軒懷裡坐了起來，頭一下子撞到蘇允軒的下巴，疼得他的俊臉扭成一團抹布似的。

「胡說八道什麼！」丹年害臊地罵道。

蘇允軒斜眼看著丹年，輕描淡寫地說：「喔？難道為夫記錯了，昨晚夫人不也很舒服嗎？聲音就像吃飽了的貓一樣！」

丹年捂著臉呻吟了一聲，她原本以為蘇允軒是個禁慾系的冰山美少年，成親後才知道，他根本是個慾求不滿的流氓！

蘇府裡，蘇晉田和蘇夫人起了個大早，昨日的婚禮讓他們倆心中都頗不爽快，直到天色大亮，才聽到門房通報說：「少爺和少夫人來了！」

丹年從丫鬟手中接過茶盅，恭恭敬敬遞到蘇晉田面前，喊道：「爹，請用茶！」

蘇晉田一聽到丹年叫他「爹」，他就心驚肉跳，彷彿是冤魂索命一般，聲音聽來雖然親熱，可細細品味起來，實際上是咬牙切齒。

他面帶菜色地接過茶，抿了一口便放下茶盅，咳了一聲說道：「既然已經結為夫妻，要謹記出嫁從夫，萬事以夫君為主。」

丹年笑咪咪地拜了一拜，說道：「爹說得是。」

看到她這樣，蘇晉田心頭又是一驚。現在他心裡有疙瘩，怎麼聽都覺得丹年的話別有深意。

蘇允軒陪丹年一起拜過蘇晉田，看起來很是恭敬。他對蘇晉田的感情很複雜，既厭惡他利用自己往權勢的道路上爬，又感動他精心教養了自己這麼多年。

至於蘇夫人，因為蘇晉田之前警告過她，因此即便她心裡不爽快，還是老老實實接過丹年奉給她的茶。

蘇晉田大手一揮，吩咐道：「上早膳！」

丹年眨著眼睛看著蘇晉田和蘇夫人，這步驟不對吧，新婦敬茶可是有紅包拿的！

蘇晉田被丹年那似乎是欠了她一千兩銀子的表情給嚇到了，這才恍然大悟，他只顧著生氣，居然忘了紅包這回事。

丹年一副「不給錢便不甘休」的架勢。開什麼玩笑，她都不顧顏面乖乖地向這兩人敬茶了，沒點報酬怎麼行！

想到一旁還有下人看著，蘇夫人一咬牙，從手腕上褪下一對翡翠鐲子，綠得如同湖水般澄澈，是上品無誤。

丹年眼睛又轉向蘇晉田，蘇晉田便從腰間取下一個玉蟬，微笑著遞給了丹年。

通體雪白的玉蟬栩栩如生，彷彿馬上就會振翅高飛一般，既然是戶部尚書蘇晉田大人掛在身上的，應該不是什麼便宜貨。

丹年盈盈一笑，將東西統統笑納，再裝出一副「受之有愧」的感動表情，說道：「多謝爹娘了，爹娘如此破費，丹年實在心中有愧啊！」

蘇晉田和蘇夫人不禁在心裡齊聲大罵，妳有愧個鬼！

晚上蘇允軒一上床，手就開始不老實了，丹年義正辭嚴地告訴他，她昨晚「很受傷」，今晚要休息。開玩笑，要是傳出明國公夫人夜裡縱慾過度，白天起不了床，她爹娘的臉往哪兒擱啊！

蘇允軒雖有不滿，但還是老老實實抱著丹年睡下，安慰自己過了今天就好了。可恨的是，丹年總是有意無意地摩擦到他的身體，每次都讓他有噴血的衝動。蘇允軒恨恨地想，丹年一定是故意的，報復，這是報復啊！

早上天還沒亮，丹年便醒了，一想到能見爹娘了，便高興得睡不著。

丹年翻來覆去睡不著，把蘇允軒也弄醒了，他抓住丹年的手就往下面放去，眼神迷離地看著丹年，聲音也充滿了誘惑。「好年年，妳摸摸，我難受……」

丹年只碰一下便縮了回去，臉紅耳赤地小聲說道：「都要天亮了，你做什麼？」

蘇允軒卻不依不饒地拽著丹年的手，俊臉上布滿了紅暈，看得丹年心跳加速。「好年年，妳就摸摸，我難受……」

務。

最後，丹年紅著臉，在蘇允軒的指導下，用「五姑娘」完成了一項讓蘇允軒開心的任務。

到了將軍府門口，沈立言和李慧娘早就在那裡等候了，丹年正要撲上去，突然停頓了一下，換用左手去拉李慧娘。

蘇允軒俊臉微紅，不自然地咳了一下。

丹年恨恨地瞪著蘇允軒，右手「服務」過他，再怎麼洗，她也不願意用這隻手拉李慧娘了。

吃過中飯，李慧娘把丹年帶到房間，偷偷問她。「允軒對妳可好？」

丹年紅著臉點了點頭。「挺好的。」

李慧娘看著丹年羞澀的樣子，便滿意地笑了，她拍了拍丹年的手，說道：「現在府上只有妳和允軒，倒還好，等到將來……」

丹年自然知道李慧娘想說什麼，她輕聲笑道：「娘放心，不會有這個將來的。」

李慧娘語重心長地說道：「娘也不希望有這個『將來』，只是先跟妳說明白，好有個心理準備。」

看到丹年若有所思的模樣，李慧娘嘆了口氣，繼續說道：「若真有那個時候，妳想開一些便是了，像妳爹這樣的能有幾個？」

丹年回過神來，若真有那個時候，蘇允軒要娶別的女人，背叛他們之間的誓言，她又何必委曲求全？世界那麼大、風景那麼美，她可以去遊歷天下，寫一本流傳千古的遊記，就像徐霞客一般！

「娘這是在炫耀吧，大昭最好的男人被娘給搶了！」丹年笑道。

李慧娘臉蛋頓時刷紅，她嗔怪道：「這孩子，居然取笑起娘來了！」

丹年從將軍府離開時，並沒有太多不捨，反正就隔兩條街，想回娘家就回，比起以前，就是離爹娘的距離遠了那麼一點點而已。她現在有了和自己心意相通的夫君，以後還會有自己的孩子，日子會愈來愈好的，丹年十分肯定這一點。

「年年，明日我帶妳去個地方可好？」在回明國公府的馬車上，蘇允軒笑道：「那個地方，我一直很想再去一次。」

丹年奇怪地問道：「什麼地方讓你這麼懷念？」

蘇允軒可千萬別和齊衍修那腦子抽風的人一樣，整出一個苦大仇深的「故居」讓她參觀，除了緬懷一下童年，還要提醒自己「革命尚未成功，仇人沒完全幹掉，仍然需要繼續努力」。

蘇允軒一看丹年的眼神，就知道她想歪了，他親了親丹年的嘴唇，笑道：「去了就知道了。」

隔天一早，丹年梳洗完畢，蘇允軒早就穿好衣服在一旁等她。託蘇允軒的冷面威風，丫鬟們徹底怕了他，沒有吩咐，沒人敢進他們的房門半步。

他們兩個剛準備出門，就聽到林管事慌忙來報，說是宮裡有聖旨下來。

丹年和蘇允軒對視一眼，心頭一緊，趕緊去了前院。這次來宣旨的，是個陌生小太監，還有一個五十歲上下的嬤嬤，她穿著宮裝，一臉嚴肅。

小太監眉開眼笑地恭喜他們新婚愉快，又說了一堆祝賀的話。

丹年覺得頗為詭異，非常不合時宜地想起前世讀過的兩句歪詩：問君能有幾多愁，恰似一群太監上青樓。

想到這裡，她盯著那粉嫩的小太監，笑得一臉燦爛，小太監心裡落了一地的雞皮疙瘩，終於不再恭賀，把話題轉到正事上。

一旁那位嬤嬤姓湯，在宮裡做了三十多年的女官，熟知大小規矩。

後日丹年便要和蘇允軒進宮拜見皇上和皇后，皇上特別下令這位資深老嬤嬤來指點丹年。

等他們出去之後，蘇允軒與丹年就上了馬車。

蘇允軒摟著丹年，神色頗有些不愉，吃味般嘆道：「他居然送管事嬤嬤給我娘子，那湯嬤嬤服侍了三朝皇上，名聲很是不錯呢。」

丹年沒想到齊衍修會為她這麼做，看到蘇允軒不痛快，便主動親了親蘇允軒的嘴角，笑道：「他從小在宮中長大，見慣了女人之間的勾心鬥角，在這方面心思活泛一些，也不難理解。」

蘇允軒心頭沈甸甸的，原以為成親後便萬事大吉，再也沒有人敢肖想他的妻子，可才沒幾天，齊衍修便送上一個活人當人禮。

換成任何一個男人，面對曾經想弄死自己好娶自己的老婆，到現在木已成舟卻還不罷休的人，任誰都不痛快。

丹年也在思考，心中對齊衍修有種說不上來的感覺。要說恨他，可他對自己確實好，又幫過自己很多次；可要說對他有好感，卻又萬萬不可能。丹年嘆了口氣，深深覺得這一切真的讓她很糾結。

馬車疾馳了一個時辰才停下來，丹年下車一看，驚訝地說道：「這不是你帶我來過的……」

蘇允軒揚手讓馬車車伕先走，他笑道：「我知道妳喜歡這個地方，便又重新修葺了一下。」

丹年笑道：「那豈不是強占了你手下的房子？」

蘇允軒牽著丹年的手往院子裡走去，霸道又無理地說：「另給他一處宅子做補償就是了！」

丹年反拉著蘇允軒往河邊走去，笑道：「先去看桃花！」

果然，河邊的桃花開得正豔，如同去年來時那般，粉白的花瓣紛紛落到河面上，順著碧綠的河水流向遠方。

「真是好看！」丹年喃喃道，隨即奇怪地問道：「這次為何不走水路？」

蘇允軒不好意思地答道：「本來要走水路，卻因為湯嬤嬤而耽擱了，只能走陸路。」

丹年眨了眨眼睛，說道：「當時你可是帶我走水路啊！」

蘇允軒臉上揚起一抹緋紅，不好意思地說道：「咳，那是想帶妳多看看美景嘛！」

無論如何蘇允軒都不會承認，當初明明在逃命，他卻為了想和佳人同享遊河的悠閒時光，順便多跟她相處一下，才選擇水路的。

院子裡的菜園已經被夷平，搭起了一個葡萄架，看起來鬱鬱蔥蔥，只是現在還是春天，肯定沒有葡萄。葡萄架下擺了一張竹編的躺椅，閒來無事躺上去休憩，也很不錯。

蘇允軒關上院子的門，微微得意地說道：「不知娘子可還滿意？」

丹年笑咪咪地點了點頭，四下無人，再也不用像在明國公府那般拘束了。她歡快地撲到蘇允軒的懷中，開心地親了親他的嘴角，笑道：「我很喜歡！」

蘇允軒卻不肯這般淺淺一吻了事，他用力抱住丹年，湊上去狠狠親了起來。丹年被吻得有些喘不過氣，拍著蘇允軒的肩頭，要他放開她。

蘇允軒自然不願意，他一把抓住丹年的手，吻了個盡興。

丹年好不容易才掙脫他的「狼口」，氣息不穩地說道：「大白天的，你發什麼瘋……」

蘇允軒抱著丹年，指了指葡萄架下的竹椅，笑道：「年年，不如我們就在那躺椅上……」

丹年頓時覺得渾身的血液都往臉上湧去，如同燒過的木炭般，只要潑一勺水上去，就會冒出白煙。她的頭搖得像波浪鼓一般，低聲說道：「你瞎說什麼，大白天的，要是讓人看到了……」

蘇允軒拉著丹年，不讓她走。「年年，不會有人看到的，唯一的路口有人守著。」見丹年不說話，蘇允軒就當丹年默許，拉著她就往躺椅走過去。丹年低著頭，磨磨蹭蹭地走在後面，誰再敢說蘇允軒是嚴守封建禮教的士大夫，她就跟誰翻臉！

春日的暖風拂過院子，吹到人的臉上，細膩又繾綣，如同情人溫柔的手撫摸一般，讓人心癢難耐。

丹年衣裙散亂、臉頰潮紅，她坐在蘇允軒身上，手撐在他的胸膛；蘇允軒則是背靠著躺椅，一雙有力的手握住丹年纖細的腰身，眼神迷離地看著她，低聲說道：「年年，妳是我的。」

桃花花瓣隨著春風頑皮地飛舞著，有那麼一、兩片飛到丹年粉豔的臉龐和唇上，藉著丹年臉上的薄汗，貼在她臉上不肯下來。

下午兩人手拉手沿著河岸走了一圈，丹年走在桃花雨中，很想一輩子都留在這裡不回京城。京城有太多她不喜歡的人和事，而這裡卻是世外桃源。

只可惜，時間一到還是得回去。到了傍晚，便有馬車駛了過來，接他們回京。

馬車上，蘇允軒看著對舊地戀戀不捨的丹年，伸手一攬，將她摟進懷裡，壞笑道：「這地方不錯，以後要常來。」

丹年不禁紅著臉，低下了頭。

第九十三章　悄然有喜

回到明國公府，天色已經轉黑了，吃過飯後，蘇允軒與林管事去了書房，丹年剛準備攤開紙練字，就聽見丫鬟通報說：「湯嬤嬤求見夫人。」

丹年這才想起府裡來了個嬤嬤，一想到明天要去覲見皇上和皇后，便准湯嬤嬤進來，她還有些禮儀上的問題要請教她。

湯嬤嬤進來後，丹年客氣地笑道：「湯嬤嬤請坐。」

湯嬤嬤也不推辭，就著繡墩坐上去，然而她的身體卻微微前傾，一副恭敬的模樣。

丹年也不多跟她廢話，直接問道：「湯嬤嬤，明日我便要隨國公爺進宮拜見皇上和皇后娘娘了，不知道有什麼禮儀需要注意的。」

湯嬤嬤思忖了下，說道：「夫人之前也進宮拜見過皇后娘娘吧？」

丹年點頭道：「確實，不過那都是在過年時隨很多人一同拜見，並沒有單獨見過皇后娘娘。」

湯嬤嬤已經了解丹年知道最基本的禮儀，便說道：「夫人大可放心，按平常的禮儀拜見即可，這次只是親戚見見面，沒那麼多講究。」

丹年聽湯嬤嬤這麼說，便放下了心。既然齊衍修派來指點禮儀的人都這麼說了，要是出了什麼差錯，也是齊衍修的錯。

想到這裡，丹年和顏悅色地對湯嬤嬤說道：「那我就聽嬤嬤的了，嬤嬤在府裡可還習慣？有什麼短缺的，儘管和林管事說，或是同我說，就當在自己家裡，千萬不要客氣。」

湯嬤嬤低頭笑了笑，起身行了個禮，說道：「老身什麼都不缺，能為夫人辦事是榮耀，夫人不嫌棄老身沒用就好。」

丹年也不喜歡太過虛偽客套，見沒什麼事，便讓湯嬤嬤下去了。

她與蘇允軒怕耽誤了明早進宮的行程，早早就睡下了。

約莫二更天時，蘇允軒就起床了，丹年迷迷糊糊地問道：「怎麼這麼早？」

蘇允軒怕驚擾了丹年，含糊地說道：「我先去上朝，等回來再接妳一同進宮。」

丹年一聽「進宮」兩個字便醒了大半，直接揉了揉眼睛坐起身來，由於蘇允軒已經喚了丫鬟端水進來，丹年就披著外袍幫蘇允軒穿好了朝服。大紅蟒袍外加黑紗尖翅官帽，襯得蘇允軒的面容越發俊朗，丹年滿心歡喜地看著他，心想這個男人可是她一個人的！

蘇允軒臨走時，丹年撲過去在他唇上結結實實親了一口，讓蘇允軒坐到馬車上時都是一臉回味無窮的笑容，嚇壞了趕車的林管事，還以為自家少爺一大早就中了邪。

蘇允軒一離開，被窩就涼了，趕過來伺候的湯嬤嬤看丹年一臉沒睡醒的樣子，說道：「夫人不如再躺一會兒，離國公爺下朝還早。」

丹年搖了搖頭，說道：「不睡，睡不著了。」說著便要丫鬟端了水進來。

丹年洗漱完畢後，坐在那裡由湯嬤嬤幫她梳頭，畢竟是入宮面聖，自然是要梳個穩妥的髮型。

湯嬤嬤梳好了頭，退開一步打量了一番，便開始為丹年上妝。

丹年瞧著鏡子裡的自己，妝容精緻，一頭長髮全盤到了腦後。三支樣式簡單的金釵，莊重又不繁瑣，瞬間搖身一變成為一個貴婦。丹年滿意地點了點頭，這個湯嬤嬤手藝不錯。

等了一會兒，蘇允軒才下朝，兩人匆匆忙忙坐馬車去了皇宮。蘇允軒看出丹年有些緊張，握住了她的手，丹年感覺到蘇允軒手中傳來的溫度和力量，忍不住輕輕將頭靠在他的肩膀上。

貴婦打扮是不錯，但做什麼都得小心翼翼的，動作要是再大一點，髮髻就要散了，當貴婦也不輕鬆啊！丹年不痛快地想著。

進宮後的禮儀並沒有丹年想像中複雜，蘇允軒帶著她跪拜坐在上位的皇上和皇后之後，皇上便下令他們起身。接著內務府的官員拿著一本冊子抑揚頓挫地唸了半天，丹年記不清楚他到底說了些什麼，但內容無非就是身為皇室子孫要夫妻和美、開枝散葉，不能丟了皇室的臉之類的。

唸完以後，蘇允軒和丹年再次叩首謝恩，此時便有幾個太監和宮女端著二品誥命夫人的朝服來給丹年。丹年暗暗嘆了口氣，在僵硬的臉上扯出一絲微笑，再次跪拜謝恩。

齊衍修和他的皇后離丹年有十幾步遠，她根本看不清楚他們臉上的表情，只感覺到自始至終都有四道視線看向自己。

等丹年跪拜完起身後，齊衍修發話了，以長兄的身分親切地問候蘇允軒日子過得可還好，大家都是一家人，以後不必客氣等等。

丹年低頭不語，忍不住撇了撇嘴，齊衍修真是太假了，有必要裝成這樣嗎……

皇后的反應就有意思多了，她送給丹年的禮物居然是兩本書，等到太監端著盤子過來時，丹年一眼掃到封皮上的書名，臉色頓時不好看了。這兩本書，一本是《女訓》，一本則是《女誡》。

蘇允軒的臉色也沈了下去，那些都是給未出閣的十來歲千金小姐看的，教導這些大家閨秀未嫁從父、出嫁從夫、夫死從子。

丹年是個成了親的婦人，皇后賞這些東西，莫非是在指責丹年行為不端?!

丹年忍著氣接過了書，低聲說道：「多謝皇后娘娘賜書。」

皇后雖然嬌小，聲音卻頗具威嚴。「蘇夫人，蘇大人到底是我們皇室子孫，身為他的正房夫人，應當是天下女人的表率，婦德方面更應該多多修養。本宮送妳的書，還望妳回去以後好好翻看。」

蘇允軒搶先一步說道：「多謝皇后娘娘。」

丹年低頭不語，她沒得罪過這個皇后吧，可皇后的話卻充滿了敵意。莫非皇后知道皇上對自己說過的話和做過的事情，所以不高興？

丹年心想，人家是一國之母，就算嫉妒得要燒起火來，也不會表現在臉上，但這不代表她不會陰人。今天不就是嗎，硬是讓她吃了個悶虧，一巴掌結結實實打在她臉上。

蘇允軒心中恨得咬牙，齊衍修也頓覺頭皮發麻，不過他實在不想和皇后的娘家鬧翻。趁這個時候，齊衍修大手一揮，宣布覲見完畢，丹年和蘇允軒乘機行禮告辭，退了出去。

丹年上了馬車以後，長長地吐出了一口氣，接著就把手中捏著的兩本書扔到了一邊，什麼《女訓》、《女誡》，她字典裡沒這些東西！

蘇允軒將兩本書撿了起來，隨手丟進車廂的箱籠裡，畢竟是皇后賜的東西，若是弄丟了，多少有點麻煩。

見丹年皺著眉頭，蘇允軒摟著她說道：「年年，今日讓妳受委屈了。」

丹年嘆了口氣，用臉蹭了蹭蘇允軒的手心，說道：「我和皇宮就犯沖，來了沒一次是好事。」

幾年前齊衍修還只是大皇子，沒權沒勢又被白家壓制得死死的，誰能料到他會鹹魚翻身呢？那個時候他當眾向先皇請求賜婚他和丹年，余韶華說不定還在後面看熱鬧，嘲笑丹年倒楣呢！

現在可好，齊衍修變成皇上，余韶華想起之前的事情，便覺得不爽了。丹年嘆了口氣，女人何必為難女人呢，她都已經嫁人了，難不成還會想著齊衍修?!

蘇允軒看著丹年如同小狗一般的行徑，可愛得想讓人摸上兩把，他慢慢地撫摸丹年的臉頰，沈著臉不吭聲。皇后的娘家是齊衍修的一大助力，齊衍修斷不會在這個時候忤了皇后的意思。

只是這筆帳，無論如何要討回來才是！

到了明國公府門口，蘇允軒先讓丹年進府，他還要出去辦些事。丹年目送蘇允軒遠去後才進去，剛一進門，便有股衝動想跑出去看蘇允軒到底走了沒有，如果沒有，就請帶她一塊兒走吧！

因為……蘇夫人來了。

「您怎麼有空來了？」丹年堆起一臉假惺惺的笑，她真沒辦法稱蘇夫人為「母親」。

蘇夫人姿態優雅地坐在花廳裡喝茶，丹年看著容貌美麗依舊的蘇夫人，突然意識到蘇夫人只有三十歲出頭，是風韻俱佳的成熟女人，正是精力旺盛的年紀。

「我沒事就不能來嗎？」蘇夫人沒好氣地說。怎麼，她這個當婆婆的，不能到兒子家裡？

丹年瞇起眼睛看著她不說話，蘇夫人看著丹年凌厲的眼神，有些心虛。

丹年突然笑了起來，慢條斯理地說：「大概往日我們接觸得少吧，您還不知道我是什麼樣的人。

「您可以回去問問父親，我不想見的人，他能不能強迫我見，若他回答能，您就是住這裡我都沒二話；若他回答不能，您年紀大了奔波不得，還是老實待在尚書府吧！」丹年說道。

湯嬤嬤為丹年端來一盞茶，丹年揭開蓋子，聞了聞茶香，放下杯子，對一時之間說不出話來的蘇夫人繼續說道：「今天見了皇后娘娘，娘娘說得可對極了，女人啊，一定要安分守己，不該有的心思千萬不能有，您說是不是啊？」

蘇夫人氣急，厲聲說道：「沐氏，妳父母就是這樣教妳對待婆婆的？沒規矩，沒教養！」

丹年樂了，笑著說：「別賴到我父母頭上啊，您可以去跟父親說我沒父母教養，看看父親是什麼反應。」

蘇夫人冷哼一聲，說道：「難道妳以為老爺格外喜歡妳？」

丹年但笑不語，蘇晉田對她不是格外喜歡，而是格外蛋疼。

「您中午可要留下來吃飯？」丹年牛頭不對馬嘴地答道。

蘇夫人忍著氣說道：「不吃！老爺是要我來通知你們，晚上一家人一起吃飯。」

丹年點了點頭。「我知道了，等允軒回來我會轉告他的，去不去，就看他的決定了。」

臨近中午飯點，蘇允軒才回來，丹年吩咐下人上菜，趁著上菜的空檔，她同蘇允軒說蘇夫人來過，還要他們晚上去蘇府吃飯。

蘇允軒停頓了一下，反問道：「妳可想去？」

丹年皺眉想了想，說道：「還是去一下吧，讓父親好生管束一下她，實在不像話，總想在我面前擺出婆婆的架子，我看她連明國公府的事也想管。」

蘇允軒臉色瞬間變得陰沈，靜靜地點了點頭。

等菜上齊了，丹年問道：「父親怎麼突然要我們回去？」

蘇允軒嘴角彎起一個弧度，笑道：「昨日我壓下他要安排到戶部的一個人，他不高興了。」

丹年默默為蘇允軒盛了碗湯，無非是蘇晉田和蘇夫人覺得蘇允軒現在不聽話，不受掌控，想要奪回主控權。雖然蘇允軒很聰明，然而蘇晉田畢竟在朝廷經營了這麼多年，她有點擔心蘇允軒不是他的對手。

「父親畢竟經營多年，你……」丹年一時之間也不知道該說什麼才好。說重了，怕蘇允軒聽了不高興；說輕了，又覺得表達不出自己的意思。

蘇允軒握住丹年的手，說道：「別擔心，不是妳想的那樣，他只是不甘心棋子不聽話了而已。」

說著，他為丹年挾了菜，笑道：「快吃吧，飯菜都涼了。」

等到晚上，一家人彷彿什麼事都沒發生過一般，其樂融融地吃了頓飯，飯後蘇晉田把蘇允軒叫進了書房，好半晌沒有出來。

等到蘇晉田和蘇允軒出來時，明顯看得出蘇晉田臉上的怒意，注意到丹年審視的目光，蘇晉田瞬間換上了一副慈愛的面龐，笑道：「丹年，允軒待妳可好？」

丹年笑道：「當然好，有父親您做榜樣，允軒待自己的夫人肯定好。」

蘇晉田臉部抽動了半晌，硬是擠出一個笑容，卻無話可說。

過沒兩天，丹年得到了消息，廉清清生下了一個男孩。雖然這胎產期有些延遲，但母子均安。

丹年找出早就買好的長命鎖，去了廉清清家裡。剛出生的小嬰兒皮膚是粉紅色的，還沒脫掉臉上那層絨毛。

丹年微笑著輕聲說：「可真小，我都不敢碰！」

廉清清笑道：「小孩子都是這樣的，等妳生了就知道了，不曉得妳什麼時候有喜訊傳出來啊？」

丹年不禁臉紅。成親以來，蘇允軒晚上都很努力，說不定這個月就懷上了，她也挺想要個孩子呢！

回到家時，丹年忽然覺得不對勁，屏退了人一檢查，才發現原來是自己的小日子來了。

睡覺時丹年滿心不悅，躺在床上背對著蘇允軒生悶氣。

蘇允軒知道丹年那個來了，從背後摟住了她，笑道：「這是怎麼了？誰惹妳了？」

丹年嘆了口氣，轉過身來，悶聲說道：「原以為能懷上的……」

蘇允軒笑了起來，一隻手不老實地滑進了丹年的抹胸裡，說道：「我當是誰欺負妳了，這個月不成，還有下個月啊！」

丹年一巴掌拍掉蘇允軒的手，摟著他精壯的腰身，咕噥道：「別不老實，我肚子痛！」

蘇允軒摸了摸丹年的肚子，皺著眉頭說道：「怎麼這麼涼，我去讓她們弄個暖手爐進來。」

丹年拉住了正要起身的蘇允軒，說道：「哪有那麼嬌貴，天氣都這麼暖了還要暖手爐？你幫我暖暖就行了。」

蘇允軒點點頭，一隻大掌貼在丹年的肚子上緩緩揉著，問道：「要不要找大夫開些藥？」

蘇允軒的手像個小火爐般，讓丹年覺得肚子熱熱的，很舒服，有些迷茫地說道：「不用了，喝點紅糖水就好了。」

就在丹年舒服得快要睡著時，頭頂上傳來了蘇允軒的聲音。「妳今日去秦智家裡了？」

丹年微微頷首，說道：「清清生了個兒子，當初還是我幫忙取了名字，叫元寶。」

蘇允軒笑道：「秦智這下兒女雙全了。」

丹年突然想到一件嚴重的事情，卻裝作不在意的樣子，說道：「清清還問我，要不要把秦智妾室的藥給停了呢。」

蘇允軒眉毛一挑，問道：「那妳怎麼說？」

丹年慢吞吞地說：「我說停什麼藥啊？生出一堆庶子、庶女花妳的錢，還要跟妳的孩子搶父親嗎？」

蘇允軒笑了起來，吻了吻丹年的嘴角，說道：「別人家的事，妳別出歪主意了。」

丹年早就睏了，迷迷糊糊中嘟囔道：「孩子，咱們什麼時候能有啊……」

蘇允軒輕輕撫摸著丹年的後背，剛才丹年一說到妾室的事，他便想起了齊衍修。倘若齊衍修願意放棄皇位，只娶丹年一個，情況會不會就完全不同了？

不過……如果齊衍修能放下一切，恐怕就不是他認識的那個人了。

每逢初一、十五，是李慧娘去三元寺上香的日子，這一次，李慧娘拉著丹年一起去了。

坐在馬車上前往三元寺的途中，丹年只要一想到在這條路上，自己打跑了兩個勒索她的小廝，才給了蘇允軒「登堂入室」的機會，就忍不住一直偷笑。

「別不當一回事！」李慧娘訓斥道：「等會兒好好跟佛祖說，求佛祖保佑，讓妳早點生個孩子！」

丹年悻悻然地說：「急什麼啊，蘇允軒都不急呢！」

「那是妳遇上了一個好相公！」李慧娘伸手點了丹年的額頭，有些高興又有些發愁。

女婿對女兒好，她很開心，可女婿對女兒太好了，百依百順的，都把女兒給養廢了，瞧丹年這萬事不操心的模樣，真是教她犯愁！

丹年嘴上雖然說不急，但到了三元寺，她還是認認真真地向佛祖磕了頭，默默求佛祖保佑她盡快懷上小寶寶。

一晃眼就到了五月，蘇允軒這段日子特別忙，也不知道怎麼回事，丹年長時間看不到他，一顆心直發慌，還老控制不住自己的脾氣。

這天，蘇允軒一直到掌燈時分，才從外面匆匆回來。

丹年在房間中聽到蘇允軒的腳步聲，才驚覺已經這麼晚了。

蘇允軒一進門，就從背後抱住了丹年，丹年的鼻端頓時聞到一陣淡淡的酒氣。

「你喝酒了？」丹年問道。

「嗯，推不掉，就喝了兩杯。味道很重嗎？我在外面轉了半天才敢回來，就是怕妳不高興。」蘇允軒笑道。

「這麼晚回來，吃飯了沒有？」丹年轉身抱住蘇允軒，才安心地鬆了口氣問道。

蘇允軒懷裡溫香軟玉，可憐巴巴地說：「沒有，忙了一天，下午就喝了兩杯酒，又累又餓。」

丹年扯著嘴角看蘇允軒裝可憐，轉頭一口親到他臉上，笑道：「吃飯吧，都等你好久了。」

蘇允軒笑著回吻了過去，心中忍不住感慨，有誰像他一樣下了值就跑回家陪妻子的？他這「懼內」的名聲不是一、兩天了。

從四年前，丹年大著膽子跑到他面前找他要兵、要糧的時候，他一顆心就被丹年掏走了，為了丹年，他沒半個通房，教坊之類的地方也沒去過，被唐安恭嘲笑他是「守身如玉」。

先別說他是否有那個「需要」，或是對這類事情有多大興趣，為了丹年，這點事根本不算什麼。

吃過飯，丹年發現蘇允軒盯著她的肚子一個勁兒地看，忍不住問道：「你在看什麼？」

蘇允軒抬起頭，疑惑地問道：「這個月……妳小日子還沒來啊？」

丹年被蘇允軒一提醒才想起來，結結巴巴地說：「好像晚了三、四天的樣子。」

蘇允軒嘴角翹了起來，他就說嘛，每天這麼努力地耕種，種子怎麼可能不發芽呢！「我明天叫大夫過來看看。」

丹年紅了臉，嗔道：「先別高興得太早，說不定只是晚了兩天。」

她突然想起了什麼，揪著蘇允軒的耳朵說道：「我先告訴你，你要是敢和秦智一樣納妾，我就帶著孩子走人！」

蘇允軒哭笑不得，好聲好氣地哄道：「我保證，絕不會納妾。」他原本只知道女人小日子來之前情緒會不穩定，沒想到懷孕之後可能更不穩定。

丹年長吁了口氣，理智也恢復了不少，問道：「你下午去做什麼了？父親知道嗎？」

蘇允軒含糊地說道：「就是戶部一些事情，不能告訴他。」

丹年看他不願意多說，就猜到這事背著蘇晉田進行，只要是跟蘇晉田作對的，她就舉雙手雙腳贊成，不會多問。

第二天，林管事去了一趟太醫院，請來副醫正王太醫。

在丹年和蘇允軒熱切期待的目光中，王太醫笑著說：「國公爺、夫人，從脈象上來看是喜脈，我開幾個方子，調養一下夫人的身體。」

蘇允軒重謝了王太醫，吩咐林管事送他回去，又要鐵丫去將軍府，把這個好消息帶給李慧娘和沈立言。

他笑逐顏開地跪在地上，不停撫摸著丹年的肚子，整個人呈現癡傻的狀態。現在有個小生命在丹年的腹中成長，只要一想到這個孩子混合了他和丹年的血脈，他就激動不已。

不一會兒，李慧娘和沈立言就過來了，一整個上午，丹年和蘇允軒就在屋裡聽李慧娘絮絮叨叨地說懷孕時要注意些什麼。

沈立言拍拍李慧娘的肩膀，打斷了她的話，笑道：「丹年在明國公府還怕吃不好、喝不好嗎？」

李慧娘這才覺得自己說得有點多了，不好意思地笑了笑。雅拉懷孕時她不在身邊，心中始終有缺憾，現在丹年懷上了，她就高興得什麼都忘了。

到了晚上，蘇允軒摟著丹年，手剛往丹年的裡衣伸進去，丹年就警覺地拍開他的手，說道：「太醫說了，那個……不行的！」

蘇允軒哼道：「我就摸摸，又不做別的。」說著，手又伸到丹年的裡衣中。

丹年紅著臉，任由著他在自己身上摸著。蘇允軒抱著丹年，想到自己這一抱，就相當於一家三口抱在一起，心裡有說不出的甜蜜。

第二天，蘇允軒下朝回來後，拉著丹年問了好一會兒身上有沒有不舒服的地方，確認丹年一切安好後，他就不甚在意地說道：「父親與母親聽說妳懷了身孕，等會兒會過來。」

丹年點了點頭，即便做做樣子，蘇晉田和蘇夫人也要過來探望。

「父親今日心情不好，妳不要和他一般見識，千萬不要生氣，傷了孩子和身體。」蘇允軒說道。

「到底有什麼事啊？」丹年好奇地問道。

蘇允軒笑道：「從今日開始，他這個尚書就是掛名的了，皇上體恤他年紀大，把戶部交給了我。」

蘇晉田不過四十歲出頭，正是年富力強的階段，哪是年紀大了？分明就是想要架空他而已。

丹年皺著眉頭，有些擔心地說：「他在朝廷經營多年，怎麼會甘心就這麼退了？」

蘇允軒搖搖頭，解釋道：「他無計可施，先前為了他自己的好名聲，拚命宣揚他所做的一切都是為了我，現在他若是賴在位置上不交給我，只會落人笑柄。」

丹年微笑著點了點頭。只要蘇允軒沒事，她很樂意看到蘇晉田倒楣！

蘇晉田和蘇夫人到明國公府時，時間已經臨近中午，丹年仔細地吩咐廚房多加了幾道蘇晉田愛吃的菜。

蘇夫人一見到丹年，心中不禁五味雜陳，連丹年都有孕了，她卻沒個一兒半女傍身。

蘇晉田本來一肚子火，面對丹年時卻是訕訕然，他本來就有愧於她，加上她懷孕是件大喜事，心頭怒火再盛，臉上還是得掛著笑。

吃飯時，蘇晉田看桌子上不少是他愛吃的菜色，看著丹年心裡頗為慰藉，到底是自己親生女兒，心裡還是向著自己的。

蘇晉田看著坐在一旁的蘇允軒心裡沒什麼好氣，恨恨的覺得他是頭餵不熟的白眼狼，孩子果然是自己親生的才好。

第九十四章　因果報應

一個多月過去，天氣愈來愈熱，丹年害喜得有些厲害，胃口不太好，白天經常坐在明國公府湖邊的水榭上乘涼，人有些犯懶。

七月初一那天一大早，蘇夫人派身邊的丫鬟送來了信，說七月初一是蘇家女眷集體到法蘭寺為供奉在那裡的祖宗牌位上香的日子。

丹年不知道蘇家還有這種規矩，她是真心不想去，天氣炎熱，別說出行，坐著不動都是一身汗。

況且蘇允軒一大早就出去了，估計他壓根兒不記得有這回事。

丹年叫來了林管事，問道：「我不懂蘇家的規矩，這回上香很重要嗎？」

林管事猶豫了一下，便說道：「女眷進了蘇家的門後，都得向祖宗的牌位上香磕頭。蘇家每年都這樣，若今年少夫人不去，怕大人會拿這件事來說嘴。」

丹年點了點頭，她現在身子不重，只是怕熱才不想去，既然必須去，多帶一些人過去伺候也就行了。

蘇允軒早上出門時帶走了鐵丫，林管事本來要陪丹年一起過去，可丹年一想到家裡沒個靠得住的人，終究不放心，便讓林管事留守，帶著湯嬤嬤去了蘇府。

蘇夫人看到丹年，便端著架子垂著眼睛，掃了她一眼，不鹹不淡地問了句「身體可好」，之後再無其他的話。丹年知道她看自己不順眼，也懶得搭理她。

等到出門時，丹年才知道為何蘇夫人今日心情分外不好。前去上香的蘇家女眷中，除了她和蘇夫人，還有一個捧著肚子的孕婦，蘇夫人咬牙切齒地介紹過後，丹年才知道這是蘇晉田一個小妾，名叫綠瑩。

綠瑩看到丹年，高興得很，丹年也不知道她是不是故意的，才懷孕不到兩個月，一點都沒顯懷，卻總是捧著肚子扶著腰，邁著孕婦的步伐在蘇夫人面前晃來晃去，親熱地拉著丹年的手說話。

丹年清楚地瞧見了，蘇夫人氣得連嘴唇都在微微顫抖。

蘇夫人去更衣之後，綠瑩親暱地拉著丹年笑道：「少夫人，您瞧瞧，這叔侄倆，竟然是侄子比叔叔更大！」說著便捂著嘴笑了起來。

丹年忍不住嘆了口氣。麻雀飛上樹枝，便以為自己是鳳凰了，蘇夫人哪裡是那麼好欺負的，她以為有了孩子，便能拿捏蘇夫人了嗎？

不過她更在意的是，蘇晉田這些年來都沒有自己的親生孩子，如今冷不防冒出一個懷了他孩子的小妾，是不是意味蘇晉田認為蘇允軒已經靠不住，想要自己的孩子了？

蘇允軒消息向來靈通，肯定早就知道了，他應該是擔心她懷孕卻鬧心，所以沒有告訴她。

只不過……這個綠瑩年齡比她還小，笑得漾出一臉幸福的紅暈，再想到蘇晉田是自己的父親，卻對比他女兒還小的綠瑩下手，丹年就噁心得連隔夜飯都要吐出來了。

果然無比期盼自己的親生孩子啊！丹年譏諷地想著，蘇晉田這會兒也不用為了蘇允軒再委屈自己了，在他眼裡，這才是他第一個孩子吧！

「行了行了，妳趕快去收拾一下吧，等會兒就要出發了。」丹年不耐煩地打斷了綠瑩的話。

臨出門時，蘇夫人身邊的丫鬟巧玲朝丹年福了一福，轉而冷著臉對綠瑩說道：「姨娘快些去吧，馬車已經準備好了！」

綠瑩連忙看了丹年一眼，說道：「我和少夫人坐一輛馬車去。」

巧玲沒好氣地說道：「夫人說了，姨娘您現在的身子是府裡最金貴的，容不得閃失，再說，哪有姨娘和少夫人坐一輛馬車的道理？」

綠瑩很不高興，她雖然是姨娘，可也算是蘇府半個主子，居然連個丫鬟都不把她放眼裡，不禁抬高了聲音說道：「妳去告訴她，我就是要和少夫人一起！」

巧玲不屑地撇嘴低聲說道：「不過是會爬男人床的賤人，還真把自己當成主子了！」

綠瑩氣急，一怒之下便伸手要打巧玲。

丹年實在看不下去，喝道：「做什麼！」

綠瑩訕訕然回頭一笑，收回了手。

丹年真是一刻鐘也不想在蘇府待下去了，她實在懶得看這群女人把事情搞得亂七八糟。丹年對巧玲說道：「去告訴夫人，就說我和綠瑩姨娘坐一輛車，我會照顧好她的。」

巧玲縱然有天大的膽子也不敢頂撞丹年，見丹年發了怒，怯怯地應了一聲，便下去了。

蘇府門口，蘇夫人冷冷地看了丹年和綠瑩一眼，便上了第一輛馬車，丹年和綠瑩則帶著湯嬤嬤上了第二輛馬車，正要離開時，車簾卻忽然被掀開了。

丹年瞧清楚了來人，大吃一驚，脫口問道：「您來做什麼？」

蘇晉田看見丹年，尷尬地笑了笑，含糊說道：「丹年，妳也在啊。」他見無人注意，便要上車。

丹年嚇了一跳，媳婦和公公擠一輛馬車算什麼啊！再說，不是女眷去上香嗎，蘇晉田湊什麼熱鬧?!

「慢著！」丹年用手擋住蘇晉田，面色不善地說道：「您到底要做什麼？」

蘇晉田左右看了看，低聲說道：「這不是不放心嗎？」說著指了指綠瑩。「我若不在一邊看著，說不定會發生什麼事！」

丹年又回頭看向綠瑩，一臉的甜蜜和羞澀，直讓她犯噁心，於是便叫過湯嬤嬤，兩人先下馬車，又回頭對蘇晉田說道：「我另外坐車去，您陪著她吧！」

蘇晉田看著丹年，明知對不住她，可在他心中，還是綠瑩肚子裡的孩子最重要，這肯定是個男孩，才是蘇家的子孫，萬一出了什麼事，他還不心疼死！至於丹年……蘇晉田只能用抱歉的眼神看著她。

丹年撇了撇嘴，扶著湯嬤嬤扭過頭去，讓門房又另外去叫一輛馬車。

他的心怎麼就能偏成這樣？回想起來，自己的生母劉玉娘死得真是不值，前腳死，蘇晉田後腳就娶了填房，現在還有小妾幫他生孩子，寶貝得跟眼珠子似的！

丹年甩了甩腦袋，微微嘆了口氣。蘇晉田沒養過她，從來不把她當女兒看，她還能哭喊著痛斥蘇晉田偏心不成?!

等了好一會兒，門房才慌慌張張地跑過來，低頭說道：「真是對不住少夫人，因為您說要和姨娘坐一輛，下人就駕著原先幫您準備的那輛馬車出門採買……實在找不出多餘的馬車了！」

丹年看門房急得腦門上全是汗，不像是說謊，便擺了擺手說道：「那你跑一趟明國公府吧，要林管事把馬車駕過來。」

此時天色忽然漸漸陰沈起來，一副要下雨的模樣，丹年再想到蘇晉田的噁心表現，更不想去上香了。

沒過多久，林管事就駕著馬車趕到了，只不過馬車剛走沒兩步，便下起雨來。夏天的暴雨說來就來，林管事剛把馬車上帶的雨布遮蓋好，雨就跟瓢潑一樣降了下來。

雨來得快，去得也快，不過一刻鐘的工夫，天氣又放晴了，只是地上泥濘得很，馬車根本跑不快。

還不到一半的路程，林管事就停下了馬車，丹年奇怪地問道：「怎麼了？」

林管事遲疑了一下，低聲說道：「少夫人，前方有些不對勁，您坐好，我去瞧瞧。」

丹年撩開車簾看向前方，估計是下雨路滑，一輛馬車翻倒在路邊的溝渠裡，溝渠很深，足足有四、五公尺。然而當丹年仔細一瞧那輛馬車後，眼睛瞬間瞇了起來，那不正是剛才那輛馬車嗎？蘇晉田和綠瑩還在馬車上呢……

一個孕婦從那麼高的地方摔下去，會變成什麼樣子？

丹年渾身一陣發寒，湯嬤嬤也下車朝出事的地方看了看，驚呼一聲，又趕緊上了馬車，抓住丹年的手問道：「夫人，這可如何是好？」

丹年穩定了一下心神，說道：「等林管事回來再說。」

正說著，林管事就飛奔而至，焦急地說道：「少夫人，我瞧老爺不太好的樣子，要不我們先回去，找人過來救他們吧！」

丹年想到自己原本人在那輛馬車上，當下汗毛都豎了起來，半天才找回自己的神智，慌忙吩咐道：「快回去，找人把他們救上來！」

到了蘇府，林管事便把蘇府的小廝和管事都召集了過來，一群人急急忙忙往出事的地點跑。

把人救上來時，已經是午後時分了。

丹年原本想留在尚書府幫忙，可一聽林管事說蘇夫人回來了，便叫過湯嬤嬤和林管事，準備離開。她嚴肅地對蘇府的大管事交代了幾遍，請他一定要請好的大夫，開最好的藥，說完便捂著肚子，皺著眉頭往自家馬車走。

湯嬤嬤一邊扶著丹年，一邊焦急地說道：「夫人，回家咱們也得找個大夫過來看看，這受驚嚇動了胎氣可怎麼辦啊！」

其實丹年是懶得再管他們的事情了，這才裝出不舒服的模樣，湯嬤嬤瞧了出來，兩人便合力將戲演了個十足。

蘇允軒一收到消息就火速趕到蘇府，聽門房說丹年沒事，便長吁了一口氣，板著臉進了蘇府的大門。

剛到蘇夫人的院子，就聽到院子裡女人們的哭聲震天。

見到王太醫從屋裡掀開門簾出來，蘇允軒急切地問道：「到底怎麼樣了？」

王太醫看左右沒人，嘆口氣說道：「姨娘沒什麼事，可蘇大人的兩條腿……日後怕是站不起來了。」

蘇允軒頓覺一陣恍惚，他強自安定住心神，問道：「可確診了？我聽說不就是個溝渠嗎，怎麼傷得這麼厲害？」

王太醫說道：「我聽人說，蘇大人為了護住姨娘肚子裡的孩子，馬車掉下去時將身體墊到姨娘身子底下，雙腿卡進馬車兩根車轅，硬生生絞斷了……」

蘇允軒拱手懇切地問道：「可是半點恢復的希望都沒有了？」

王太醫趕緊說道：「這得看後面的康復狀況了，運氣好的話，或許能下床。」

蘇允軒知道他這話純粹是為了安慰自己，骨頭都碎了，哪來的下床走路？只怕今後都要在床上度過了。

說起來也是醜事一樁，蘇晉田不陪正房夫人，反而同小妾膩在一輛馬車裡，要是事情傳出去，人家會怎麼評判蘇家？

蘇允軒冷峻的臉上沒有半點表情，一旁的鐵丫趕緊低聲朝王太醫道謝，吩咐小廝去太醫院抓藥。

鐵丫瞧蘇允軒站在院子裡皺眉沈思了半天，提醒道：「爺，該進去看看老爺了。」

蘇允軒微微嘆了口氣，這才向前走去。聽說是因為蘇晉田上車，丹年才下了馬車，免於經歷這場翻車事故，只要丹年和孩子沒事，他就沒什麼好怕的。

至於父親……明國公府和尚書府還養不起一個殘廢的人嗎！

鐵丫為蘇允軒掀開門簾，蘇允軒進去以後就聞到一股血腥味，瞧見躺在床上的蘇晉田雙目緊閉、牙關緊咬，腿上、床上全是斑斑血跡，綠瑩跪在床前哭得一塌糊塗，蘇夫人的表情則既像哭，又像笑。

蘇允軒見蘇晉田仍在昏迷當中，就先差人把綠瑩和蘇夫人帶下去，因為擔心蘇晉田再出什麼意外，便請王太醫先在尚書府住下，等蘇晉田醒了再回去。

蘇府上下亂成了一團，蘇允軒叫來幾個管事，好生吩咐了一番，要他們管好府上的內務。

此時林管事過來了，蘇允軒一見到他，就示意他到外面說話。

剛走出房門，蘇允軒便問道：「到底是怎麼回事？本來是女眷去上香，父親怎麼會在馬車裡？」

林管事左右看了一眼，悄聲說道：「我來就是要和爺說這件事，先不說老爺為何在車裡，馬車翻進溝渠裡時，我去看過，覺得車輪有些問題……」

蘇允軒的心頓時打了個突，低聲問道：「什麼問題？」

林管事附耳在蘇允軒耳邊說了幾句話，蘇允軒的臉色頓時難看到了極點，點點頭說道：「這件事就由你去查了。」

林管事又說道：「原本夫人和姨娘在一輛馬車上，要出發時老爺擠了進去，因為他怕蘇夫人對姨娘不利，傷害她肚子裡的孩子。」

看著蘇允軒面帶譏諷的表情，林管事覺得頗為尷尬，只得繼續說道：「夫人那脾性，爺您知道，不得已下了馬車，遣門房去家裡找我駕車過來。」

蘇允軒點了點頭，問道：「夫人如何了？」

林管事笑道：「夫人好著呢，她懶得管這件事，便藉口肚子不舒服先回家了。」

蘇允軒還要再說些什麼，就聽見房間裡傳來蘇晉田嘶啞的呻吟聲，連忙轉身進去。

蘇晉田看著床邊的蘇允軒和林管事，張口便問道：「綠瑩沒事吧？」

蘇允軒冷漠而恭敬地說道：「父親放心，姨娘和孩子都平安無事。」

蘇晉田這才長吁了一口氣，接著皺起眉頭問道：「軒兒，我這腿怎麼這麼疼呢？有叫太醫來看過嗎？」

蘇允軒輕聲說道：「王太醫已經為父親處理過傷口了，孩兒這就叫他再過來幫父親瞧瞧。」

蘇晉田想坐起身來，但渾身上下就像被車輪狠狠輾壓過一番，疼得他動彈不得，不禁一肚子火氣，看著蘇允軒那張萬年沒有表情的臉，更覺得火大。

到底不是他親生的孩子，現在自己受傷了，連點心疼的意思都沒有。不過，只要綠瑩沒事，他這個苦就吃得不虧，要是他不在馬車裡，那他的孩兒可真是凶多吉少了。

想到這裡，蘇晉田有氣無力地躺在床上擺了擺手。「王太醫是怎麼幫我治病的？」又咕噥道：「腿疼死了，我過幾日還要去江浙一趟呢……」

蘇允軒聽到蘇晉田的話，嘴角泛起一個諷刺的冷笑。去江浙？想去把大昭的錢糧倉庫把持在自己手裡才是真正的目的吧？只可惜去不成了。

等王太醫匆匆趕到時，守候在門口的蘇允軒攔住了他，低聲對王太醫說道：「待會兒請您說腿傷能慢慢恢復即可，如果父親知道以後發怒，後果由我承擔。」

王太醫一臉讚賞地看著蘇允軒，明國公疼愛妻子，對養父又細心，是多麼難得的好男人啊！

接下來蘇允軒又是侍奉湯藥、又是伺候洗漱，在眾人面前把孝子的形象演了個十足之後，才在華燈初上時分回到明國公府。

丹年正坐在房間裡等蘇允軒，見他風塵僕僕地回來，一臉疲憊，連忙遣丫鬟去打盆熱水來讓他擦臉。

丹年一邊絞著帕子，一邊問道：「父親的傷怎麼樣了？」

蘇允軒坐在椅子上閉著眼睛，享受著丹年的服務，說道：「恐怕站不起來了。」

丹年一驚，手隨之一抖，帕子差點掉到地上。

蘇允軒握住丹年的手，說道：「妳不要害怕，總歸不是我們的錯。」

丹年嘆息道：「我確實有些害怕，倘若當時我坐在那輛馬車上……」

蘇允軒將丹年摟入懷裡，將臉輕輕貼到她的肚子上，喃喃說道：「我只慶幸妳不在那輛馬車上……」

丹年見蘇允軒累極了，便慢慢幫他按壓頭皮，過了一會兒，蘇允軒拉下丹年的手，說道：「別按了，妳也累了，先吃飯吧。」

「那父親可知道他腿不行了？」丹年問道。

蘇允軒搖了搖頭，說道：「沒告訴他，怕他受不了。」

接下來幾日，宮中派了太監前來探望蘇晉田，朝中官員也絡繹不絕，但都被蘇允軒婉言謝絕了，理由是蘇晉田這幾日情緒不穩，怕讓外人看笑話。

丹年也做出樣子，明國公府的廚房天天都在燉補品，蘇允軒告假帶著丹年的「孝心補品」，日日去尚書府侍疾。

蘇晉田大概是猜到自己的腿有問題了，常常亂發脾氣。然而不管蘇晉田發火還是痛哭，蘇允軒始終板著一張臉，面無表情，半句話都沒有，讓蘇晉田再氣也沒辦法。

就在此時，林管事帶來了一個消息，說這幾日外院裡一個小管事出手特別大方，還為一個相好的姑娘贖了身，打算這兩日辦喜事，把人娶進門。

蘇允軒自然知道林管事注意到這個人肯定有他的原因，便繼續問了下去。

林管事小聲說道：「那人剛開始還不肯說，上了刑之後，才說是蘇夫人要他在車輪動了手腳。」

蘇允軒的手不可抑制地微微發抖，過了好久才找回自己的理智。他回頭看向蘇夫人的院子，眼底一片血紅，沈默了一會兒，才又問道：「還有別的嗎？」

林管事搖了搖頭。

蘇允軒強壓下心中的恨意，只對林管事說：「派人把母親看牢了。」說罷便匆匆回了明國公府。

丹年正在院子的樹蔭下午睡，一隻手還撫摸著肚子，夏日的穿堂風透過長廊吹了過來，丹年粉色的衣裙繫帶便隨著風頑皮地飛起又落下。

蘇允軒匆匆進了院子，看到的就是這副靜謐的景象。他走上前去，將丹年仔仔細細看了一遍，確認丹年完好無損，才長長吁了口氣。

丹年這一覺睡到了下午，聽湯嬤嬤說她午睡時蘇允軒回來過，忍不住埋怨道：「怎麼不把我叫起來？」

現在蘇允軒幾乎都住在尚書府，她已經連著兩日沒見到他了。

湯嬤嬤笑道：「爺見夫人睡得熟，囑咐我們不准驚擾夫人，這是爺心疼夫人呢！」

丹年微微紅了臉，都兩日沒見到蘇允軒了，也不知他在尚書府過得如何。這麼一想，便叫鐵丫駕車，帶著她和湯嬤嬤去了尚書府。

蘇允軒萬萬沒想到丹年會來，皺著眉頭問道：「妳怎麼來了？」

丹年撇了撇嘴，委屈地說道：「我想你了嘛！」

蘇允軒一顆心頓時化成一灘蜜水，他扶著丹年，慢慢走到花廳裡，說道：「父親現在情緒不穩定，我怕他說出什麼話來，妳聽了心裡不舒服。」

丹年笑道：「我何時在意過他說的話？」

看到蘇允軒默不作聲，丹年追問道：「你是不是有事瞞著我？」

蘇允軒握住丹年的手，輕聲說道：「我跟妳說一件事，妳先保證別著急也別生氣。」

丹年看他說得鄭重，當下便答道：「你說吧，我保證不急也不氣。」

蘇允軒便將蘇夫人在馬車上動手腳的事情說了出來，丹年驚得半晌無語，最後才喃喃說道：「她恨綠瑩也就罷了，為什麼我上了車，她也不阻止？」

蘇允軒將丹年摟進懷裡，安慰道：「別想了，她本來就是個心思歹毒的人。」

蘇夫人可能是看丹年有了孩子，因為嫉妒而失去了理智，但也有可能是如果不讓丹年上車，綠瑩會有所懷疑，怕打草驚蛇而不阻止。

然而不管是哪一種，蘇允軒都無法原諒她的所作所為。

下午時，蘇允軒去了蘇夫人的院子。

蘇夫人顯然知道事跡已經敗露，輕聲嘆道：「我只恨自己沒個孩子，蘇晉田這個混蛋，連孩子都不肯給我……」

蘇允軒聽不下去了，打斷了她的話。「只要您恪守自己的本分，我們不會虧待您。」

蘇夫人冷哼一聲，說道：「你們？算了，我誰都不指望。如今他成了廢人，我也算報了仇，只可惜綠瑩那小賤蹄子沒什麼事！」

過了半晌，蘇夫人才聽到蘇允軒的聲音，冷峻且不帶半分感情。「父親身體未好，母親就在屋子裡為父親唸佛祈福吧。」

蘇夫人怒叫道：「我才不會跟劉玉娘一樣，活活把自己關死在佛堂裡的！我要與蘇晉田休離！」

蘇允軒似笑非笑地看著蘇夫人，說道：「您還是安心在佛堂待著吧，若敢說一句不好聽的話，我就讓人扣您一日的飯菜。您說，父親若知道是您幹的好事，會不會像我這麼手下留情？」

說罷，蘇允軒便頭也不回地走了出去，看也不看哭倒在地上的蘇夫人一眼。

丹年在尚書府裡用過了午飯，等蘇允軒處理好蘇夫人那邊的事，便與他一同前往蘇晉田的院子。

走到院門口，蘇允軒扶著丹年停下了腳步，叮嚀道：「父親現在心情不好，倘若說出什麼不該說的，妳不要計較。」

丹年微微頷首。等到了房間，丹年發現門窗緊閉、光線昏暗，還有股難聞的屎尿味，忍不住輕聲問道：「怎麼不開窗戶？」

蘇允軒搖搖頭，眼神瞄向躺在床上的蘇晉田。丹年立刻明白，是蘇晉田不讓人開窗戶。

「父親，我帶丹年來看您了。」蘇允軒說道。

丹年瞧著病床上的蘇晉田，哪還有半分之前的意氣，滿臉鬍渣，腿上綁著厚厚的繃帶，吃喝拉撒都在床上解決。

蘇晉田扭過頭看了丹年一眼，怪笑道：「我的女兒來看我了？真是讓為父感動啊！是不是來感謝為父做了妳的替死鬼啊？」

蘇允軒嘆了口氣。「父親糊塗了，丹年是父親的兒媳婦。」

丹年瞧著蘇晉田滿是嘲諷的臉，嘆了口氣。蘇晉田落到現在這樣的地步，說是咎由自取也不為過。

「父親說得沒錯，今日我就是來感謝父親的。」丹年看著蘇晉田，緩緩說道。

「如果說有什麼能讓我感謝您的事情，總共有兩件，除了避開事故這一件，便是您養出了蘇允軒這樣的好兒子。」丹年繼續說道。

蘇晉田冷哼了一聲，頭扭向床的內側，叫道：「我可沒有這樣的好兒子，幫著媳婦來算計父親，良心都被狗啃了！」

丹年面無波瀾地看著蘇晉田，突然笑了。語氣既不激憤也不嘲諷，反而很平靜。「父親，允軒算計您，便是良心被狗啃了，那麼您拿親生閨女的命去換取榮華富貴，又逼死了結髮妻子，您的良心呢？」

一段話說到蘇晉田的死穴上，讓他半天都說不出話來。就在丹年以為他會這麼沈默下去時，蘇晉田突然說道：「我既然生了妳，妳的命就是我的，至於玉娘，是她自己想不開，怎麼能怪到我頭上？」

丹年垂下了眼皮，說道：「您何時把我和允軒當成您的親生孩子看待了？您有盡到父親的責任嗎？您若是有我爹十分之一疼愛允軒，情況斷不至於演變成現在這樣。」

蘇晉田惱恨地叫道：「妳願意認沈立言當爹隨便妳，人家是大昭的大功臣，我現在不過是個殘廢，廟小容不下妳這尊大佛！」

丹年犯不著和一個殘廢計較，可蘇晉田嘲諷沈立言卻讓丹年聽不下去，當下便回敬道：「我爹是流血、流汗，靠在戰場上拚命才做到將軍的，您做尚書，靠的是什麼？是賣親生閨女換來的！」

蘇晉田腿動彈不得，想起身又起不來，丹年的話處處戳在他的心窩上，提醒他能有今天的地位，全是當初賣女求榮的結果，氣得他捶床大罵丹年沒良心。

蘇允軒拉了拉丹年的手，丹年明白他是什麼意思，蘇晉田畢竟養育了他那麼多年，他終究不忍看到蘇晉田落到今天這個地步。

丹年緩和了語氣，說道：「父親還是安心養傷吧，我保證姨娘會平安生下孩子，至於生男、生女，就看她的造化吧。」

蘇晉田正在氣頭上，乍聽到丹年的話，一時之間愣住了，蘇允軒憐憫地看了他一眼，心情頗為複雜。等丹年和蘇允軒出去之後，蘇晉田將頭扭向床的內側，眼淚無聲無息地流了下來。

門外的下人見蘇允軒和丹年出來了，便要進去伺候，卻聽到蘇晉田在房間裡大聲嚷道：

「等會兒再進來，我要一個人靜一靜！」

他是位高權重的戶部尚書，即使是殘廢了，也不能讓人看到他脆弱的一面！

蘇允軒連著幾日請假，衣不解帶地在蘇晉田床前侍疾，博得大昭上下一致好評。幾天後，他第一次出現在早朝上時，御史陶正便上書表示，戶部乃是大昭重要的部門，無人主持可不行。

於是在皇上授意下，蘇允軒順理成章地接管了戶部，暫時代理戶部尚書一職。

雖然明知道蘇晉田不可能再有機會站起來，但樣子總要做，蘇允軒堅持不肯正式擔任戶部尚書，只願意當個代理，還聲稱父親總有一天能站起來。

齊衍修皮笑肉不笑地看著蘇允軒一臉誠懇、百分百的孝子賢孫模樣。他還不知道蘇允軒是什麼人嗎？果然都是一脈同宗，兩人演起戲來不分伯仲。

既然蘇允軒戲演得足，他這做皇上的也不能寒了臣子的心，一聲令下，吩咐太醫們輪班去診治蘇晉田，大有治不好就不甘休的架勢。

蘇允軒冷冷地瞥了自家堂哥一眼，跪地謝恩，一群原本在看熱鬧，現在才反應過來的大臣們也趕緊跪了一地，就怕自己跪得慢了，皇上會嫌自己沒領會到皇恩浩蕩。

第九十五章　歲歲年年

丹年這段時間忙著調理身子，前一個月吐得厲害，中間消停了一陣子，原以為狀況就這麼過去了，沒想到肚子裡的小傢伙還是不放過她，最近吃什麼吐什麼，臉都瘦了一圈。

李慧娘心疼得跟什麼似的，白天來明國公府親自為丹年做飯，晚上才回將軍府。

直到一、兩個月之後，丹年的情況才穩定了下來，肚子也像吹氣球似地大了起來。

凡是丹年準備要給未來孩子的東西，都吩咐要送一份到尚書府，她雖然不喜歡綠瑩，更不喜歡綠瑩肚子裡的孩子，可是該做的還是要做，不能讓人看出來有一絲薄待了綠瑩的地方。

李慧娘看著丹年吩咐人送東西給尚書府，直嘀咕。「居然要兒媳婦照顧公公的小妾生孩子，哪有這樣的事！」

丹年只是笑卻不吭聲，蘇晉田出事對外宣稱的原因是帶著家眷上香，雨後的道路濕滑才遭遇不幸的，至於真實的原因，知情的人都讓秘密爛在心裡，總歸是蘇家的醜聞。

很快的，又到了過年的時候，蘇允軒臘月二十日當天去探望蘇晉田，回來之後只說他聲音洪亮、氣勢十足，看起來狀況還不錯。

丹年差點沒笑出聲，準是蘇允軒過去看望，反而被蘇晉田罵了。

由於這是丹年出嫁後第一次過年，她怕沈立言和李慧娘在家冷清，便撒嬌要他們來明國公府過年，這個年才過得熱鬧了些。

正月初二是皇上設宴群臣的日子，丹年挺著大肚子，自然去不了。蘇允軒回來後面色如常，但丹年敏銳地察覺到蘇允軒眼角、眉梢都透露著得意。

追問之下，蘇允軒才撫摸著丹年的大肚子，說道：「他無非是看我現在娶了嬌妻，又要有孩子，小心眼不高興罷了。」

丹年撇了撇嘴，心想：你肯定是讓齊衍修吃了個啞巴虧，有苦說不出。

齊衍修最大的特點就是不肯吃虧，吃了虧也要記在心裡，暗中使絆子把面子撈回來，這會兒肯定在謀劃什麼能讓蘇允軒不痛快的事情。

到了正月十五日這天，皇上身邊的太監帶著一列裝著禮物的車隊前來，大聲地宣讀起了聖旨。

蘇允軒的眉頭都要擰成一團疙瘩了。聖旨中，齊衍修表示，丹年原本是他的紅顏知己，如今快要臨盆了，他自然要表示一下，希望蘇允軒這個賢弟千萬不要糾結於他和丹年之前的種種關係，那不是男子漢所為。

丹年差點噴出一口血來，咬牙切齒地想著，蘇允軒說得沒錯，齊衍修是個心眼比針尖還小的皇帝！

過完年，蘇允軒依舊忙碌，整個戶部的重擔全壓到他一個人身上。丹年看著蘇允軒不過二十一歲，眉心間已經有了細細的皺紋，心疼之餘，也不知道該如何幫他。

正月二十七日那天，蘇允軒天還未亮就去了早朝，丹年原本打算再多睡上一會兒的，然而蘇允軒剛走沒多久，湯嬤嬤便進來通報說皇后那邊來了人，說自家親戚許久不見，要召丹年進宮話家常。

丹年心下疑惑，天都還沒大亮呢，余韶華發什麼瘋找她去「話家常」啊?!

湯嬤嬤神色凝重，一邊幫丹年梳洗，一邊說道：「老身瞧來的公公面色不善，您還是裝病吧，等爺回來再說。」

丹年如今大著肚子，懷的是明國公第一個孩子，若是出了什麼問題，誰都擔不起這個責任。

丹年想了想，斬釘截鐵地說道：「去，今日躲過了，還有明日，她要見就見吧，能把我一個孕婦怎麼樣？」

湯嬤嬤嘆了口氣。她是從宮裡出來的，自然也知道這事躲不過去，堂堂國母召見，哪有避不見面的道理？

才剛出門，來傳令的太監便催促著眾人上車，皇后生怕丹年不肯去似的，居然還特地從宮中趕來了車輦。

臨走時，趁人不注意，丹年吩咐了丫鬟去找鐵丫，想辦法聯繫還在宮中的蘇允軒，不管余韶華找她是為了什麼，有蘇允軒在，總要好一些。

正月末春寒料峭，宮中的車輦中看不中用，冷風源源不絕地從車板縫隙裡鑽了進來。

湯嬤嬤為丹年披上了大氅，自己則用身體擋在風口，皺著眉頭小聲抱怨道：「夫人，這車輦是宮中的主子們留著各宮之間串門子用的，只搭了架子包著綢緞，根本禁不住風。」

丹年握住湯嬤嬤的手，說道：「嬤嬤放心，她到底不敢把我怎麼樣的。」怎麼說，自己都還有蘇允軒和沈鈺，根本不用擔心。

皇后的宮殿在皇宮東邊，離皇上辦公的地方最近。

待宮女通報後，丹年在湯嬤嬤的攙扶下掀開門簾進了大殿，迎面便有一股熱氣撲來，屋子裡現在還燒著地龍，一群華服女人圍著皇后坐成了一堆，正在說笑著，一派其樂融融的樣子。

見丹年進來了，歡笑聲瞬間停住，所有人都一臉審視地看著走進來的丹年和湯嬤嬤。

丹年在湯嬤嬤的攙扶下行禮，雖然說有皇上的諭旨，丹年不用磕頭，只需彎腰行禮，然而她肚子太大，根本彎不下腰，只能傾斜身子意思一下。

丹年已經很久沒見過余韶華了，比起之前，余韶華臉上的稚氣褪去了不少，微微上挑的眼角，為她增添了不少威嚴。

過了一會兒，皇后的聲音才響了起來。「國公夫人請起身吧。」

丹年道過謝，在湯嬤嬤的攙扶下站直了身。屋裡的地龍燒得熱，丹年身上的命婦服就像盔甲一樣厚重，汗珠不斷地從她的額頭滾落，髮根都濕透了。

余韶華朝丹年淡淡地瞟了一眼，說道：「沈氏，妳可知今日本宮為何要召妳過來？」

「不知道。」丹年很乾脆地答道。

余韶華一掌拍上面前的小几，怒道：「早在明國公和妳進宮面聖之時，本宮就提點過妳，妳竟然半分都沒聽進去！」

丹年被罵得莫名其妙，她雖不是什麼大權在握的風雲人物，可也不是任由別人叫罵的軟蛋。

「皇后娘娘，您這麼一罵，倒教丹年莫名其妙了，不知丹年犯了什麼罪過？」丹年抬起頭問道。

皇后指著丹年罵道：「本宮告誡過妳，身為國公府夫人、皇家媳婦，要為皇家開枝散葉，賢良大度最為重要，妳看看妳，可有做到？妳都懷孕這麼久了，連個通房都不為明國公安排，上次別人送給明國公的歌伎，妳轉頭就賣掉。妳可真是賢慧啊！」

丹年笑了起來，她不過是賣了個歌伎而已，又不是賣了余韶華的親妹子，犯得著氣成這樣嗎，關她什麼事啊?!

蘇允軒若是娶了一堆女人，生了一堆兒子，第一個跳出來罵的會是齊衍修，有這麼多人虎視眈眈地看著自己的皇位，晚上睡覺都會不安生！

見丹年沒反應，余韶華只當她是心虛了，板著臉說道：「本宮萬萬沒想到，大昭第一妒婦居然出自我們皇家！這讓本宮有何顏面去見列祖列宗？」

丹年低頭冷笑，大昭第一妒婦？這帽子扣得真大，她可消受不起。

過了半晌，在湯嬤嬤幾次暗示下，丹年才終於說道：「皇后娘娘教訓得是，丹年知錯了。」

余韶華看著丹年，眸底的神色難辨。早在閨中之時，她就聽說過當時還是大皇子的皇上，當眾向沈丹年求過親，當時她年紀小，還跟著姊姊一起幸災樂禍過，畢竟有誰願意嫁給那病弱又無依無靠的大皇子。

然而世事難料，後來她在父親費心安排下嫁給了皇上，成為皇后，那年她才十二歲，是父親虛報她的年齡，才滿足入宮的條件。

雖說當初心不甘情不願，但父親為她安插在宮中的耳目，不斷告訴她皇上和沈丹年的種種過往，竟讓她在不知不覺中心生嫉妒。

沈丹年嫁給明國公後，余韶華才鬆了口氣，就算皇上再愛沈丹年，也不可能會立明國公的兒子做太子，她以為自己能放心了。

可就在這段時間，皇上賜給沈丹年的各種東西如流水般源源送入明國公府，從來沒有皇上對一個命婦如此關懷，就是余韶華拚了命才生下來的嫡長子，皇上也沒有太多關心，教她如何能忍！

「既然知道錯了，本宮這裡有兩個人，就讓妳帶回去吧。她們品貌端莊又知禮儀，能協助妳好好伺候明國公大人，也能幫妳打理好明國公府的內務。」余韶華見好就收，再罵下去只會損了她的形象。

此時丹年抬起頭，乾脆俐落地說道：「不要！」

丹年身後的湯嬤嬤一聽，驚得差點跌坐到地上，而余韶華和圍著她坐的女人也是目瞪口呆。

余韶華顫顫巍巍地指著丹年，不可置信地問道：「妳說什麼？」

丹年決定豁出去，她什麼都能忍，就是忍不了蘇允軒納妾，除非她死！丹年瞧著氣得發抖的皇后，莫非妳自己的男人有後宮佳麗三十，就看不得別人只娶一個嗎？

「我說我不要！」丹年又說了一遍，不顧湯嬤嬤死命扯著她的衣角。

丹年知道，於情於理，她都不該拒絕皇后的「賞賜」，可她就是不願意。

她和蘇允軒經歷了多少波折才走到今天的，為什麼就有人非要跟她過不去，讓她在大腹便便、最需要丈夫關愛的時候，塞女人給她的丈夫？

大昭第一妒婦也好，忤逆皇后也罷，她就是死活不答應。

丹年盯著惱怒的皇后，態度淡定而從容，與其將後半生浪費在後院女人的算計中，不如現在死了乾淨！

丹年一隻手費力地搭在湯嬤嬤身上，她很久沒這麼戰過了，肚子沈得像塊石頭一樣，開始隱隱作痛。可她臉上還是帶著笑，毫不示弱地盯著對面那群人，心中默唸：寶貝，乖乖的，給老媽爭口氣，千萬別在這個時候出來啊！

看著暴怒中的皇后，丹年眼神輕蔑地說道：「皇后娘娘若是在宮中太閒，可以練練字、養養花草，省得一天到晚閒著沒事就挖空心思幫大臣找小妾，不知道的人，還以為大昭皇后是拉皮條的！」

余韶華猛然站了起來，氣得渾身都在顫抖，她是大昭最尊貴的女人，沈丹年居然敢如此羞辱她?!

一旁的女官連忙拉了一下余韶華的袖子，此時余韶華腦子稍微冷靜下來了，她慢條斯理地笑道：「果然嘴尖舌巧，是不是就靠著這一點，才勾得皇上對妳念念不忘啊？不知道妳肚子裡這塊肉，到底該姓什麼？」

丹年不禁輕哼了一聲。她和齊衍修之間的事情，頂多是「利用」和「被利用」，硬是牽扯到男歡女愛上面，她覺得那是在羞辱自己。

「皇上有沒有對我念念不忘，您想知道就去問皇上好了。倒是您，堂堂國母的興趣就是幫別的男人找野女人？您去問問皇上，看他還要不要您這種有辱國體的皇后！」丹年冷笑道。

余韶華牙咬得作響，手也攥成了拳頭，怒道：「真是逆天了，區區一個命婦，也敢忤逆本宮！來人啊，給我掌嘴！」

宮女得了令，立刻氣勢洶洶地走上前來，湯嬤嬤立刻焦急地擋在丹年身前，若是夫人懷著孩子被掌嘴，以後還怎麼做人啊！

丹年輕輕推開湯嬤嬤，盯著皇后怒道：「敢碰我一下試試看！大昭姓齊不姓余！若是我肚子裡的孩子出了一丁點問題，我就要你們全家給我的孩子陪葬！不要以為明國公府是紙糊的，也不要以為我哥哥在西北的十萬大軍是擺設！您若嫌皇上的皇位坐得太穩，我哥哥正愁沒機會練兵！」

一聽到丹年提到「西北軍」，皇后心中便打了個突，隨後驚叫道：「沈氏，妳瘋了嗎，沈家果然早有不臣之心！快，快來人，速速將反賊拿下！」

丹年哼了一聲，她倒要看看有誰敢動她，齊衍修都不敢對她做什麼，余韶華若想欺負她，也要看看有沒有這個本事！

雖然丹年臉上還帶著笑，可內心卻笑不出來。站得太久，身上的衣服又厚重，原本因為懷孕而浮腫的腿早就撐不住，已經開始抽筋了，要不是有湯嬤嬤扶著，她根本站不穩。

丹年只是在等蘇允軒，不知道他什麼時候會知道她進宮了，好想個辦法幫她，他再不來，她就要被一個腦殘女人玩死了！

就在此時，大殿外面傳來一陣急匆匆的腳步聲，還有太監嚇壞了的聲音。「皇上，裡面有很多夫人和小姐，您不好帶著國公爺一起進去啊！」

太監話音才剛落，就是被踹倒在地的叫喊聲。

緊接著，門簾猛然被人掀開了，一股寒風瞬間襲捲了進來，丹年被悶熱的空氣熏得昏沈沈的腦袋也清醒了不少，原來是齊衍修和蘇允軒帶著幾個太監進來了。

丹年一看到蘇允軒，頓時鬆了口氣，先前和皇后等人對峙的氣勢瞬間跑了個沒影，剛要可憐巴巴地叫他，便驚覺腿間有股熱流湧了出來，肚子也劇烈地疼痛了起來。

齊衍修進來之後並不看丹年，只陰沈著臉掃視了一圈，余韶華從沒見過齊衍修的臉色如此猙獰可怕，嚇得低下了頭，其餘的人見情勢不好，紛紛告退溜走了。

丹年靠著湯嬤嬤，捧著肚子慢慢癱倒在地上，湯嬤嬤嚇得大叫起來，蘇允軒趕緊大步走上前去抱住丹年。

丹年看著蘇允軒焦急的臉龐，忍不住抓著他的胳膊，痛苦地說道：「我、我好像要生了……」

齊衍修回過頭來，眼神晦澀不明地看向被蘇允軒抱著的丹年，說道：「不如請太醫過來看看，朕這就吩咐宮女收拾一個房間做產室。」

丹年一聽，顧不得肚子疼，揪住蘇允軒的衣領，吃力卻堅定地說：「我不在皇宮生孩子，我要回家！」她的孩子不能在皇宮出生！

蘇允軒抱著丹年站了起來，不理會一旁焦急卻又不方便上前查探的齊衍修，健步如飛地跑了出去。

丹年躺在馬車上，痛得眼淚直流，她不知道生孩子是這麼痛苦的一件事。

蘇允軒坐在一旁焦急地握著丹年的手，不住地安慰道：「年年，妳再堅持一下，馬上就到家了。」

李慧娘早就請好了產婆，產室也布置好了，如今算是提前派上用場，一到明國公府就能直接進產室待產了。

丹年痛得牙關緊咬，母親辛苦懷孕十個月，又經歷如此痛苦才生下孩子，當初蘇晉田從劉玉娘身邊搶走她時，劉玉娘該是如何心碎欲絕啊！要是換成她，誰要搶她的孩子，她就跟誰拚命！

可是算算時間，自己的孩子還不足十個月，分明是今天動了胎氣才提前生產。

丹年忽然害怕起來，不知道這會不會對孩子有影響……她握住蘇允軒的手，驚叫起來。

「蘇允軒，我們的孩子還不到十個月，會不會有事？」

蘇允軒皺著眉頭，不是足月出生，丹年又動了胎氣，他也很擔心孩子和丹年會出事，然而他只是將丹年腦門上汗濕的頭髮撥到一邊，笑道：「不會，算算日子也差不多了，早幾天而已，不礙事的。」

丹年稍微放下心來，一到明國公府，她就被蘇允軒抱進產室，李慧娘和沈立言得了消息，也匆匆趕了過來。

產婆和李慧娘將蘇允軒踢出產室，七手八腳扒下丹年的褲子，產婆驚叫道：「夫人，這可不好啊，羊水破了，產道還沒開！」

李慧娘又驚又怒，罵道：「不要亂說話！」

產婆也知道自己冒失，連忙拉著李慧娘出去，苦著臉對守在門外的蘇允軒和沈立言說道：「國公爺、將軍爺，夫人羊水破了，產道還沒開，會出事啊！」

蘇允軒臉上的表情恐怖而猙獰，揪著產婆的衣領，陰沈沈地說道：「妳說什麼？」

產婆被嚇到了，渾身發抖地說道：「國公爺，這怪不得老奴啊，夫人動了胎氣，老奴也沒辦法，只能盡力了，要不就再去找些技術好的來接生！」

沈立言扯開蘇允軒的手，朝產婆說道：「還不快進去接生，不要在這說廢話了，只要妳盡力，絕不會找妳麻煩！」

沈立言年歲大得多，看得很清楚，丹年的情況絕對沒有產婆說得那麼嚴重，只不過是產婆怕出事，先將情況說得嚴重一些，萬一出事了，也好推卸責任。

蘇允軒到底還年輕，又一心掛念丹年，難免心急失去了理智。沈立言吩咐林管事和鐵丫去請太醫過來，原本蘇允軒就要請太醫來，可丹年突然要生，全府的人一下子都亂了方寸。

聽著丹年微弱的叫聲，蘇允軒一顆心都揪了起來，只要一想到是自己沒照顧好丹年，他就忍不住感到自責和憤怒。

原以為在他的保護下，丹年和孩子很安全，可明槍易躲、暗箭難防，齊衍修根基尚淺，前些年為了拉攏人心，重用外戚，縱容皇后在宮裡橫行跋扈、欺壓良善。齊衍修因為不能得罪余家，只能對皇后的作為睜一隻眼、閉一隻眼。

面對這一切，蘇允軒原先只是冷眼旁觀，總覺得若齊衍修繼續這樣下去，余家早晚成為第二個白家，可今天她竟把手伸向了丹年！

他願意獨寵丹年是他一個人的事情，皇后居然敢把手伸到明國公府來，她當真以為天下人都怕余家嗎?!

就為了那麼一個可笑的原因，害他的妻子和孩子處在危險之中，前途凶險，命運未卜。蘇允軒手指攥得發白，暗暗發誓，倘若丹年有什麼三長兩短，他一定要余家陪葬！

蘇允軒和沈立言來來回回在產室門外的走廊上踱步，直到夜幕降臨，門外的兩人才聽到一聲嘹亮的嬰兒啼哭，不約而同地鬆了一口氣。

產婆撩開門簾出來了，她看著蘇允軒的臉色，小心翼翼地說道：「恭喜國公爺，是個漂亮的小姐！」

為這樣富貴的人家接生，目的不就是希望能多討一些喜錢嗎？這個產婆見慣那些男人聽到是個兒子就笑逐顏開，聽到是個女兒便露出失望的神色，其中甚至有人甩袖離去，棄產室中的妻女於不顧。

要是碰到生兒子的，產婆得的喜錢就能翻好幾倍，要是生了女兒，產婆得的賞錢也少，只能暗啐自己晦氣。可蘇允軒的反應卻大大出乎產婆預料，他恍若沒聽見一般直接進了產室，似乎根本不關心到底是男是女。

沈立言呵呵笑了起來，不管生的是男是女，丹年永遠都是他的心頭寶，他掏出賞錢賞了產婆，便跟著進去產室了。

產婆剛要大叫，剛生完孩子的產室男人哪能進去，可掂了掂手中沈重的銀子，她就把嘴邊的話又嚥了下去。反正主家高興就好，關她一個產婆什麼事。

丹年躺在床上，渾身的汗把衣服和被子、褥子都浸濕了，頭髮則成縷貼在臉上，要說多狼狽，就有多狼狽。

蘇允軒握住她的手，剛出生的女兒就放在她身旁，沈立言和李慧娘也站在床邊，丹年不禁綻放出一個虛弱的笑容。

真好，親人就在她身邊！

產室裡的空氣有些燥熱，丹年舔了舔微微乾裂的嘴唇，朝蘇允軒說道：「我們的女兒叫長安好不好？」她要她的女兒長命安康地活著。

蘇允軒將丹年額前汗濕的劉海撥到了一邊，嘴角止不住地往上揚，輕聲答道：「好。」

丹年閉了閉眼睛，她只覺得全身無力，像被抽光了力氣一般。有句話說得沒錯，還沒生人，哪能談什麼人生。

如今她有自己的孩子了，看著長安皺巴巴的小臉，安靜地躺在襁褓裡睡著了，她心中便有說不出的歡喜，費盡千辛萬苦生下的孩子，她怎麼能不喜愛？

丹年不由自主地想起前世，她的媽媽離開人世是她噩夢的開端，會不會有一天她也很早就死掉，離長安而去？

丹年愈想愈害怕，臉上又出了一層汗，她用僅剩的力氣揪著蘇允軒的衣襟，咬牙說道：「蘇允軒，我要你發誓。」

李慧娘和沈立言不解地看著丹年，蘇允軒則面沈如水，握著丹年的手說道：「妳可是怕我嫌棄長安是個女孩？」

丹年搖了搖頭，喘著氣說道：「你不會，我知道你會很疼她、很愛她。」

蘇允軒的表情出現了一絲波瀾，不解地問道：「那妳想說什麼？」

丹年抿著唇笑了，盯著蘇允軒，一字一句地說道：「我要你發誓，倘若我死了，要麼等長安出嫁，你再娶繼室，要麼你就把長安送到邊境，我哥哥會養到她出嫁，為她找個好婆家，不勞你操心！」

長安是她的心肝寶貝，絕不可以在她死了以後遭受後母虐待，只要一想到有這種可能性，丹年的心就像被幾十把刀割過一樣疼痛。

李慧娘叫了起來。「這孩子，才剛生完孩子，說什麼死不死的，多不吉利！」

沈立言也很不贊同，蘇允軒身為明國公，沒有納妾也未有通房，在他看來很不錯了，如今丹年提出這個要求，任誰聽來都覺得荒唐。

念及女兒才剛辛苦生下孩子，沈立言柔聲勸道：「丹年，別亂想，今天這麼好的日子，說這個多不好！」

丹年不理會他們，只是倔強地盯著蘇允軒，要他一個答案。他們都不知道她有過前世，有過被親爹和後母拋棄的過往，自然無法理解她的心情。

蘇允軒是個君子，丹年相信他保證過的話，他絕不會食言的。

然而蘇允軒冷硬的臉上卻滿是嘲諷，靜靜地開口了。「省省吧，妳若敢拋下我先死，我立刻娶繼室回來，再納十幾個妾室和通房，有的是女人願意幫我生孩子。至於長安，誰管她到哪個角落裡自生自滅，就算被人欺負到死，我都不會說一句話！」

丹年被蘇允軒氣得兩眼發黑，原以為蘇允軒怎麼說都是個正人君子，平時又對她寵得厲害，怎麼樣都會答應的，沒想到結果是這樣！

丹年喘著粗氣，揪著蘇允軒的衣襟，罵道：「你、你這個混蛋，你還有沒有一點人性！你就這麼對待長安?!」

蘇允軒小心地扶著丹年的身子，冷哼道：「妳都死了，我疼她做什麼！」

丹年還要同他理論，卻一口氣沒緩過來，加上生孩子耗費了太多體力，就這麼直接暈了過去。

太醫火燒屁股地趕過來，診治了半天後，便含笑說丹年是太過疲累，虛脫了而已，休息夠就會醒過來。

聽完太醫的話，蘇允軒僵硬的臉上才稍微有了表情。他原本只是想刺激一下丹年，要她別想些有的沒的，只是沒想到丹年讓別人生氣的水準一流，自己卻禁不起別人氣她！

等丹年醒來時，已經是隔天了，燦爛的陽光透過窗櫺灑了進來，蘇允軒的手臂則像鐵索般將她牢牢摟在懷裡。

丹年費力地轉了轉僵硬的頸子，就看到蘇允軒面無表情地看著她，哼道：「怎麼？不想死了？」

丹年先是紅了臉，自己身上又髒又臭，難為蘇允軒一直抱著她睡了一夜。但一回想起昨天他的惡劣態度，她就不想理他。

丹年瞄了瞄四周，卻找不到長安，頓時害怕起來，失聲叫道：「長安呢？我的長安呢？」

蘇允軒起身差人抱來了長安，解釋道：「岳母大人提前找了奶娘，見妳睡了，就把孩子放到奶娘那裡了。」

丹年小心地接過女兒，此時長安被驚醒，小嘴一癟，便開始哇哇哭了起來。

在門外候著的奶娘笑道：「夫人沒帶過孩子，還是交給奴才吧，小姐這是餓了。」

丹年覺得自己胸前脹脹的，經奶娘這麼一說才明白，原來是要餵孩子，乳房才會脹痛。

可奶娘的話讓她頗不高興，她的孩子她怎麼不能自己帶？母親的初乳對孩子最好，能增強免疲力啊！

雖然丹年的想法很有道理，然而占人卻不這麼做，大戶人家的主母不會自己哺育孩子。

丹年小心地托著長安的頸子，頭也不抬地對門口的奶娘說道：「妳先下去吧，有事會叫妳的。」

奶娘一看丹年不準備把孩子給她，剛要張嘴說些什麼，湯嬤嬤就一把將她給推走，小聲地喝道：「造反啊妳！主子說什麼，妳只有聽話的分！」

丹年回想起碧瑤餵奶的樣子，便要撩開自己的衣襟餵長安喝奶，可一抬頭，卻看到蘇允軒眼都不眨地盯著自己。她一張臉頓時紅到脖子根，害羞地喊道：「你快出去！」

蘇允軒看著臉紅的丹年，覺得格外可愛，故意說道：「為什麼要我出去，這是我家，我的房間。」

丹年支支吾吾地說道：「我要幫長安餵奶。」凡是不相干的人，統統都得閃邊去。

蘇允軒雙眼發亮地低下頭，盯著丹年因為脹奶而大了一號的胸部，心想竟有這意外收穫！他裝出不在意的樣子，問道：「不是有奶娘嗎？」

丹年說道：「這你就不懂了，親娘的奶才是最好的，對孩子的身體也好。」

蘇允軒自然聽不懂丹年那一套理論，他從來沒聽說過有大戶人家的主母親自餵奶的，況且明國公府又不是請不起下人。不過既然丹年喜歡，那就隨她的便了。

「妳餵妳的就是了，關我什麼事。」說罷，蘇允軒又小聲嘟囔道：「早就看光了，現在遮掩有什麼用。」

丹年氣不過，直接無視蘇允軒，拉開衣襟抱著長安餵了起來，長安的小嘴一碰到丹年的乳頭，便忘了哭，自動用力地含住，小嘴巴吸奶吸得一鼓一鼓的。

蘇允軒心癢地一會兒點點長安的胖臉頰，一會兒捏捏她藕節般的手臂，要不就是偷偷「襲胸」，耽誤長安吃奶，惹得他女兒眉頭直皺。

丹年看著逗弄長安的蘇允軒，他不是那個面容嚴肅、一本正經的明國公，現在的蘇允軒只是一個疼愛女兒的好父親。她何其有幸能有這樣的丈夫，還有他們倆的愛情結晶。

上輩子的丹華，從八歲時母親離世到二十歲橫死火車事故，不論是親情還是愛情，她從來沒有充分享受過。

丹年心想，也許是上天看不過去才這麼補償她的。前世的不幸和不堪已經離她遠去，這輩子她是沈丹年，有幸福家庭和美滿人生的小女人。

倘若老天再眷顧她一點，就讓她和蘇允軒平平安安過完這輩子吧，日後的歲歲年年，她都會陪他看盡春草秋月、夏花冬雪。

直到兩人變成白髮癟嘴的老頭子和老太婆，還能拉著手坐在一起曬太陽，為兒孫們講述他們年輕時的往事……

——全書完

番外篇一　別無所求

大昭永安十年秋末，天下太平，一片祥和寧靜——表面上看起來是這樣。

明國公府的後院一陣雞飛狗跳，丹年護著身後的蘇長安，朝站在她對面、瞪著眼睛一臉怒氣的蘇允軒叫道：「你要打誰？你敢動長安，先打死我算了！」

好個蘇允軒，現在成親六年，開始「癢」了不成？竟敢不把她放在眼裡，居然趁著她回娘家的工夫打她閨女！

蘇允軒手中拿著戒尺，看著躲在丹年身後朝他扮鬼臉的蘇長安，皺著眉頭，然而對上丹年，卻什麼火氣都發不出來。

他對丹年說道：「妳不能再這麼慣下去了，長安一個姑娘家，整天卻像隻皮猴一樣！昨日要她習字，到現在一個字都沒寫，只知道瘋玩！」

有這種事？丹年詫異地回頭看了身後的女兒一眼，正巧碰上蘇長安朝她的老爹扮鬼臉，沒來得及收回來。眼見被丹年瞧個正著，蘇長安粉嫩的小臉倏地刷紅，訕訕地低下頭去。

丹年頓時既生氣又無奈。長安生下來身子就不大好，這些年來每當她生病，丹年就恨不得把余韶華活剮一萬遍，要不是那個神經病，她的長安何至於早產！

因為這個緣故，丹年一直很寵愛長安，甚至是到了溺愛的地步，蘇允軒也對長女早產的事心懷愧疚，對於丹年的寵溺睜一隻眼、閉一隻眼。只是雖然女兒應當捧在手掌心疼愛，可是長安這樣實在太不像樣了。

閨女不愛學習，丹年很著急，女紅什麼的不會也就罷了，總得練練字，好歹有樣拿得出手的才藝啊！

「長安，妳爹給妳的作業，怎麼不寫呢？」丹年問道。

蘇長安還沒想好怎麼搪塞過去，坐在門檻上看熱鬧的蘇長寧懶懶地答話了。「爹要姊姊抄五十遍《女誡》，姊姊回答，娘說《女誡》是坑人的東西，所以她不願意寫。」

丹年一聽兒子這麼說，就轉過頭去看蘇允軒，蘇允軒連忙拉過丹年，到一邊小聲解釋起來。「年年，我知道妳討厭《女誡》，可這世間有幾個男子能像我一般？長安總得嫁人，將來她到了婆家，可怎麼辦！」

丹年一聽那什麼《女誡》，火氣就上來了，她一把甩開蘇允軒的手，瞪著眼睛罵道：「少給我提這個，我女兒絕不學那害人的東西！」

蘇允軒急了，他何嘗願意讓閨女學這個啊？可這世間的規則就是這樣，有幾個男人願意只娶一個正室而不納妾的？

父母一鬥上，就沒再搭理蘇長安了，她得意地甩著兩條小麻花辮，朝在門口看爹娘吵架看得正起勁的蘇長寧抱了抱拳。到底是親弟弟，聰明又仗義！

蘇長寧穿著大紅棉襖，戴著老虎帽，被丹年打扮得像年畫裡的娃娃一般，他老氣橫秋地抱著胳膊站在門口，朝姊姊回了個笑臉，好像在說——自家姊弟別客氣！

蘇長安看著弟弟和她爹幾乎是同一個模子印出來的臉，要是她爹動不動就笑得這麼燦爛……蘇長安打了個哆嗦，真是太可怕了！

「這事妳別管，我得好好教教她，妳再慣下去，遲早慣出毛病來！」蘇允軒吵不過戰鬥經驗豐富的沈丹年，乾脆直接板著臉，大手一揮下了決定。

丹年不禁氣得跺腳。蘇允軒是什麼樣的人，丹年心裡再清楚不過了，既然他這麼說，就代表他下了決心，怎麼都改變不了了。

蘇長安還在暗自高興今天脫逃成功時，就看到她爹板著一張俊臉走過來，一把抱起自己往外走去。

蘇長安驚恐不已，一邊奮力掙扎，一邊朝自己的娘親呼救。「娘，快來救我啊，爹要揍我啦！」

丹年硬是逼自己狠下心，不去看女兒委屈的小臉，不能再像之前一樣了，蘇長安一撒嬌自己就心軟，導致現在什麼都不會，只知道玩，根本瘋丫頭一個。

等蘇允軒帶走蘇長安，丹年就抱起兒子，狠狠在他的圓臉上親了一口。看著他那和蘇允軒幾乎一模一樣的小臉，甚至連眉頭皺起的弧度都相同，不禁感到很不痛快，辛苦生下來的女兒與兒子，竟然全都長得不像她！

丹年原本認為蘇允軒只是把長安帶到書房讓她習字，可沒想到到了中飯時分，還不見長安過來。

丹年叫伺候長安的丫鬟過來，丫鬟怯生生地說：「爺把小姐鎖在書房裡，不抄完書就不准出來，也不能吃飯。」

聽完丫鬟的話，丹年有氣無力地擺了擺手讓丫鬟走了。看來，蘇允軒這次是真的狠下心了。

然而說歸說，丹年始終放心不下，怕心肝寶貝餓著，便拿帕子包了些點心，拉著蘇長寧去看被關在書房寫字的蘇長安去了。

書房裡，蘇長安嘟著嘴，快快不樂地抄著書，瑩白的小臉上滿是憤恨。爹太過可恨，娘親又不來救她出火坑！

丹年隔著書房的窗戶，看到的就是這個情景，看來以後確實要對女兒要求嚴格一些了。

「長安，妳餓不餓，娘給妳帶了點心來！」

正在怨恨和痛苦中掙扎的蘇長安一聽到娘親的聲音，眼睛一亮，立刻扔下筆，搬了書桌前的繡墩，踩在上面和丹年隔著窗戶相望。

「娘，您快放我出去啊！」蘇長安皮慣了，一刻也坐不住。

丹年把帕子裡包的點心透過窗櫺的縫隙遞了進去，她朝長安笑了笑，說道：「餓了吧，快吃。」

蘇長安早就餓了，打開帕子，低著頭掏出一塊點心來，一邊吃一邊不滿地撒嬌道：「娘，快把我放出去嘛！」

然而等蘇長安吃完點心抬起頭，卻發現窗臺前已經沒人了。不會吧……蘇長安不禁傻眼。她巴在窗臺，左看右看了半天，不死心地叫道：「娘、娘！您還在嗎？」

原來丹年早在蘇長安低頭吃點心時，就被黑著一張臉的蘇允軒給拉走了。

丹年心虛地朝蘇允軒扯出一個笑臉，趕緊像個受氣小媳婦似地拉著蘇長寧跟在蘇允軒身後走了，以致蘇長安抬頭就找不到人了。

連親娘都靠不住，看來真的只能靠自己了。快六歲的蘇長安很傷感，真是世態炎涼啊……她嘆口氣，抹了抹嘴巴，慢吞吞地從繡墩上爬了下來，老老實實回去寫字了。

用過午飯，丹年就抱著蘇長寧，小心地幫他擦拭臉蛋和小手，頭也不回地對蘇允軒說道：「你還不放長安出來啊？打算關到什麼時候？」

蘇允軒無奈地笑了笑，這才關了多久啊，一個時辰都不到呢，丹年這就心疼了？「慈母多敗兒」這個道理丹年不是不懂，只是一套到長安身上，丹年就心軟了，也不見她對長寧這麼寵溺。

蘇允軒拉著丹年的手說道：「長安該好好管教一下了，我知道妳心疼她，可她現在大了，再不管教就定了性子，往後想管教就難了。」

丹年想起長安年紀更小時，天氣一轉變就會發燒生病，讓她和蘇允軒不知道愁了多少個日夜。這兩、三年來，蘇允軒四處求名醫開方子，長安的小身板才漸漸好起來。

丹年側過頭，擦去眼角一滴淚水，恨恨地說：「如果不是余韶華，長安身體怎麼會差成這樣！」

一提起余韶華，蘇允軒眼中就閃過一道寒光，冷聲道：「蹦躂不了多久了。」

見丹年聞言看向自己，蘇允軒便壓低了聲音說道：「前幾年派去的細作，已經將余尚書這些年來貪沒的帳本和重要物證送過來了，明日我便要陶正他們幾個在早朝上遞奏摺。」

丹年忍不住一喜。余家這幾年藉著皇后和皇上的勢力，發展得如日中天，余尚書是個人精，丹年生產後數次派人送補品過來，各方面做得周到細膩，裡外都挑不出錯來。

事實上，齊衍修沒有多少能真正倚仗的人，因此不得不重用皇后一家，畢竟那好歹是他兒子的外祖父家。可是他生性多疑，不願意讓余家成為第二個白家，導致兒子以後被牽制，因此在很多事情上對余家心存忌諱。正因為如此，余家和明國公府，幾年來一直處在一個很微妙的對立點上。

余韶華現在的處境不知如何，丹年只聽說她當年在皇后的宮殿被刁難導致早產後，皇上三個月都沒有踏入皇后的宮殿。

丹年已經不再是當初那個年輕懵懂的小姑娘了，無論齊衍修對她做過什麼，她都不會再放在心上。她有幸福的家庭，不會做傻事。

蘇允軒對長安的疼愛絕不比她少，還因為長安早產的事情，對她和長安一直心存歉疚。他對於余家的憤恨，可能比她還多。

丹年驚喜過後立刻冷靜了下來，分析道：「這事恐怕不成，臨近過年，皇上不會在這個時候處置重臣，傳出去不好聽，況且……」

她頓了頓，低聲說道：「皇上這個人最注重名聲，當初他那麼恨太后娘娘與太皇太后娘娘，還不是錦衣玉食、好生供養著她們？想讓皇上廢后，根本不可能。」

蘇允軒慢條斯理地撫平了衣襟上的縐褶，說道：「今年秋天南方五省遭逢水災，糧食顆粒無收，不過是依靠各地官府派兵鎮壓才沒釀成大亂。皇上還指望著年前戶部能拿出一些銀子來給災民過個好年呢，不想民心大亂，就得從某些人身上動刀子，才能拿銀子。」

丹年聞言嘴角翹了起來。蘇允軒有個外號叫「鐵公雞」，把持了戶部這麼多年，國庫裡有沒有錢，還不是他說了算。

要是沒了余家，皇后的好日子也持續不了多久了。齊衍修這人最會審時度勢，既然余韶華幫助不了他，失寵打入冷宮，只是時間上的問題。

一個月後，皇上下令查抄余尚書府，罪名是國難當頭大肆斂財，而抄家的工作，由擔任內閣主簿的唐安恭全權負責。

蘇允軒漫不經心地翻看唐安恭呈上來的清查紀錄，唐安恭則笑咪咪地站在一旁，等待他發話。

良久，唐安恭都以為蘇允軒睡著了時，蘇允軒才慢悠悠地說道：「安恭，我之前提醒過你，這次不能留東西，留了我可是要你吐出來的！」

唐安恭心虛地左顧右盼了一番，說道：「表弟，你開什麼玩笑，你都這麼說了，我哪裡還敢留東西！」

蘇允軒抬起修長白淨的手指，敲了敲帳本，說道：「余老賊上個月收了嶺南都護府宋立的兩只獅子繡球，都是由上好的白玉做成，價值幾千兩銀子，那兩只獅子繡球呢？」

唐安恭嚇得寒毛直豎，不禁垂頭喪氣地叫過自家管事，要來一個紅木盒子，放到蘇允軒身旁的桌子上，嘟囔道：「這麼隱密的事情你都知道！」

蘇允軒但笑不語。他這幾年可是時時刻刻盯牢了余家，但凡有點風吹草動，他都曉得，為的就是有一天扳倒余家，為自己的妻女出口氣。他的妻子與孩子，倘若被人欺負了以後還要委曲求全，他這麼努力奮鬥又有什麼意義！

況且抄了余家，是他與齊衍修多方博弈的結果，若不是今年南方水災太嚴重，他把持著戶部不肯放銀子，齊衍修哪裡願意拿余家開刀？

身為皇上，齊衍修信任蘇允軒，卻不得不提防他。這些年來，齊衍修的帝王之術玩得越發純熟，只可惜，還是被蘇允軒逮住了機會。

若他查抄過程中出了什麼差錯，被齊衍修抓住把柄，那下一個被查抄的，就是自己的明國公府，他是萬萬不會讓齊衍修有機可乘的。

晚上蘇允軒風塵僕僕地回到家，在丹年的服侍下洗臉、吃飯，丹年起初做這些事情也是笨手笨腳，不過時間一長，蘇允軒就習慣了，換成別人來，他還覺得不自在。

等蘇允軒吃完飯，兩人相攜去了孩子們住的小院看了看，長安與長寧都已經睡熟了。在回他們自己院子的路上，丹年抱怨道：「你這幾日出去得早回來得晚，長安整日見不到你，一直吵鬧不休呢！」

蘇允軒笑了笑，這兩個孩子平時挺怕他，覺得他很嚴厲，怎麼兩天不見，就又想念自己了？蘇允軒想起大女兒撒嬌的樣子，分外暖心。

臨睡時，蘇允軒終於忍不住問道：「妳都不問我余家到底怎麼樣了嗎？」

丹年微微一笑，摸著蘇允軒的臉。只要他一皺眉，眉間就有很深的川字紋，可他依然是丹年心中最信賴、最愛的人。

「你會讓我和孩子吃虧嗎？」丹年笑道。

蘇允軒淡淡笑了起來，摟住了丹年。他有妻子、有孩子，人生已經相當圓滿，縱有廣廈千萬間，還不是只睡一床一被。他身居這個高位，只是為了讓自己的家人過得更好，其餘的，他已別無所求了。

番外篇二　爭風吃醋

過了冬，丹年託小石頭在京郊買了另一處莊子，參考前世的兒童樂園，自己設計了園子，修成之後，丹年邀請幾個熟識的夫人與小姐帶著孩子去玩過幾次，賓主盡歡。

一時之間，明國公夫人的別莊在京城中甚是有名，很多人都想套交情進去園子裡看看。

皇上也聽說了這件事，時值夏日，他正愁沒個新鮮一點的避暑地，便大筆一揮，要借明國公的別莊開個宴會。

丹年雖然不願意，可皇上是最高統治者，怎麼也得給他這個面子，而且蘇允軒說國庫會付出租園子的錢，丹年便順水推舟地答應了。大昭的錢袋在蘇允軒手裡，他說給，那肯定會給。

只是丹年沒想到，臨到宴會開始前幾天，皇上突然來了興致，要朝臣帶自己的孩子一起去，來個父子同樂。

丹年大感驚奇，蘇允軒淡淡地解釋道：「皇后娘娘已經沒了娘家依靠，現在只剩一個好聽的皇后頭銜，這主意是她向皇上求來的，大概是想提前為太子相看太子妃。」

丹年聞言，撇了撇嘴。太子不過八歲，哪裡是選妃的年齡，看來余韶華在後宮的日子很不好過，急於幫她兒子找個依靠。

然而園子已經租了出去，怎麼用丹年都管不著，她只能早點吩咐人收拾好園子，等待客人到來。

當余韶華踏著矜持而雍容的步伐進入女賓休息的大廳時，身後的命婦和夫人們紛紛讚嘆明國公夫人的法子好，在座位上都貼了紙條，只要找到自己的座位即可。

余韶華一眼就看到主位旁的小几上立著一塊木牌，上面寫著「大昭永安皇后娘娘」，木牌旁還貼心地放置了一盤蘋果。

眾人看到主位上的木牌時，瞬間安靜下來，不約而同又萬分小心地和某個要坐主位的人拉開一定的距離。就算失了勢，人家也是大昭的皇后，發起火來她們可承受不了，還是離遠一點，看看熱鬧就好。

余韶華的女官氣得雙眼發紅，咬牙切齒地說：「沈丹年那個妒婦太惡毒了！」

這分明是人死後祭奠用的牌位啊！

余韶華拚命扯動了一下面部肌肉，擺出了微笑的表情，面不改色地坐到主位上，只要她兒子還在，總有一天，她會讓明國公府的人跪在她腳底下！

丹年微笑著坐在下首，心中無比順暢，真的是君子報仇，十年不晚。

余韶華看著丹年一臉笑容，內心憤恨無比。皇上不過是愛面子，才留著她皇后的位置，再這麼下去，不知道她還能在后座上坐幾天，得趁早幫兒子找個靠山，等兒子榮登大位，看沈丹年還能神氣幾天！

丹年扭頭就看到余韶華射向她的陰狠目光，她毫不示弱地回瞪了過去，深吸一口氣，趁周圍的人不注意，用口形對余韶華一字一字地說道：「三、寸、丁！」

這分明是拿她的身高作文章！余韶華臉色脹得通紅，處在爆發邊緣。丹年看著余韶華，不禁快意地想著，快發火吧，再加上一個「人前失儀」的罪名，皇后離進冷宮就不遠了。

然而余韶華這些年也不是白過的，她深吸了幾口氣，便與一旁的人說起話來，不再理會丹年，讓丹年遺憾了很久。

後院中，幾十個不到十歲的小孩子們正在玩耍，鐵丫帶著幾個丫鬟小心地看管著，就怕這些公子和小姐出什麼意外。

俗話說得好，爹矮矮一個，娘矮矮一窩。太子齊爍過了年就九歲了，可是拜他娘親的蘿莉身板所賜，看上去和五、六歲的孩子一般大，這也是齊爍小朋友心中的痛。

然而齊爍今日顧不上擔心自己的身高問題，來這裡之前，他的母后已經千叮嚀、萬囑咐過了，一定要他和內閣盧大人的嫡長孫女盧玉嬋交上朋友。他已經不是不懂事的小孩了，外祖父家已經沒落，他得及早為自己找一個靠得住的岳家。

盧大人是大昭元老級別的人物，門生遍布朝野，有了盧家的支持，他順利登上皇位不是難事。雖然他只有八歲，可天家之中沒有孩子，他若不早點為自己打算，他那些庶出的弟弟們，可都在等著呢！

齊爍領著貼身小太監，在假山後面等了很久，遠遠地就看到盧小姐領著丫鬟往這邊走，他瞧過盧玉嬋幾次，小小年紀就是個美人胚子，齊爍對她十分滿意。

小太監看著小主子手捧幾朵野花，一副羞澀又焦急的模樣，不禁問道：「殿下，您打算怎麼做啊？」

「我不是摘了花嗎，母后說女孩都喜歡花，等她經過這裡，我就出來把花送給她，告訴她我喜歡她，要她等我去她家提親！」齊爍對著心腹太監羞答答地說道。

小太監不動聲色地擦去腦門上一滴冷汗，真誠地說道：「真是個好辦法。」

眼見盧玉蟬蓮步輕移，就要走到這裡了，齊爍慌忙把花束藏在身後，覥著一張紅臉蛋，深吸了幾口氣，醞釀了一下感情，擺出一個風度翩翩的姿勢準備走出來，不料斜前方處突然走出了蘇長寧。

蘇長寧身穿月白色錦袍，滿頭黑髮只用一條錦帶束在腦後，簡潔的裝束襯得一張漂亮的小臉越發出色。

就在齊爍目瞪口呆的注視中，還不到六歲的蘇長寧輕巧地挪步攔住盧玉蟬，問道：「這位小姐，這裡有個荷塘，現在荷花開得正好，可否煩勞這位美麗的小姐帶我過去？」

蘇長寧雖然年紀小，可是被丹年養得相當結實，幾乎與盧玉蟬一般高，盧玉蟬看著面前俊逸又有風度的小公子，笑起來還有股帥帥的邪氣，一顆心霎時如小鹿亂撞，亂了陣腳。

「那個、那個……我沒去過，我不知道……」盧玉蟬又急又氣，低著頭看著自己的手指說道。早知道她就提前過來轉轉，也好過可能沒機會再與這個公子說話了。

就在盧玉蟬內心暗自惋惜之時，面前的漂亮小公子微笑地拉起了她的小手，說道：「沒關係，我知道在哪裡，我帶妳去。」

就這樣，當小美人盧玉蟬臉上帶著嬌羞幸福的笑容，經過假山後齊爍的面前時，她身邊已經多了一個各方面都足以秒殺齊爍的蘇長寧。

八歲的齊爍徹底爆發了，蘇長寧這個混蛋，才快五歲就知道跟他搶媳婦了！他恨恨地想著，他娘欺負我娘，他還來欺負我，真是沒一個好東西！

雖然盧玉蟬現在的身分離他的「媳婦」還早得很，可是這不妨礙齊爍將自己一個失敗者的怒火發洩到蘇長寧身上。

此後，只要蘇長寧出現在齊爍的視線裡，齊爍要麼給他白眼、不予理會，要麼就想盡辦法找碴。

蘇長寧起初還以為是自己娘親做人太差，才害她的兒子處處受人白眼，等到他想通是因為盧玉蟬的關係，已經是很久以後的事了。

番外篇三　改朝換代

沈泓一直記得他姑姑香香的懷抱，和溫暖的親親。當初在京城經歷的所有風險，都在丹年的呵護與疼愛下，轉化成美麗的回憶。

他剛滿七歲時，美好的童年就結束了，慈父、慈母變成恐怖又嚴厲的魔王，逼著他學這個、練那個，生活實在是太痛苦了！

如同二十一世紀許多不堪學業重壓的孩子一樣，早熟的沈泓做出了一個重大決定，並且迅速付諸實行。

沈鈺身邊的副將李升匆匆向沈鈺彙報。「侯爺，世子跑了！」

沈鈺和雅拉一個擦著心愛的長槍，一個翻著西北各地的奏摺，頭都不抬一下。

李升等了半天，發現這對夫妻沒任何反應，活像跑丟的是隻野兔子，而不是七歲的孩子一般，腦門上不禁一頭冷汗。

過了半天，沈鈺才笑道：「小兔崽子，還長能耐了！你去跟著他，死不了就別管他，看他能跑到哪裡去！」

李升這才匆匆領命而去，雅拉放下奏摺，感慨道：「孩子這麼大了，會離家出走了。」

沈鈺摟著她安慰道：「沒事，有李升看著，不會出什麼事，這段時間他累了，讓他出去走走也好。」

李升偷偷跟在沈泓背後，叫苦連天。這可是平西侯的獨子啊，要是出了什麼事，他十個腦袋都不夠砍！

沈泓自我感覺很是良好，天高地闊任他飛翔，因為他讀過的話本裡，那些大俠都是這樣的，不過現在不是行俠仗義、除暴安良的時候。一是因為他邁著小短腿跑了很久，一路上都是安貧樂道，想找欺男霸女的事比較困難；二是他有目標，他要去京城找香香軟軟的姑姑，不要欺負他的爹和娘了。

沈鈺和雅拉都以為沈泓只是溜出去玩，哪裡想得到這小子胸懷遠大，直接跑到京城去了！

李升苦著臉悄悄跟在後面，還時不時發信鴿給沈鈺，報告沈泓的動向。他暗中不知除掉多少想拐賣沈泓的壞人，保護沈泓一路有驚無險地進了京城。

沈泓站在城門口，朝賣菜的大媽露出了一個迷死人的笑容，說道：「奶奶，明國公府在哪裡啊？我要去找姑姑！」

大媽只當他姑姑是在明國公府做事的下人，看著沈泓粉嫩的小俊臉，恨不得把他抱回去當自己的親孫子養。

沈泓忍受數個大媽、大嬸的揩油之後，終於找到了明國公府。站在明國公府巍峨的大門前，沈泓幼小的心靈一陣激動。他馬上就要見到疼愛他的姑姑，再也不用忍受「惡毒」的父母，他的美好人生就要來臨了！

由於那些大媽、大嬸途中不知偷捏了沈泓幾下，明國公府的門房看著這個一臉黑印子的小孩，不禁有些猶豫。瞧他衣服雖然髒，但料子不錯，站在門口笑得一臉白癡相，就當他是哪個有錢人家的傻兒子。

誰知沈泓忽然面向他，雙手背在身後，一臉嚴肅地對他說：「我是平西侯的兒子，我來找我的姑姑沈丹年。」

「沈丹年」這三個字比「明國公府夫人」更響亮。當街搧人耳光，成了親又不許明國公納妾，光輝的事蹟一件接著一件，讓京城人士八卦了很多年。

門房雖然納悶，卻不敢遲疑，當下便稟告了林管事。等沈泓梳洗乾淨，順利地見到沈丹年，已經是半個時辰之後了，在此之前，李升已經見過丹年，向她稟明真相了。

沈泓被林管事牽著手邁入了丹年的房間，一進門，他就看到坐在丹年身邊的小女孩，粉妝玉琢的臉上有一對黑亮的大眼睛，就像瓷娃娃一樣漂亮。

啊，瓷娃娃還朝他笑了，笑起來真好看啊！

沈泓樂陶陶的，幾乎要醉了，還沒等他從瓷娃娃身上收回視線，就被摟進一個溫暖的懷抱裡。

丹年抱著自己親愛的侄子，眼淚一個勁兒地往下掉，聞訊而來的沈立言和李慧娘第一次看到自己的孫子，驚嘆沈泓都這麼大了，接下來三個人就為了搶抱沈泓鬧成一團。

蘇允軒拉著一個漂亮的小男孩從門口邁了進來，看沈泓被三人搶來搶去，忍不住直翻白眼，連忙制止道：「你們這是做什麼，孩子會受不了了！」

三人這才反應過來，李慧娘趁丹年和沈立言不注意，一把抱過沈泓，疼愛地摸了半天不肯撒手，直問沈泓的爹娘對他可好。

沈泓從小就聰明，人精一個，弄清楚了這幾個人跟自己的關係，立刻將自己的血淚史和盤托出，強調他的爹娘如何狠毒地壓迫他，非逼著他學東學西。

等到吃午飯時，丹年才將沈泓一直記掛在心裡的瓷娃娃介紹給他，原來這個瓷娃娃是他的表妹，蘇長安，而那個被他姑父牽在手裡的漂亮小男孩，就是自己的表弟，蘇長寧。

沒多久，沈鈺就派人接沈泓回去，沈泓依依不捨地與瓷娃娃道別，回到了西北。

沈泓二十一歲那年，皇上病危，太子齊爍代為處理朝政，而太子和明國公府勢不兩立，這是大昭人民都知道的事情。

齊爍心裡很清楚，自己的父皇未必想留著明國公一家，然而因為忌憚西北軍，他們不能、也不敢有多餘的動作。齊爍清楚地知道一件事，就是他不能像父皇一樣優柔寡斷，蘇家的小子風流紈袴、不務正業，哪裡比得上他？他壓根兒沒把蘇長寧放在眼裡。

只不過，齊爍不知道的是，他眼中的紈袴子弟蘇長寧帶著姊姊蘇長安偷偷跑到平西侯府，和沈鈺一家緊急協商之後，由蘇長寧先回京城，蘇長安則留了下來。

沈泓帶著已經擴張為四十萬的西北軍進京「勤王」，緝拿「反賊」，和蘇長寧裡應外合，在皇宮北門拿下由重兵護衛的齊爍，當場格殺。

在沈泓眼裡，已經龍袍加身的蘇長寧，是個讓他猜不透的人，看似放蕩不羈，實則精明過人，就連自己的夫人蘇長安，也弄不清楚親弟弟的心思。

沈泓和蘇長安成親有了孩子之後，每隔兩年便會舉家到京城探望岳父、岳母。一次宮廷家宴上，蘇長寧一高興，喝多了酒，醉眼迷離地趴在水榭的欄杆上，舉著酒樽咕噥道：「沒能殺了稗沙門，反而殺了齊爍，可皇位終究是朕的，這老天……」

已經是皇后的盧玉蟬見蘇長寧醉糊塗了，連忙叫太監攙扶他回去寢殿。

在場的人都沒注意到皇上說了些什麼，只有離他最近的沈泓聽到他的咕噥，卻無論如何都想不通那是什麼意思。

蘇長寧醒來之後，曾召沈泓入宮，旁敲側擊了半天，就是想從沈泓嘴裡問出他有沒有聽到什麼，或是懂不懂他說的意思。

沈泓不蠢，自然知道該怎麼說。「皇上酒醉時說出來的話，必定極為隱密，微臣聽不清楚，也不懂是什麼意思。無論如何，這些事都會爛在微臣肚子裡。」

蘇允軒和沈丹年沒有搬入皇宮，在丹年心中，那裡充滿了不好的回憶，還是明國公府比較像自己的家。

明國公府的後院裡，無聊地翻著書的丹年突然對蘇允軒說道：「你兒子的性子跟你一點都不像。」

蘇允軒聞言，停下了手中的筆，笑道：「妳不是常抱怨，嫌我性子太冷硬嗎？」

丹年嘆了口氣，說道：「長寧聰明很好，可是他太聰明了，對人像是戴著一副面具，不像你，也不像長安那樣。」

蘇允軒低頭笑了笑，王侯世家的孩子哪有天真爛漫的，長安不過是被他們夫妻倆寵壞了，不像長寧生下來就懂得算計，天生是皇家中人罷了。

如今他已四十多歲，幸好兒子還算有出息，今後不用他操心了。長寧這小子從小就老成又猴精，後來乾脆聯合他舅舅和表哥舉兵勤王，自己做了皇帝，事情會演變成這樣，蘇允軒一點都不感到驚奇。

自己的妻子都不尋常了，兒子能正常到哪裡去？就這麼把日子過下去吧，蘇允軒一直這麼安慰自己。

獨家番外篇一 兩情相悖

入夜後，鳳棲宮裡燈火通明，一盞盞精緻的宮燈散發著暖黃色的光，照亮了余韶華所在的寢殿，地龍和炭火盆燒得正旺。

余韶華靜靜趴在榻上，本來就偏短的身材此刻更是蜷縮成一團，埋在了厚厚的毯子裡。她腦海中閃過的，全是沈丹年被蘇允軒抱走後，皇上看向她時的目光，那是前所未有的冷厲和陰狠，就像是鋒利的刀刃，要把她一片片凌遲處死般。

她忍不住又打了一個寒噤，潛意識裡，她明白這次真的觸及齊衍修的底限，巨大的恐慌瞬間淹沒了她，讓她有種大廈將傾，完卵不再的驚懼。

偶爾有陣風吹過，殿裡的燭火便不斷搖晃，光影變換，讓余韶華不禁一陣哆嗦，好像那陣風是沈丹年前來索命的冤魂。

「不怪我……這怎麼能怪我？」余韶華喃喃說道，猛然抓住身旁女官的手。「妳說今天的事情怪本宮嗎？」

女官的手被余韶華抓得生痛，連忙說道：「不怪娘娘，娘娘您是千金之軀，是一國之母，您只是履行國母的職責，訓誡沈丹年那個妒婦罷了！沈丹年還故意侮辱、誹謗您，您沒治她的罪，是您心胸寬廣，她若出了事，怎麼能怪到娘娘頭上？」

「對、對！」余韶華感到興奮不已，從毯子裡鑽了出來，說道：「這怎麼能怪本宮？是她自己身子不好……本宮也生過孩子，懷孕的女人哪有那麼嬌貴，站一會兒就不行了？我看她是裝的，一定是裝的，想藉機陷害本宮，其心可誅！」

話雖然這麼說，可余韶華臉上的表情並沒有輕鬆多少。自從沈丹年被蘇允軒抱走之後，齊衍修便沒再來過她的寢殿，臨走前那個恨不得把她抽筋拔骨的表情，讓她到現在都感覺一顆心被狠狠揪著。

憑什麼！她才是齊衍修明媒正娶的妻子，她才是大昭的皇后，母儀天下、尊貴無比的皇后，她背後還有勢力強大的余家，誰敢不尊重她？

齊衍修母族卑微，他離不開她，離不開余家！

想到這裡，余韶華心情稍稍安定了一些，卻更加惱恨沈丹年了。這個女人嫁人之前就很礙她的眼，嫁了人之後依然不安分，就像是扎入她眼中的釘子，陷進她肉裡的刺。

她的父親與整個家族費盡心思、殫精竭慮送她入宮，把她捧到皇后的寶座上，哪知道這個寶座居然是沈丹年那個妒婦不屑一顧的，她余韶華不過是撿人家不要的！

直到她生了皇長子齊爍，她才長吁了一口氣，放下一顆心。

就在她這個皇后做得順風順水時，她總是能不經意地聽到來陪她聊天的命婦們說蘇允軒有多寵愛他的夫人，即便沈丹年懷孕了，蘇允軒身邊也沒有一個通房伺候，全心全意都放在沈丹年身上。

而皇上更時不時賜下一堆賞賜給明國公府，比當年她懷齊爍時還要上心幾倍。

余韶華心中不可抑止地湧上一陣陣憤怒，直到現在她平靜了下來，才能慢慢了解，她不過是嫉妒沈丹年罷了。

看到沈丹年扶著肚子進大殿時，她一瞬間確實有要沈丹年去死的念頭！

只不過現在這個念頭已經消失得無影無蹤了。她現在只盼望沈丹年平安無事，否則不光是皇上和明國公發難，更不曉得那個瘋子似的平西侯會做出什麼事來。

此時一個宮女匆匆地進了寢殿，跪下稟告說：「啟稟娘娘，明國公夫人產下一女，母女平安。」

余韶華此刻才覺得自己又活過來了，但又怕自己喜色外露，丟了皇后的顏面，板正了臉色說道：「知道了。」

不過是生了個女孩，哪裡比得上她的皇長子尊貴！

沈丹年一平安生產，余韶華就以為這件事算是過去了，到底是皇家內部的醜事，關係一國之后的尊嚴和顏面，沒有人敢議論，更沒有人在她面前提起。

但是接下來三個月，皇上都沒再踏入她的宮殿，這在之前根本是讓人不能想像的事情。皇上雖然也寵幸其他嬪妃，但平均一個月歇在她這裡的時間總是最多的。

余韶華心頭也賭著一口氣，別說沈丹年只是個誥命夫人，就算沈丹年是齊衍修的妃子，怎麼搓圓捏扁，也是她這個做皇后的說了算；再說，沈丹年不是沒事嗎，他就為了這個甩她的臉，替沈丹年出氣？

她是齊衍修明媒正娶的妻，是大昭的皇后、國母，她背後的余家更是齊衍修不能缺少的膀臂。

他能三個月不來她這裡，難道還能一輩子都不來嗎？

就在余韶華這麼想的那天下午，她帶著兒子齊爍到御花園裡遊玩，碰到皇上帶著新寵周嬪出來閒逛。

周嬪年紀比她小，長腿蜂腰、高挑豐滿，正在皇上面前跳著拿手的舞蹈，銀鈴般的笑聲張揚又刺耳。

這段日子周嬪顯然被她丈夫「滋潤」得很好，裙角飛揚中，她豔麗的臉上滿是風光明媚的笑容。

那笑容深深刺痛了余韶華。

她突然想起她曾義正辭嚴地訓斥沈丹年，說沈丹年善妒，連懷孕了都不為明國公安排一個通房，是大昭第一妒婦。當時沈丹年滿臉譏笑，看著她時，彷彿像在看一個大笑話。

她那時只顧著憤怒，現在才想明白，她自己可真是一個大笑話！

余韶華注意到，皇上已經看到了她和齊爍。

隔得老遠，余韶華都能看到皇上的眉頭皺了一下，揮了揮手，讓舞得正歡的周嬪下去了。余韶華沒有錯過周嬪退下時，看向她的那一眼怨毒。

等周嬪離開後，余韶華才拉著齊爍走了過去。

「皇后今天興致不錯啊！很久沒看到皇后出來逛逛了。」齊衍修笑道，現在他還沒有同余家翻臉的打算。

余韶華矜持地淡淡一笑，似是嘆息一般，說道：「那是因為皇上很久沒見過臣妾了。」

齊衍修嘴角往上勾了勾，隨意地問道：「喔，有多久了？」

明知道不能說，可因為心中有氣，余韶華還是忍不住，立刻笑道：「有三個月了，就是從明國公夫人生產那一日開始的。」

齊衍修臉上的笑容冷了下去，身邊的金槙立刻機靈地帶領宮女與太監退下了。

余韶華的怒火越發高漲了。沈丹年算什麼，有她這個皇后尊貴嗎？沈家能像余家這樣支持他嗎？齊衍修這一副不忘舊情的模樣，真是讓她無論如何都吞不下這口氣。

「怎麼，皇上還在心疼嗎？」余韶華從牙縫裡擠出這一句話，她抬起下巴看著齊衍修，多少帶了點挑釁的意味。

齊衍修卻沒有像余韶華想像中那般生氣，只嘲諷地笑了笑。現在就算要心疼沈丹年，也輪不到他了。

「皇后是不是以為，朕的皇后只能是余家女？」齊衍修問道。

余韶華再蠢也不會在這種問題上觸皇上的逆鱗，只得低下頭，忍氣吞聲地回答道：「臣妾不敢。」

「很好，妳還有不敢的事情。」齊衍修笑得十分譏諷。「當年朕還未登基時，當眾向沈丹年求親，妳們這些閨閣小姐都在暗地裡嘲笑沈丹年，覺得她真是倒楣到家了，是不是？」

余韶華臉上一陣紅一陣白，說道：「不管誰被皇上看中，都是幾輩子修來的福分。」

齊衍修輕笑了一聲，是福還是禍，大家心裡都清楚。他這會兒突然想起沈丹年曾問過他的一個問題，忍不住拿來問余韶華。

「倘若朕不是皇上，妳還會不會嫁給朕？」齊衍修問道。

余韶華嘴巴張了幾次，一顆心不停打鼓，怎麼想都想不出一個讓齊衍修滿意的回答。

要是說不會，那豈不是在打齊衍修的臉？要是說會，齊衍修可不是蠢瓜，這話他怎麼會信！

「罷了，不用說，朕不想聽了。」齊衍修掃興地擺了擺手，明知道答案，還問這個做什麼。他想起沈丹年聽到他的回答後，眼眸低垂，神色難掩失望，當時他的心澀得像是泡到一池苦水裡。

如果他能像蘇允軒一樣，為了她放棄江山，只守著她一個人，那現在……她會不會就是他的妻？

只可惜，這世上沒有那麼多「如果」。

他拋棄良知，放棄最愛的女子，得到大昭的千里山河。他解決掉他的仇人，嚐到高高在上的權力滋味，享受萬人頂禮膜拜，他已經習慣做一個皇帝了，怎麼可能捨棄？

只是他人生再得意，夢醒時分，回想往事，終究波瀾起伏，悔意難平。

「沈丹年當初不是也沒答應皇上的求親嗎？」余韶華低聲說道，滿心的不服氣。就這一點而言，沈丹年和她們有什麼區別？對於一個已經是他人的妻子、母親的女子，齊衍修何必念念不忘？

「妳也能和她比？」齊衍修忍不住冷笑。

他不理會余韶華青白交加的臉色，對於這個從他這裡得到權勢尊貴，還奢望後宮獨寵的蠢女人，他的耐心實在不多。

明媚的春光照在齊衍修身上，滾了金線的五爪龍袍反射著耀眼的光芒，他能感受到陽光的溫暖，然而伸出手去抓，卻只抓到一團空氣。

有些人，就如同這溫暖的春光，就算她在你觸手可及的地方，任憑你如何努力，卻是終其一生，都無法得到。

獨家番外篇二　情有獨鍾

沈泓二十歲那年應詔入京，原因是皇上要為平西侯的獨子賜婚。

對於這個神秘的平西侯世子，京中各種傳言都有。有人說因為他母親是勒斥人，沈泓肯定是個滿臉大鬍子，還編了一頭小辮子的蠻子；只不過這種言論一出，立刻就有人反駁，原因在於不少人都見識過沈鈺的風采，沈泓又是沈鈺的親兒子，多少能遺傳到一點沈鈺的「美貌」，絕對不至於長成那副聞者傷心、見者落淚的德性。

沈泓高調地騎著白馬、身穿白袍，帶著護衛隊拉風地進京了，那雙和沈鈺幾乎一模一樣的桃花眼電力十足，所到之處電閃雷鳴，無數姑娘哭喊著求沈泓把她們帶走，順便還把當初造謠說沈泓是個大粗漢的人給痛打了一頓。敢說人家平西侯世子是蠻子？有見過這麼帥、這麼迷人的野蠻人嗎?!

沈泓進京後當天晚上，皇上就在京郊的荷花湖上設宴為他接風洗塵，主持宴會的人是太子齊爍，參加宴會的客人基本上都是官員家裡的適婚子女。

說是接風宴，其實就是幫大昭官二代們辦的一場相親宴。

夜幕降臨後，明國公府的後院裡，十八歲的蘇長安懶洋洋地躺在水榭的榻上，嘟著嘴，扯著手中的絲帕。

丹年笑咪咪地走了過去，坐到女兒身邊，故意問道：「這都什麼時辰了，妳怎麼還在家裡？不去荷花湖了？」

「不去！」蘇長安發起了小孩子脾氣，氣鼓鼓地說道：「誰愛去誰就去，反正我不去！」

她是明國公的嫡長女，想求娶她的人能從京城東門排到西門，她又不是嫁不出去了，用得著去相親嗎？

沈丹年強忍著笑意，說道：「妳和泓兒有好長一段時間沒見面了吧？不想見他嗎？妳要是不去，泓兒可就要被別家的女孩看中了。」

「關我什麼事！」蘇長安更來氣了，眼眶不禁泛紅，又怕被她的娘親看到，趕緊翻了個身。

可惡的沈泓，討厭的沈泓，她發誓這輩子都不要搭理他，再也不要見到他了！

居然同意去那種宴會，他難道不知道那是皇上幫他辦的相親宴嗎？他想跟誰相親啊?!

丹年看著女兒委屈的模樣，偷偷感嘆了一下「年輕真好」，然後點了點女兒的腦門，一臉嚴肅又發愁地說：「妳這孩子，光長個子不長腦子，主辦宴會的太子是什麼人？他一直視我們明國公府和平西侯府為眼中釘、肉中刺，今晚荷花湖上那場宴會是多好的機會啊，他會放著不用？要是稍有不慎，沈泓就有性命之虞！」

蘇長安大吃一驚，一骨碌地從榻上坐了起來，急切地拉著丹年的手問道：「不、不會吧？那個矮子再蠢，也不至於這個時候……不，不行！我得去看著，沈泓那麼白癡，連游水都不會……」

她口中的「矮子」指的是齊爍，他遺傳了親娘余韶華的五短身材，就算因為身為太子而被照料得很好，也悲劇的沒有超越大昭男子的平均身高。

「那還不趕緊去！」丹年幾乎要笑出聲來了。

看著蘇長安快速梳妝打扮後就火速出門的背影，丹年忍不住感慨，女兒真是可愛啊，當年出生時只有那麼一丁點大，轉眼都長成春心萌動的大姑娘了！

「趕緊出來吧！」丹年朝門後輕哼了一聲。

她的話音剛落，門後就走出一個高大俊雅的少年，笑咪咪地跑過來抱住丹年的胳膊。

丹年用力彈了兒子的腦門一下，罵道：「鬼靈精，一肚子壞水，連你姊姊都算計上了！」

蘇長寧眨巴著酷似蘇允軒的一雙眼睛，一臉的無辜，低聲笑道：「我只是出主意而已，娘才是算計姊姊的人！再說，要不是我出這個主意，姊姊現在還在生表哥的悶氣呢！」

丹年無奈地搖了搖頭。其實他們這一家四口除了長安，全都是會捉弄人的壞傢伙，她實在沒什麼立場說長寧啊……

當蘇長安馬不停蹄地趕到畫舫時，宴會已經開始了，一輪滿月掛在空中，荷花湖上的畫舫全都用板子連接在一起，絲竹聲和笑聲傳得老遠都能聽得見。

不知道那個蠢貨沈泓有沒有一點防範意識，竟然還得煩勞她來救他！蘇長安咬牙切齒地想著。

她到了畫舫，費了點工夫，終於在一個僻靜的角落找到了沈泓。看到沈泓的時候，蘇長安不由得變了臉色。好啊，都大禍臨頭了，還有閒情逸致約會?!

沈泓背著手站在船頭，白色的袍角被夜風吹得飛揚起來，皎潔的月光籠罩在他身上，為他鍍上一層溫柔的白光，英俊得像是從月宮中走出來的神仙。

他身旁不遠處站著一個滿臉紅暈的女孩，那正是太子太傅的嫡孫女，何芊芊。

「沈大哥，西北是什麼樣子？我只聽人說過，沒去過。」何芊芊羞答答地問道。

沈泓瞧見何芊芊背後的蘇長安正瞪著他，忍不住笑了起來，略帶邪氣的溫柔笑容讓何芊芊心頭一陣小鹿亂撞，激動得不能自已。

然而何芊芊等了半天，只看見沈泓在笑，卻沒聽見他回答，忍不住疑惑地問了一句。「沈大哥？」

沈泓回過神，將視線從蘇長安身上收了回來，簡短地說道：「西北啊，和這裡不一樣，地廣人稀，天氣也很冷。」

「那有多冷啊？」何芊芊沒聽出沈泓語氣裡的敷衍意味，還當沈泓在耍帥。

此時，蘇長安陰沈沈的聲音從何芊芊背後傳了過來。「妳想知道？跳到湖裡就能感受一下有多冷了，要不要我幫妳？」

何芊芊一回頭，就看到蘇長安那要殺人的目光，她忍不住打了個寒噤，眼淚在眼眶裡打轉。她慌忙躲到沈泓背後，扯著沈泓的衣袖，怯生生地問道：「妳、妳想做什麼？沈大哥還在這裡，妳、妳不要亂來……」

蘇長安無語地朝天翻了個白眼。有必要這樣嗎？瞧何芊芊一副無辜小白兔的模樣，好像她把她給怎麼樣了一樣！而且……何芊芊揪著沈泓衣袖的那隻手，實在很礙眼！

沈泓順著蘇長安瞇起的眼神看過去，正巧看到何芊芊那隻手，他慌忙扯開自己的衣袖，以示清白。

開玩笑，要是讓長安誤會了什麼，他就是跳進黃河也洗不清了！長安那脾氣，比起姑母來，簡直是青出於藍而勝於藍。

「沈大哥……」何芊芊淚眼汪汪地看著沈泓。

沈泓咳了一聲，心想：姑娘，我和妳真的不熟啊……

「姑娘，在下的表妹來了，我們還有事，先失陪了。」沈泓笑了笑，抬腳就往蘇長安的方向走了過去。

何芊芊咬了咬牙，沈泓明顯是躲到這個角落來的，她好不容易才逮到他落單的機會，絕不能錯過。

沈泓還沒走兩步，就聽到身後撲通一聲，轉身一看，剛才還好端端站在甲板上的何芊芊已經掉到湖裡，正在奮力掙扎著，模樣好不可憐！

「沈大哥！我不會游水啊，救我！」何芊芊哭著朝沈泓喊道。

沈泓救了她之後，她就能以身相許了！

「我也不會游水啊！」沈泓眨巴著眼睛說道，很是無辜地看著何芊芊。

他是在西北長大的旱鴨子，怎麼可能會游水嘛！再說，他提前打聽過，這一片荷花湖是人工挖出來的，水高頂多到人的胸口，淹不死一個意識清醒的大人。

何芊芊不禁傻眼了，怎麼會這樣？英俊瀟灑、風流倜儻的沈泓居然不會游水？那她跳進湖裡做什麼啊?!

還沒等何芊芊回過神來，一旁的蘇長安就笑咪咪地扯著嗓子喊了起來。「快來人啊！太子太傅孫女何芊芊落水了！」

這個可惡的蘇長安！何芊芊氣得差點想殺人，立刻就要從湖裡爬到甲板上，然而還是晚了，不少人從四面八方趕了過來，蘇長安和沈泓則隱藏在人群中，微笑地看著何芊芊狼狽不堪地被人從水裡抱了出來。

等看熱鬧的人都走光了以後，沈泓湊近蘇長安，低聲說道：「長安，妳今天來得很晚啊！」

蘇長安沒好氣地哼了一聲說：「你知不知道今天晚上那個矮子對你不安好心？你還敢來？」

沈泓聽了，卻只是看著她笑。

「你！」蘇長安氣得跺腳，想起剛才何芊芊那副模樣就一肚子火氣，罵道：「你什麼樣的女人不好找，非得找那個何芊芊，你知不知道她爺爺是矮子的老師啊？」

沈泓無辜地雙手一攤。「不知道，我才剛到京城，怎麼會認識她？我連她長的是圓是扁都沒看清楚。」

「算了，我不管你了！」蘇長安撇了撇嘴說道。

「那可不行。」沈泓一雙桃花眼裡盛滿了醉人的笑意，一眨也不眨地看著漂亮的小表妹。「我新來乍到，在這裡除了妳誰都不認識，妳得陪著我，不能丟下我一個人。」

蘇長安被他看得臉紅心跳，嘟著嘴說道：「我才不陪你相親呢！我來就是為了提醒你那個矮子不安好心，反正你有的是女人陪，剛剛才有個何芊芊等著你英雄救美不是嗎？我走了，再見！」

最後一聲「再見」，蘇長安是從牙縫裡擠出來的。

然而還沒等蘇長安轉身邁出腳步，就被大力拉入一個溫暖的懷抱，沈泓貼在她耳邊柔聲說道：「我很想妳，妳想不想我？」

蘇長安紅著臉，嘴硬地說：「我才不……」

話還沒說完，沈泓那張俊臉就在她面前放大了，他摟緊她的腰，堵住了她的嘴。

獨家番外篇三　勝券在握

與一般的反賊不同，蘇長寧是從出生那一刻起，就立志做反賊，打算自己當皇帝。

他清楚地記得前世的事情，在玄武門下，他被自己的大哥一箭穿心。

在他的意識完全陷入黑暗之前，大哥閒庭漫步似地走到他面前，蹲下身子輕聲說道：「二弟，大哥是從地獄裡走過一遭又回來的人，你想做什麼，大哥都知道。」

他萬般不敢置信，明明是絕密的計劃，大哥怎麼會知道？

領兵南征北討打江山的人是他，聲望最高的人也是他，有能力、有魄力的更是他，可就因為大哥是長子，所以他得屈居於大哥之下，向他俯首稱臣、三跪九叩？

等他再醒過來，一睜眼就成了一個剛出生、連話都不會說的嬰兒。

這是什麼情況?!

老子不服！他還要回去重整旗鼓，和大哥死磕到底，老天爺卻把他變成一個小奶娃，他要拿什麼同大哥鬥啊？比誰更會喝奶嗎?!

更讓他驚恐的是，這個世界和他以前所在的世界完全不一樣，他還有了新的名字——蘇長寧。在忍受大奶娃蘇長安各種欺負蹂躪十一個月之後，他終於能邁開小短腿，逃離姊姊的魔爪了。

蘇長寧頭戴虎皮帽、腳穿兔毛鞋，脖子上還掛了隻金招財貓，跑得飛快。他要是不跑得快一點，就要被姊姊拖回去和娘親一起打扮他，強迫要他換裙子、紮頭花了！

原因是蘇長安當初想要個妹妹，然而送子觀音卻送來一個弟弟，為了彌補蘇長安的遺憾，娘親沈丹年總是笑嘻嘻地袖手旁觀。

「這孩子真早就會走路了呢！」丹年每回看到長寧被長安攆得滿院子跑，都忍不住這麼感慨，有種「我兒子是天才」的自豪感。

蘇長寧惡狠狠地想著：天才個鬼啊！有見過被自家姊姊和娘親聯手欺負到落荒而逃的天才嗎？其實我是撿來的孩子吧！

等蘇長寧完全能自主行動時，他終於有機會實施「回去」的計劃了。他不能再浪費時間在這裡當小奶娃，要是再不回去，等大哥坐穩了皇位，一切都太遲了。

蘇長寧試過各種方法，都沒「回去」成功，他還是那個鼓著一張包子臉的小奶娃，最後他乾脆把心一橫，大冬天的跳進家裡的湖裡。

丹年那時正好坐在他身邊，不過是一轉身的工夫沒看著他，就聽見「撲通」一聲——蘇長寧翻過亭子的護欄，掉進了水裡。

那一刻，丹年的心幾乎停止跳動，連思考的時間都沒有，她毫不猶豫地翻身跟著跳進冰冷刺骨的水中，把蘇長寧給撈了上來。

蘇長寧一張粉嫩的包子臉熱得像煮熟的蝦子，高燒整整七天，迷迷糊糊中，他只能聽見丹年抱著他不停哭泣，不斷親吻他的臉，冰涼的淚水滴落在他滾燙的臉頰上。

「長寧要是有個什麼，我也不想活了！」

他的娘親哭著喃喃說道，任憑他的父親蘇允軒怎麼勸解都沒用。

蘇長寧一心想要回去同大哥死磕到底的心，突然間被沈丹年的眼淚給降溫了。他十分後悔自己的行為，侵占了人家兒子的身體，就該履行身為兒子的義務，自此，蘇長寧才乖乖當起蘇允軒和沈丹年的兒子。

十幾年後，京城多了一個風度翩翩、長相俊美，實則一肚子壞水的風流紈袴子弟蘇長寧，他懷著「造反當皇帝」的終極夢想堅定地前進，順便擄獲無數懷春少女們的芳心。

他有手握重兵的平西侯舅舅沈鈺，有朝中一呼百應的明國公父親蘇允軒，他又是父親唯一的兒子，再加上他要解決掉的對手齊燦，智商和他壓根兒不在一個水平上，天時、地利、人和他都占盡了，這回要是造反不成，那真是連上輩子的臉都丟光了！

只不過，雖然齊燦水準差，但齊衍修可不是個蠢瓜，儘管他已經病得起不了床，可他腦子依然精明，他再不喜歡齊燦，也不允許有人威脅到他兒子的帝位。

就在齊衍修想對蘇長寧下手時，蘇長寧早就打包收拾好了行李，準備帶著蘇長安閃人。夜裡，兩人騎馬出發了一陣子之後，就在京郊的路上，碰到等在那裡的盧玉蟬。

「妳來做什麼？」蘇長寧勒停了馬，收起了一貫溫和的笑臉，審慎地盯著盧玉蟬。「妳怎麼知道我們今天要走？」

前段時間皇后召見了盧家宗婦，要把盧玉蟬賜婚給齊燦，她已經是內定的太子妃了。

就憑她的身分，盧玉蟬這個時候出現在這裡，不得不讓蘇長寧心生警戒。

盧玉蟬委屈地咬著嘴唇，看了蘇長寧身後的蘇長安一眼，小聲說道：「長安姊姊告訴我的。」

蘇長寧立刻瞪向身後的蘇長安，蘇長安一臉無辜地呵呵笑了兩聲，雙腿一夾馬腹，說道：「我先走，你們聊！」

「盧小姐，妳還是趕緊回家去吧，這麼晚了，不安全。」蘇長寧下了馬，藉著朦朧的月光對盧玉蟬笑道：「這裡不是妳該來的地方，我走了。」

盧玉蟬紅著眼睛，上前攔住了蘇長寧，說道：「你……你別走！」

蘇長寧閃過她，逕自向前準備上馬，卻被盧玉蟬從背後抱住了。

盧玉蟬貼著他的後背，哭著說道：「你要走，就帶我一起走！」

「盧小姐，這樣於禮不合，妳是皇后娘娘定下的太子妃！」蘇長寧無可奈何地說道。清麗明媚的少女捨棄了姑娘家的羞澀，對他又這麼熱情，真是教他實在無法再裝傻了。

盧玉蟬又氣又委屈，抱著蘇長寧的後背叫道：「我不要當什麼太子妃！我只喜歡你，我要跟你走！」

蘇長寧嘆了口氣，這可真是教人為難啊！其實他也覺得盧玉蟬一個熱情純真的小美女配給齊爍實在是暴殄天物，既然她都這麼求他了，那他……就「勉為其難」地搶了齊爍的未婚妻，來個英雄救美算了！

於是，蘇長寧再度上路時，身邊多了一個滿心滿眼都是他的嬌俏小美人。

未來的老婆跟仇人私奔了，齊爍的顏面丟得連渣都不剩，他立誓等他當了皇上，一定要把蘇長寧處死，鞭屍後再暴屍，削成七七四十九段，方能解心頭之恨。

蘇長寧從西北回來後，正大光明地從西門進了城，碰上早就等在那裡的金忠，也就是金慎的兒子。

「蘇少爺，您還敢回來？」金忠皮笑肉不笑地說道：「太子殿下最近很思念您啊！」

蘇長寧笑咪咪地拱了拱手，答道：「承蒙殿下掛念，不勝榮幸，不知道殿下最近過得怎麼樣？」

金忠冷哼了一聲。「當然不好了！」一頂綠帽子戴在頭上，能好才怪！

「那就好。」蘇長寧笑得氣死人不償命，輕聲道：「知道他過得不好，我就放心了！」

金忠氣得差點昏倒，心中暗暗替齊爍掬了一把辛酸淚，有蘇長寧這樣的惡臣，太子殿下真是太辛苦了！

只可惜，齊爍還沒來得及實施幹掉蘇長寧的甲、乙、丙、丁……計劃，齊衍修就病逝了，在國喪期間，蘇長寧和沈泓裡應外合，解決掉齊爍，自己當了皇帝。

當然，也有幾個齊爍的死忠擁護者大罵蘇長寧是亂臣賊子，然而蘇長寧卻完全沒當成一回事，他只是完成了父親未盡的事業，把「反賊」當到底而已嘛！

還是他娘說得對，能笑到最後的人，才是贏家！

——全篇完

穿越時空／靈魂重生／政治鬥爭／婚姻經營之奇情佳品！

生動靈活、別具巧思／天然宅

年華似錦

全套四冊

多年前死裡逃生，只求平安度過下半輩子；
多年後風口浪尖，不想出頭卻是身不由己。
看她勇於抵抗命運，努力爭取幸福，活出一番錦繡人生！

文創風 199 **1**

這這這……這到底是穿越重生，還是重新投胎啊？!
丹華意識到自己變成小嬰兒，誕生在一個讓人感到陌生的地方，
在她只會哇哇大哭，還沒能真正弄清楚情況之前，
她的親爹突然抱著一個小男嬰回來，說他是當朝太子的遺孤，
要交換他們兩個人的身分，讓她這個親生女兒代替他去死！
就在丹華絕望地以為這次她真的得跟世界告別之際，
幸得忠君之士不顧危險救了她，並賦予她新身分──沈丹年。
之後沈氏一家借守喪之名遠離皇都，回到家鄉當起農戶，
雖然族人、鄰居不乏好事者，甚至還有人強占他們家的土地，
但她這個靈魂成熟的小女娃可不會讓這些人好過！

文創風 200 **2**

為了早日掙脫牢籠般的生活，又掛心養父與哥哥的安危，
丹年前去「威脅」親爹與那個太子遺孤，取得援助糧草的承諾，
甚至單槍匹馬前往遙遠的邊境，更深入敵營打探軍情，
遭到軟禁不說，還被挾持著逃命，換來一身傷。
雖然最後大昭打了勝仗，丹年一家也在外面另外找到住處，
然而她內心深處的願望卻落空了──
他們還得繼續待在京城，只因兩國之間的戰爭尚未完全結束，
養父與哥哥隨時都要準備好再上戰場賣命！

文創風 201 **3**

丹年就知道狗改不了吃屎，壞到骨子裡的人就是學不乖！
當初在家鄉欺負他們的族人，聽她養父與哥哥封了官受了賞，
竟厚著臉皮求她收容，實則想藉機揩油，好在京城橫著走；
而跟她討厭的堂姊一掛的蠢女人，則把腦筋動到她哥哥身上，
妄想藉機獻藝，再求得皇上賜婚，好成全一段「佳話」！
幸虧她明察秋毫，不但粉碎他們的野心，更一雪前恥，
在皇宮內大出風頭，讓眾人眼前一亮，刮目相看。
只可惜，她這麼做還是不足以杜絕某些人的癡心妄想，
看到那個笨蛋太子遺孤呆呆中了迷香，差點被人拉去「快活」，
還一副飄飄然、不明所以的模樣，她就氣得頭發暈！

文創風 202 **4** 完

就說她跟他一點關係也沒有，怎麼就是沒人相信呢？!
丹年很頭大地發現，古代八卦人士與狗仔隊的功力相當了得，
非但大肆渲染他們交往的「事實」，還把案情形容得很不單純，
不管她怎麼澄清，就是沒有人做出「更正報導」。
這下可好，以前追求過她或對她有意的人全翻了臉不說，
太子遺孤先生更正大光明地以另一半的身分自居，
不僅把她當成所有物，還對她毛手毛腳，簡直色情狂！
偏偏一波未平一波又起，新皇登基後想穩固治理根基也就罷了，
竟還把主意打到丹年這輩子最關心的人身上──
身處遠方的哥哥被陰謀算計，心愛的死對頭更是動輒得咎……

溫馨寫實小說名家／凌嘉

大齡剩女

全套二冊

為什麼她原本平靜的生活，
在遇見這兩個各領風騷的男人之後，
就完全變了樣呢……

文創風 188 上

從現代人變成古代人不要緊，反正她的專長本來就是考古，
就連姓氏都是「古」！既然家裡有當鋪又有古玩店，
她自然樂得成天跟這些寶物為伍，就算不像個淑女也無所謂。
只不過……才區區二十歲就被當成老姑娘是怎麼回事?!
就算模樣生得再美，老爹也快為她的婚事急白了頭，
恨不得馬上就有人扛著大花轎把她娶回家，
任憑古閨秀怎麼推託都沒用，只能放手隨他老人家去。
原以為這件事已經夠讓人頭大，一樁古玩交易卻讓她遭受暗算，
不僅陸續捲進多起命案，更因此結識兩位少年郎——
一個是冷靜卻敏銳的衙門法曹；一個是俊美而高傲的名門後代。
三人合力偵破案件獲得皇上青睞，更打破身分藩籬成為好友，
然而若有似無的情愫卻悄悄地滋生，逐漸破壞了這份平衡……

情與愛是什麼並不重要，
她最在乎的事情，
就是能與他攜手走向幸福的彼端……

文創風 189 下

怪哉！她古閨秀沒有十年寒窗苦讀，怎麼突然一舉成名天下知？
不僅王公貴族對她趨之若鶩，千金小姐們還視她為眼中釘，
更扯的是，就連皇上都想罔顧倫常，納她為妃嬪，
弄得一干人等雞飛狗跳，吃不下也睡不著，宮廷上下吵吵鬧鬧。
為了自己的終身幸福著想，古閨秀冒著一群人被砍頭的危險，
曉以大義、軟硬兼施，好不容易讓皇上打消念頭，
卻在以為往後就能高枕無憂的情況下，整個人硬生生被劫走！
千鈞一髮之際，「他」竟然現身救了她，甚至因此受了重傷，
讓她原本平靜的心湖泛起了漣漪……
只不過，在古閨秀有機會釐清自己的想法與心思之前，
一道賜婚的聖旨從天而降，震得她七葷八素、無所適從！
老天，她幾時變得這麼炙手可熱？不就只是個「剩女」嗎……？

為流浪貓狗加油

和貓寶貝　狗寶貝

廝守終生(一定要終生喔！)的幸福機會

對人來說，貓寶貝狗寶貝只是生活的一部分，
但妳(你)對牠們來說，卻是生活的全部，領養前請一定要考慮清楚——

▲ 小黑黑巴比找新家

性　　別：男生
品　　種：米克斯
年　　紀：1～2歲
個　　性：親人溫和
健康狀況：已結紮、植入晶片，完成注射年度三劑疫苗。
目前住所：新北市淡水區

本期資料來源：http://blog.xuite.net/andreacorleno/wretch

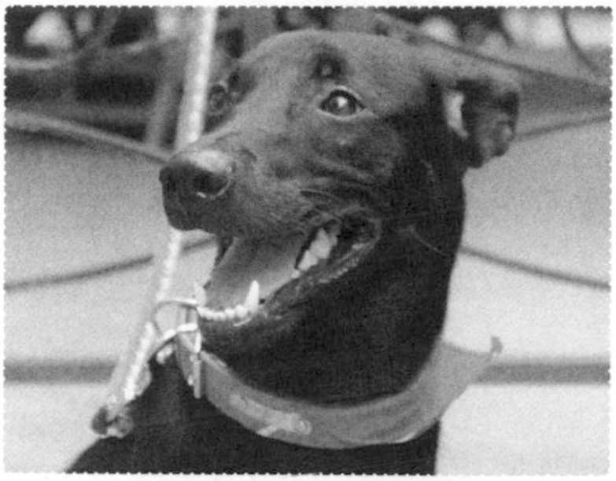

『巴比』的故事：

大家好！我的名字叫巴比，小黑黑是我的小名，目前已經一歲多了，把拔將我照顧得很好，現在的我健康又活潑，喜歡和把拔出去玩，也愛和其他哥哥姊姊、狗狗們打成一片，臉書上有人稱我為英俊的黑狗兄，讓我都很不好意思呢！

小時候，我在外流浪好些日子卻受了傷，以為再也沒力氣去欣賞這個世界時，所幸在去年夏天，把拔遇見我，將昏倒在草叢中的我救起並送醫急救。當時我因腦部受創，常常嗜睡，容易躁動不安，甚至有嘔吐、抽搐，平衡感失調等症狀，情況不是很好，所以幾度在鬼門關外徘徊，但把拔不辭辛勞在一旁為我打氣加油，所以我告訴自己一定要活下來，好好感謝並報答他。

在醫院待了近兩個月，我恢復健康。而把拔因有其他狗仔要照顧，所以開始幫我尋找新家，在等待被認養的期間，我與其他狗狗們生活在一起，牠們都對我很好，也很照顧我。可小時候因為太皮了，我常常咬壞網路線及電線，還好把拔沒有生氣，並且給我一根兩倍滿足感超耐咬的雞筋，讓我磨磨牙，度過很快樂的時光。

我喜歡和人相處，個性隨和溫柔，雖然小時候我很調皮，但把拔有耐心地教我，現在的我已經不會隨意吠叫，不但聽得懂「坐下口令」，還會乘坐機車喔！看完我的故事，喜歡我的把拔或馬麻們，歡迎來信至andreacorleno@gmail.com，別忘了在信件標題註明「我想認養巴比」，給我一個家～～

另外，想知道更多關於我的故事，歡迎到http://blog.xuite.net/andreacorleno/wretch把拔的部落格看喔！

認養資格：

1. 須年滿20歲，有穩定收入及家人同意，租屋者須獲得室友及房東同意。
2. 須同意絕育。
3. 須同意簽訂愛心認養切結書，出示身分文件。
4. 須同意接受送養人日後之追蹤探訪。
5. 謝絕學生情侶、寄養於工廠、放養方式。

來信請說明：

a. 個人基本資料：姓名、性別、年齡、家庭狀況、職業與經濟來源等。
b. 想認養「巴比」的理由。
c. 過去養寵物的經驗，及簡介一下您的飼養環境。
d. 若未來有當兵、結婚、懷孕、畢業、出國或搬家等計劃，將如何安置「巴比」？

文創風 202

年華似錦 4 完

國家圖書館出版品預行編目資料

年華似錦 / 天然宅著. --
初版. -- 臺北市 : 狗屋, 民103.07
冊 ; 公分. --(文創風)
ISBN 978-986-328-321-8(第4冊:平裝). --

857.7 103011066

著作者	天然宅
編輯	連宓均
校對	沈毓萍　王冠之
發行所	狗屋出版社有限公司
地址	台北市104中山區龍江路71巷15號1樓
電話	02-2776-5889～0
發行字號	局版台業字845號
法律顧問	蕭雄淋律師
總經銷	知遠文化事業有限公司
電話	02-2664-8800
初版	103年7月
國際書碼	ISBN-13　978-986-328-321-8
原著書名	《锦绣丹华》，由創世中文網(chuangshi.qq.com)授權出版

定價250元
狗屋劃撥帳號：19001626
網址：love.doghouse.com.tw　E-mail：love@doghouse.com.tw